Clapman
Tome II

M. Lelyric

Clapman
Tome II
Roman

LE LYS BLEU
ÉDITIONS

© Lys Bleu Éditions – M. Lelyric

ISBN : 979-10-377-0991-2

À mes enfants, Marceau, Mathurine.

Quoique vous fassiez, shoot for the moon...

1
Comme un rhinocéros

Nelson grimpa à l'étage et tomba dans les bras de sa femme. Elle tremblait, secouée par des sanglots qu'elle ne parvenait pas à réfréner. Par la porte de leur chambre, il aperçut Maria qui continuait de scruter l'horizon. Martin arracha son masque et fit tomber sa capuche. Le gorille le fixait. Martin haussa les épaules et lui adressa un timide sourire. Le grand gars marcha vers lui et lui tendit la main.

« Je m'appelle Harry Fortin, je suis le responsable de la sécurité de M. Delbier. C'est sacrément courageux ce que vous venez de faire. »

Martin lui serra la main sans trop de conviction. Camille n'allait pas bien, il le voyait. Elle ne bougeait plus, le regard dans le vide, portée par des jambes dont Martin pensait qu'elles allaient se dérober d'une seconde à l'autre. Il se porta à ses côtés et lui passa une main autour des épaules pour la conduire au canapé. Elle se blottit contre lui, se laissa faire, et le retint lorsqu'il voulut s'éloigner. Théodore les rejoignit et fixa son ami avec intensité.

« Tu penses qu'elle est tombée… Laura ? »

Martin soupira « Je pense oui. Si loin, je serais tombé. Donc… » Il ne termina pas sa phrase. Camille redressa la tête.

« Mais alors elle est peut-être… morte. »

Martin ne répondit pas. Denis et Fatou étaient dans les bras l'un de l'autre. Denis caressait les cheveux de sa fille sans rien dire. Mohamed sortit dans le jardin et interpella Maria.

« Maria, tu as vu quelque chose ?

— Elle a disparu ! » cria-t-elle « Je crois qu'elle a perdu de l'altitude avant de disparaître ! »

Théodore consulta l'écran de son ordinateur.

« Le traqueur l'indique dans le bois de Boulogne. Il ne bouge plus. Si attendez… » Il modifia l'échelle de la carte numérique qu'il avait sous les yeux « Elle bouge, mais très lentement.

— Donc elle n'est pas morte. », déclara Camille en poussant un soupir de soulagement.

« Non, elle n'est pas morte. », répondit simplement Martin.

Harry planta sa carrure impressionnante devant la baie vitrée « Il aurait peut-être mieux valu. »

Martin se tourna vers lui « Vous ne pouvez pas dire ça.

— Cette femme a pointé une arme sur vous.

— Elle n'aurait jamais tiré, ce n'est pas une meurtrière, elle est médecin. Elle est complètement paumée, c'est tout.

— Je ne suis pas bien certain d'avoir tout suivi, mais si j'ai bien compris, elle tient ses pouvoirs de la haine et de la colère des autres, c'est bien ça ?

— Oui, c'était l'hypothèse de départ. Elle est vérifiée à présent. », déclara Nelson du haut de la mezzanine.

« Avons-nous une idée des limites de ses pouvoirs ?

— Non. », répondit à nouveau Nelson qui descendait lentement l'escalier avec sa femme contre lui.

« Et vous, vous connaissez la limite des vôtres ? », demanda Harry en se tournant vers Martin.

« Non, comment voulez-vous que je le sache ? »

Harry haussa les épaules « Aucune idée, cet aspect des choses n'est pas ma partie. En revanche, je connais assez bien la mécanique des conflits armés pour vous dire que cette fille ne va pas s'arrêter là. Le pouvoir, ça rend les gens dingues, c'est comme ça. Et pour elle, cela va être plus simple que pour vous. Susciter la haine, c'est assez facile. L'amour, en revanche... » Il laissa sa phrase en suspens.

« Il est marrant votre gars-là ! », lança Théodore en regardant Denis « Mais il a une idée ?

— Il n'est pas payé pour être marrant », répondit Denis en s'éloignant de sa fille « En revanche, ce qu'il dit est tout à fait vrai.

— Mais nous ne savons rien de ses intentions. », déclara Fatou en fixant son père.

Nelson prit soin d'asseoir sa femme dans l'un des fauteuils « Ne bouge pas de là, je reviens, j'en ai pour une seconde. »

Il descendit dans son atelier et chercha sur les étagères le capteur utilisé pour détecter *le flux*. Il finit par le retrouver. Il en consulta les relevés puis remonta à l'étage.

« Regardez. », dit-il en brandissant l'appareil « Les relevés du capteur sont identiques à ceux de ClapMan. La force qui se déploie lorsque Laura utilise ses pouvoirs est donc bien la même que celle *du flux* de ClapMan. Elles sont l'image l'une de l'autre. Si on pouvait les additionner, on obtiendrait un résultat nul ! »

Nelson avait retrouvé sa voix chaleureuse et enthousiaste. Christine le regarda et esquissa un sourire. Cette voix lui faisait du bien. Elle lui avait toujours fait du bien.

Mohamed se saisit du capteur et regarda à son tour les relevés « Cela signifie, si nous nous basons sur ce que nous savons, qu'il n'y aurait pas d'autres personnes concernées par ce phénomène ?

— Effectivement, si le *principe de polarité* existe bien, ils ne peuvent être que deux. » Nelson s'interrompit et fronça les sourcils « Ou quatre. En fait, il faut qu'ils aillent par paire. Enfin, je pense.

— Oui, ça se tient. », affirma Mohamed en rendant le capteur à Nelson. Camille, qui reprenait des couleurs, se redressa.

« On peut émettre une hypothèse non ? C'est bien comme cela que l'on fait, hein ?

— Vas-y Camille, quelle est ton hypothèse ? » demanda Martin.

« Nous n'avons qu'à dire qu'ils ne sont que deux. C'est plus simple et ça fait moins… peur.

— Je suis d'accord avec Camille. », déclara Fatou.

Maria redescendit les marches deux par deux se planta au milieu du salon.

« Bon, vous avez fini de blablater ? On y va ? On va cueillir cette poulette au bois de Boulogne ? »

Tous les regards convergèrent vers elle.

« Quoi ? », reprit-elle « Vous avez une meilleure idée ? Plus on attend, plus c'est dangereux. C'est une toubib, elle est maline. Facile pour elle, il lui suffit de distribuer quelques baffes pour énerver un petit paquet de personnes, et hop, elle s'envole et t'envoie une bagnole dans la tronche ! Non, franchement, il faut y aller là !

— Doucement, on a tous la trouille ici, si on s'approche d'elle, on va la… *charger.* »

Maria se tourna vers Camille. « La trouille ? Qui a la trouille ?

— Euh, moi j'ai la méga trouille ! » lança Théodore qui ne quittait plus son écran des yeux « Vous savez combien de personnes suivent ClapMan sur le réseau ? »

Personne ne répondit.

« Plus de trois millions ! » Il se tourna vers Martin « Franchement Martin, ça ne fait rien à ton *flux*, ça ? Trois millions de personnes abonnées à ton compte ! Ça ne te titille pas *le flux* ?

— Bah non. Ils peuvent habiter de l'autre côté de la planète.

— Oui, mais quand même, pense à eux, fais un effort. Tiens, attends, fais voir ton bras. Enfile ça. »

Théodore passa sa montre connectée au poignet de son ami et lança l'application sur le compte de ClapMan. Le nombre d'abonnés continuait d'augmenter et s'affichait sur le cadran. « Alors ? », demanda-t-il. Martin haussa les épaules puis fronça les sourcils.

« Attends une seconde… »

Martin ferma les yeux et comme le lui avait demandé Théodore, se concentra sur ce que représentait la somme considérable de personnes qui avaient décidé de le suivre sur le réseau. Il essaya de les visualiser, de les imaginer rassemblés dans un stade avec lui au milieu. Il les imagina l'applaudir, l'acclamer, l'encourager. Martin sentit alors *le flux* frémir. Pas grand-chose, juste une vaguelette venue s'échouer au bout de ses phalanges. Mais tout de même, ce n'était pas *rien*.

C'est super léger. Je ne peux rien en faire, mais je ressens bien quelque chose.

— Voilà ! Tu vois ! Garde la montre, qui sait, si le chiffre dépasse le milliard, tu pourras peut-être t'envoler toi aussi !

Maria s'impatientait. Persuadée d'avoir raison, elle ne comprenait pas qu'ils perdent ainsi du temps à discuter.

« Il faut y aller maintenant ! Théodore, elle en est où la poulette ?

— Elle se déplace très lentement dans le bois, en direction de Paris. »

Harry s'était tenu à l'écart du groupe. Il se rapprocha « Cela me paraît dangereux. En revanche, nous pourrions essayer de l'endormir. »

Maria pivota vers lui « Quoi, comme un rhinocéros ? Vous voulez qu'on fasse un safari ? »

Harry ne put s'empêcher de sourire « Oui, voilà, un safari. On ne s'approche pas, on lui tire une seringue hypodermique dans le dos et on l'embarque dans un lieu sûr où elle ne pourra énerver personne. »

Maria éclata de rire « Ah oui, excellent ! Oh, mais attendez, c'est bête » elle planta son regard moqueur dans celui d'Harry « On n'a pas de seringue hippo machin ! »

— Si, nous en avons. M. Delbier, faites venir Thomas avec l'hélico, il peut être là dans moins de vingt minutes. Dites-lui d'embarquer la mallette, il comprendra. »

Denis regarda son chef de la sécurité, l'air perplexe « Que voulez-vous dire Harry ? Vous avez des seringues de safari dans votre arsenal ? Dans notre immeuble ? À la Défense ?

— Pas exactement de safari. De vétérinaire plutôt. Oui, nous avons cela. Assurer votre sécurité n'est pas simple tous les jours, vous savez. Alors nous prévoyons toutes les options et… »

Maria le coupa « Bah ! oui, Denis, imaginez que vous soyez chargé par un rhino pendant une de vos conférences ! Hop, une petite seringue et le tour est joué ! » Et elle éclata de rire. Harry la fixa, consterné, puis amusé à son tour.

« Voilà M. Delbier, écoutez cette demoiselle, c'est tout ce que vous devez savoir.

— Eh oh les amis, je ne voudrais pas vous inquiétez, mais la sorcière sortira du bois dans environ trente-cinq minutes si elle ne change pas de direction et si elle marche à vitesse constante. », annonça Théodore.

« Monsieur, contactez Thomas, la mallette, vite. » Harry avait parlé à son patron sur un ton très insistant. Ce dernier dégaina son téléphone et s'éloigna en levant le pouce à l'adresse du groupe.

***

Laura ne progressait pas aussi vite qu'elle l'aurait voulu. Son épaule lui faisait un mal de chien, tout comme sa hanche et son genou droit, touchés par la répercussion du choc dans tout son squelette. Elle s'arrêta plusieurs fois pour se masser les articulations, pour soulager son épaule, mais les douleurs restaient vives et intenses sans être inquiétantes. Laura était bien consciente qu'il allait lui falloir plusieurs semaines pour qu'elles se dissipent entièrement. Son épaule l'inquiétait, car le coup avait été dur, elle avait jeté un coup d'œil : un voile bleuté s'étendait déjà de sa poitrine à sa clavicule. Elle fit une nouvelle pose en s'adossant au tronc d'un vieux chêne. Elle sortit son téléphone et fit défiler tous ses contacts. Elle ne voyait personne à appeler à l'aide. Elle restait lucide sur la difficulté de raconter toute cette histoire à qui que ce soit. Par où commencerait-elle ? Comment expliquerait-elle ses blessures ? Il lui fallait du temps pour se remettre les idées en place, pour construire un récit recevable par d'autres qu'elle-même et cette bande d'illuminés qu'elle avait bien remis à leur place. Un hélicoptère passa rapidement à basse altitude. Laura se plaqua instinctivement au tronc d'un gros arbre. Elle grimaça en le suivant des yeux puis reprit sa marche.

Au détour d'un petit monticule, elle aperçut un chemin qui lézardait en contrebas. Il n'était pas bien entretenu, mais des empreintes de pas et de pneus de VTT laissaient cependant supposer qu'il n'était pas totalement délaissé. Elle se posa sur un rocher qui le jouxtait et entreprit de se masser à nouveau les articulations douloureuses. Elle fut très surprise de voir débouler un père et son fils, lancés tous les deux en vélos à vive allure. Ils effectuèrent un long dérapage et s'immobilisèrent à quelques mètres d'elle.

« Ça va Madame ? Vous avez besoin d'aide ? Mais… vous êtes blessée.

— Ça va aller je vous remercie. J'ai juste glissé sur la boue du chemin.

— Vous voulez que j'appelle les secours ? Ils peuvent venir jusqu'ici, vous savez.

— Merci, c'est adorable. Mais j'ai un téléphone également. Et je suis médecin moi-même donc, vous voyez ?

Laura remarqua que le garçon la regardait avec méfiance. Il fronçait les sourcils. Manifestement, quelque chose ne lui plaisait pas et, contrairement à son père, il n'arrivait pas à le dissimuler. Il ne fallut que quelques secondes à Laura pour saisir tout l'intérêt que présentait cette situation pour elle. La pensée qui venait de s'imposer à elle la dérangeait profondément, mais à présent qu'elle l'avait en tête, il ne parvenait plus à s'en débarrasser.

« Vous êtes certaine que ça va aller ? » L'homme avait posé son vélo contre un arbre et se rapprochait à présent d'elle « Comment êtes-vous tombée ? Vous vous êtes cogné la tête ? C'est bien rouge, vous savez. »

Laura se mordit la lèvre inférieure et serra les poings aussi forts qu'elle pouvait. Elle ne parvenait pas à détacher ses yeux du garçon. Il n'était plus seulement craintif, il avait peur à présent. Et Laura le sentait. Ce n'était pas la décharge ressentie dans la maison du chercheur, mais une sensation agréable était bien présente, et avec elle, soudain, une vision plus claire de la situation. Plus optimiste. Il fallait qu'elle se rende à l'évidence, plus elle regardait ce gamin, plus ses douleurs s'atténuaient.

« Madame ? »

Le père était à côté d'elle à présent. Il se pencha vers Laura et lui posa une main sur l'épaule droite. Détachant enfin les yeux de son fils, elle leva la tête vers lui et planta son regard noircissant dans le sien. L'homme ôta sa main et recula.

« Papa, on y va papa, on part, viens ! », gémit le garçon en mettant déjà un coup de pédale. Laura se leva d'un bond et fit deux pas vers lui. Le père s'interposa.

"Ne t'approche pas de lui, tu m'entends ?

Laura considéra à nouveau l'homme planté devant elle. Elle hésita. Ses douleurs avaient presque complètement disparu. Elle fit un effort considérable pour s'en tenir là. L'envie de baffer cet inconnu et de recueillir en retour sa haine, sa colère et la peur de son gosse était tellement présente, tentante. Stimulante.

« Partez. Vite » articula-t-elle difficilement, la mâchoire serrée. Le père remonta sur son vélo sans la quitter des yeux puis rejoignit son fils plusieurs mètres plus loin. Avant de disparaître, ils jetèrent tous deux un dernier regard à Laura. Cela lui fit un bien fou.

« Putain, mais c'est génial, ce truc », murmura-t-elle. Elle ne ressentait plus aucune douleur. Sur son téléphone, le plan indiquait que le sentier sur lequel elle se trouvait finissait par croiser une route à moins d'un kilomètre. Maintenant qu'elle se sentait mieux, c'était un jeu d'enfant. Elle accéléra donc le pas, souhaitant soudain croiser d'autres promeneurs et imaginant un scénario efficace pour le moment où elle aurait à stopper une voiture. Elle sourit, sa situation s'améliorait, mais surtout, elle commençait à comprendre que profiter de son nouvel état allait être beaucoup plus simple qu'elle ne l'avait imaginé. Elle pouvait voler, elle pouvait guérir, elle pouvait déplacer des objets sans les toucher, que lui réservait la suite ? Elle avait hâte de le découvrir. Sans trop savoir pourquoi, ses pensées la menèrent à Anek, à la Thaïlande, à la maison de santé qu'elle avait quittée si vite. Tout cet univers paraissait si lointain à présent. Une autre vie, une autre époque. Et elle ne regrettait rien finalement. Non, vraiment rien.

Au loin, la forêt s'éclaircissait et Laura discerna le ruban sombre de la route qui tranchait le bois en deux. Une voiture passa, puis un car, un vélo et un coureur. Il y avait donc du monde sur cet itinéraire, et pour Laura c'était parfait. La route était longée par deux chemins boueux. Laura resta un instant en retrait. Il fallait choisir le bon moment et le bon timing pour ne pas avoir à gérer un attroupement. Laura était pressée et excitée de mener une première expérience volontaire de déploiement de ses pouvoirs. Mais elle était assez intelligente pour ne rien précipiter et faire cela le mieux possible. Elle laissa passer plusieurs voitures puis jeta son dévolu sur un véhicule un peu décati dont le moteur électrique sifflait de façon inquiétante. Elle posa un pied sur la chaussée et leva le bras pour inciter le véhicule à s'arrêter. Ce qu'il fit. Un couple de personnes âgées était à l'intérieur. C'est Madame qui conduisait. Elle s'accrochait au volant comme l'aurait fait un naufragé à sa bouée de sauvetage. Son homme avait sur les genoux un petit chien vêtu d'un manteau qui l'emballait comme un produit alimentaire. Tous les deux posèrent sur Laura un regard méfiant tandis qu'elle s'avançait vers eux en boitant exagérément. Elle tapa à la vitre de l'homme qui se tourna vers sa femme avant de daigner la baisser.

« Bonjour, je suis désolée de vous stopper comme ça en plein bois, mais je viens de faire une vilaine chute et je me demandais si vous accepteriez de me conduire jusqu'à un métro ? »

Laura avait arboré son plus beau sourire. La femme se baissa pour la considérer.

« Vous êtes blessée ?

— Oui, je me suis cogné la tête et sans doute ai-je aussi une entorse.

— Mais vous êtes seule, comme ça, en plein milieu du bois ?

— Oui, je suis médecin », elle sortit sa carte professionnelle « C'est mon jour de repos, alors j'en profite pour prendre l'air vous comprenez, pour une fois qu'il ne pleut pas. »

Le regard des deux personnes âgées se fit plus doux. Le vieux monsieur prit enfin la parole.

« Montez Madame, faites-vous une place à l'arrière, poussez les affaires du chien, nous allons vous déposer dans un hôpital, ce sera mieux pour vous. »

Laura ne se fit pas prier. Elle grimpa dans la voiture et la laissa prendre un minimum de vitesse avant d'agir.

Une moto les dépassa à vive allure.

« Non, mais regardez-moi ces dingues ! Et vous avez vu, le passager regarde son téléphone en plus ! », râla la vieille dame au volant. Cela alerta Laura. Elle se redressa et observa la moto s'éloigner puis ralentir brusquement. Le passager quitta son téléphone des yeux et tourna la tête vers eux.

« Eh merde ! », lâcha Laura. La vieille dame lui adressa un regard paniqué dans le rétroviseur.

« Madame, vous connaissez ces gens ? Que se passe-t-il exactement ? »

La voiture commença à ralentir. Au loin, la moto s'était arrêtée et les deux hommes avaient pris position au milieu de la route.

« Ne vous arrêtez pas, ces gens sont dangereux. », se contenta-t-elle de répondre. La grand-mère et son mari paniquèrent.

« Arrête-toi Simone, arrête-toi immédiatement ! Descendez de notre voiture ! Descendez tout de suite ! », hurla le grand-père. La voiture fit une embardée. « Regarde devant toi ! », cria-t-il à sa femme qui ne quittait plus Laura des yeux.

Laura sentit une vague de bien-être l'envahir « Si vous arrêtez cette voiture, vous êtes morts. », dit-elle fermement, certaine de son effet. La grand-mère hurla et écrasa le frein du véhicule. Laura percuta le siège passager. Le chien se mit à aboyer autant qu'il le pouvait. L'homme et la femme se libérèrent de leur ceinture de sécurité avec une dextérité qui étonna Laura. Elle les attrapa l'un et l'autre par le col avant qu'ils ne parviennent à quitter la voiture. Elle serra de toutes ses forces et cloua les deux personnes âgées à leur dossier. Ils se débâtèrent en criant et Laura sentit l'énergie affluer en elle. Elle ferma les yeux et se concentra sur ses sensations.

« Aux secours ! », hurlaient l'homme et la femme.

Satisfaite, Laura relâcha son étreinte. Ils s'éjectèrent de la voiture. La femme continuait de pousser des petits cris ridicules, le regard terrorisé passant de la voiture à son mari. Ce dernier se porta à ses côtés et l'entraîna comme il le pouvait vers la lisière du bois. Laura se retourna. Au loin, plusieurs véhicules avançaient vers eux. Il fallait qu'elle fasse vite. Le moteur de la voiture continuait de produire son sifflement. Elle s'installa aux commandes. Devant elle, l'une des silhouettes pointait une arme vers elle. Elle se demanda si elle pouvait tenter quelque chose de là où elle était. Il y avait moins de cent mètres entre elle et ses agresseurs, mais *chargée* comme elle l'était, de quoi était-elle capable au juste ? Elle n'en savait rien. Elle écrasa l'accélérateur de la vieille voiture, qui arracha un cri strident à son moteur pour se projeter en avant aussi vivement qu'elle le pouvait. L'homme armé dégaina une deuxième arme et tira une première fois. Le parebrise de la voiture vola en éclats. Laura hurla, mais resta cramponnée au volant pour ne pas dévier. Une balle était venue se loger dans l'appui-tête passager, en plein centre. La voiture continuait de prendre de la vitesse, elle n'était plus qu'à une cinquantaine de mètres de la moto. Le tireur lâcha sa deuxième arme et ré-épaula la première.

Une fléchette siffla aux oreilles de Laura et vint se planter dans le dossier arrière. Elle baissa la tête et se dissimula du mieux qu'elle pouvait derrière le tableau de bord. Une deuxième fléchette vint se ficher dans son appui-tête.

La voiture percuta la moto sur son flanc, la projetant sur un arbre contre lequel elle explosa comme un vulgaire jouet en plastique.

***

Harry évita la voiture de justesse sans avoir le temps de tirer la troisième et dernière fléchette hypodermique. Allongé sur le sol, il visa et tira à nouveau avec son arme de poing, mais il manqua les pneus du véhicule. Il réajusta et tira une dernière fois, mais la voiture était à présent trop loin. Elle disparut sans qu'ils n'aient pu ni endormir Laura ni l'empêcher de fuir. Nelson se porta à ses côtés et l'aida à se relever. Au loin, les cris de la grand-mère se faisaient encore entendre, ponctués des aboiements du chien. Le grand-père hurlait également en levant le poing rageusement.

« Il faut disparaître. », déclara Harry en pointant plusieurs véhicules arrêtés à bonne distance de la scène.

« Et la moto ? La police ne va pas tarder, ils peuvent remonter jusqu'à moi. »

Harry courut jusqu'à l'épave, arracha la plaque d'immatriculation puis retourna d'un coup de pied le bloc moteur qui avait été arraché du cadre. Il tira plusieurs coups de feu sur l'un des côtés puis rangea son arme.

« Voilà, j'ai détruit les numéros d'identification. Venez avec moi, il faut que l'on se mette à l'abri. »

Il prit Nelson par le bras et se mit à courir pour l'entraîner dans l'épaisseur du sous-bois. Ils choisirent d'éviter le sentier et coupèrent à travers les taillis pour disparaître le plus vite possible. Les aboiements du chien leur parvinrent encore quelque temps puis plus du tout. Harry ralentit l'allure pour permettre à Nelson de suivre. Mais ce dernier finit par renoncer, hors d'haleine.

« Arrêtez-vous Harry, je ne peux plus vous suivre. »

Harry sortit un *Kordon*.

« Monsieur Delbier ? »

Il répondit immédiatement « *Oui Harry. Alors ?*

— Nous l'avons manquée, Monsieur. »

Silence.

"Je suis avec Monsieur Nelson. La moto est détruite, il faut venir nous chercher. Nous piquons à travers le bois en direction de l'hippodrome. Nous y serons dans une vingtaine de minutes.

— *Entendu, je fais le nécessaire.*

***

24

Lorsque Laura aperçut le rond-point de la porte Maillot au loin, elle bifurqua sur une route secondaire puis prit le soin de garer la voiture correctement. Elle ne voulait pas que la police la localise trop vite. Elle se souvint de la scène qu'elle avait vue mainte et mainte fois dans des fictions policières. Elle essuya donc consciencieusement le volant, et tous les endroits où elle se souvenait avoir posé la main. Au moment de saisir son sac sur la banquette arrière, un doute l'assaillit : comment les deux motards l'avaient-ils localisée ? Elle se souvenait clairement de leur réaction lorsqu'ils avaient doublé la voiture : ils avaient freiné presque immédiatement. Or il était impossible, à cette vitesse-là, qu'ils aient pu l'apercevoir. Laura attrapa son sac et en vida le contenu sur la banquette. Elle écarta son portefeuille, son téléphone, le pistolet qu'elle avait subtilisé au gars costaud, l'étui d'un parapluie déchiré et quelques papiers roulés en boule. Une petite bille de couleur mate l'intrigua. Elle la saisit et la regarda de plus près. Une micro diode y clignotait lentement. Elle ne connaissait pas cet objet. Et il ne lui inspirait pas confiance. Mais alors pas du tout.

Elle le jeta par terre et l'écrasa d'un coup de talon. La bille éclata. Elle en dispersa les morceaux avec le bout du pied. Puis elle ramassa ses affaires, lança l'arme dans un buisson, claqua la portière et se dirigea vers la bouche de métro. Il n'était pas question de retourner à l'hôtel. De combien de temps disposait-elle ? Quelle avance avait-elle sur ClapMan et ses petits camarades ? Elle pesta en repensant au couple de vieux. Elle s'était bien servie d'eux, elle avait eu besoin d'eux, mais elle ne voulait pas que les évènements dégénèrent autant. Elle voulait garder le contrôle, mais elle n'avait pas réussi. Les vieux allaient lui en vouloir, évidemment. Ils allaient avertir la police, si cela n'était pas déjà fait. Son signalement allait être diffusé. Au moins n'y avait-il pas dans le bois les caméras qui pullulaient partout en ville. Et elle n'avait aperçu aucun drone de surveillance, c'était déjà ça. Avant de traverser le rond-point, elle se ravisa. Il fallait qu'elle change de vêtement. Et de coupe de cheveux. Elle ôta son manteau et le retourna. La doublure d'un beau orange vif suffirait à tromper les caméras du métro, elle en était certaine. Elle regroupa ses cheveux et les attacha assez haut. Elle ne pouvait rien faire plus dans l'immédiat. Il fallait à présent qu'elle se noie dans la masse, qu'elle disparaisse. Elle s'engouffra dans le métro, marcha la tête basse puis sauta dans une rame qui la mena jusqu'aux Halles. Elle utilisa les escalators les plus encombrés, suivit le flot des gens qui convergeaient vers la galerie commerciale puis s'arrêta devant un pupitre tactile qui l'aida à localiser un coiffeur. Elle en ressortit une heure plus tard avec les cheveux coupés courts et teints en roux. Elle s'arrêta dans une pharmacie et acheta une paire de lunettes au verre neutre et à la monture épaisse et noire. Elle se regarda rapidement dans le petit miroir du présentoir et fut satisfaite du résultat. Elle était méconnaissable. Pour achever son œuvre, elle roula son manteau en boule, le glissa dans son sac à dos et jeta le tout dans une poubelle. Elle descendit au sous-sol du centre commercial, s'engouffra dans le plus grand magasin de sport qu'elle croisa et en ressortit les mains pleines. Elle investit une cabine de toilettes publiques, se changea entièrement, réapparaissant dans la peau d'une joggeuse comme il en avait déjà plein dans le jardin qui surplombait ce complexe du centre de Paris. Elle consulta le solde de son compte bancaire. Il était positif, très largement, mais combien de temps lui restait-il ? De quoi était capable exactement ce Denis ? Il lui avait donné beaucoup d'argent, mais pouvait-il le reprendre ? Laura s'imagina retirer une énorme somme en liquide, mais que ferait-elle ensuite ? Plus personne n'utilisait la monnaie papier et vouloir payer avec un billet risquait d'attirer l'attention sur elle, ce qu'elle ne voulait surtout pas. Il fallait qu'elle se concentre sur un seul problème à la fois et dans l'immédiat, elle avait besoin d'un endroit où se poser. Elle était épuisée. Elle avait faim. Elle voulait un *chez elle*, se glisser sous une couette et faire taire les pensées qui détruisaient son jugement à force de tourner toujours plus vite, toujours plus nombreuses. Elle avait froid. Pas parce que le crachin qui mouillait à nouveau la capitale commençait déjà à s'infiltrer jusqu'à ses os, mais parce qu'elle se sentait craquer. Elle sentait les digues qu'elle avait bâties à force de résilience se fissurer une par une, la laissant exposée à ce sentiment de solitude qu'elle avait maintes fois fui et combattu. Les larmes lui montèrent et elle pensa à la dernière fois qu'elle s'était rassurée dans un minimum de chaleur humaine. Cela remontait à presque une année. Avant son départ en Thaïlande, dans les bras de Mathieu, elle s'était sentie bien, accueillie, soutenue. Prise en charge presque. Son existence s'était faite plus légère. Oui, dans les bras de Mathieu, la vie avait été meilleure. Elle hésita à l'appeler. Mais il lui fallait agir. Encore une fois, se mettre en action. Elle traversa Paris au pas de course et sauta dans le premier TGV pour Bordeaux.

2
Des doutes et des idées

« J'ai trouvé. », déclara laconiquement Harry. Il indiqua du pied les débris du traqueur. Martin et Maria se contentèrent de jeter un œil à la petite bille écrasée. Théodore se baissa et en ramassa la plus grosse partie.

« On l'a perdue. », dit-il en levant les yeux vers ses amis. Martin soupira.

« Ouais, on l'a perdue. »

Il sortit son *Kordon* « On a retrouvé le traqueur écrasé par terre. »

Un silence précéda la réponse de Nelson *« Personne au palace, évidemment. Je rentre m'occuper de Christine, elle est très secouée par ce qui vient de se passer. »*

Martin ne répondit pas. Il regarda Maria, qui lui rendit son regard, sans rien dire non plus. Il posa les yeux sur la montre connectée à son poignet : ClapMan continuait d'engranger les fans. *Le flux*, lui, avait totalement disparu. Une fatigue intense lui tomba d'un coup sur les épaules.

« Et maintenant ? Quelqu'un a une idée ? »

Une bourrasque humide lui gifla le visage. Il recommençait à pleuvoir. Une voiture de police contourna le rond-point à vive allure en faisant hurler ses sirènes. Tous la suivirent des yeux jusqu'à ce qu'elle disparaisse. Harry posa une main sur l'épaule de Martin.

« Il ne faut pas rester ici. Dispersez-vous, rentrez chez vous, faites ce que vous avez à faire. Mon *Kordon* est relié aux vôtres dorénavant, nous restons en contact.

— Mais… », tenta d'objecter Théodore. Harry lui coupa la parole.

"Il n'y a rien à faire dans l'immédiat. Cette fille peut être partout. Il faut attendre, rester très attentifs aux suites que donnera la police à ce qui s'est passé dans le bois. Restez connectés aux réseaux d'information également, si cette fille est trop gourmande, on entendra rapidement parler d'elle.

— Et vous, qu'allez-vous faire ? demanda Martin.

« Je vais voir comment la retrouver. J'ai quelques contacts à droite et à gauche. Pour le reste, si nous la retrouvons… »

Il ne termina pas sa phrase. Martin se tourna vers lui, mais le visage d'Harry était impassible.

'Oui, et si nous la retrouvons ?

Harry soupira puis afficha un sourire froid « Eh bien si nous la retrouvons, il faudra agir. Reste à savoir comment. »

***

Martin alluma la lumière et referma la porte de son appartement. Maria se retourna vers lui.

« C'est mignon chez toi. Tu habites là depuis longtemps ?

— Deux ans. Enfin bientôt deux ans. Tu veux un truc à boire ? Tu as faim peut-être ? »

Il ôta son manteau, envoya ses chaussures s'écraser dans un coin et passa dans la cuisine. Il était content que Maria ait accepté de l'accompagner chez lui. Après tout ce qui venait de se passer, il n'avait pas envie d'être seul. Il avait pensé à ses parents, sur le chemin du retour, mais il était très mal à l'aise à l'idée de leur rendre visite. Comment ne rien dire ? Comment *faire comme si de rien n'était ?* Il n'en avait aucune idée, même y penser l'angoissait.

« Ouais, faim et soif. Tu as quoi dans ton frigo ? »

Martin se baissa pour ouvrir la porte du réfrigérateur. Il soupira. La belle Maria était chez lui et il n'avait même pas une bière à lui offrir. Il se demanda soudain où tout ceci le mènerait. Ce qui s'était passé sur la banquette arrière du taxi était une chose, mais y donner suite en était une autre. Il ouvrit son unique placard et se saisit de la seule conserve qu'il y trouva. Il passa la tête par l'encadrement de la porte. Maria avait enlevé ses chaussures et s'était avachie sur le canapé, les deux pieds posés sur la table basse.

« J'ai des litchis, ça te dit ? »

Elle le regarda avec des yeux ronds 'Tu déconnes ? Des litchis ?

— Ouais, des litchis. Et comme boisson, un verre d'eau.

— Mais c'est nickel ! C'est exactement ce que je voulais ! En montant je me disais, *surtout pourvu qu'il ait des litchis* !

Ils éclatèrent de rire de tous les deux. Martin décapsula la conserve, y plongea deux petites cuillères et se laissa à son tour tomber dans le canapé. Maria se redressa, piocha un litchi qu'elle goba, puis tourna le dos à Martin.

« Aide-moi, je n'en peux plus de cette combinaison. »

Martin avisa la longue fermeture éclair qui zébrait le vêtement. Il hésita puis passa son doigt dans la lanière et l'ouvrit jusqu'à ses reins. Il fut ravi de constater qu'elle portait une sous-combinaison. Elle se déhancha pour s'extirper des moulages de protection et noua les manches autour de sa taille.

« Mieux, beaucoup mieux. », dit-elle en souriant. Martin se rendit compte qu'il portait encore la veste à capuche de ClapMan. Il la laissa tomber au sol, et avec elle le masque de ski qui se trouvait autour de son cou. Ils se moulèrent alors tous les deux dans le canapé et poussèrent un long soupir de satisfaction. Ils tournèrent la tête en même temps l'un vers l'autre.

« Je te plais ? », demanda-t-elle. Martin ne s'attendait pas à une question aussi directe. Il sentit *le flux* se manifester, et avec lui naître un sentiment de confiance et de certitude.

« Moi je te plais », répondit-il. Il aurait aimé ne pas sourire, mais n'y parvint pas.

« Ah ouais ? Tu crois ?

— Non je ne crois pas, je le sais. »

Elle se redressa et le considéra avec attention, surprise de s'être fait prendre à son propre piège. En principe, le culot suffisait à déstabiliser les hommes et à leur faire perdre leur superbe. Elle adorait ça.

« Ah oui, carrément, tu le sais ? »

Martin n'en pouvait plus de sourire. Il se concentra et fit flotter la boîte de litchis jusqu'à Maria. Elle sourit à son tour et réceptionna la conserve dans le creux de sa main.

« *Le flux*, c'est ça ?

— Bah oui, *le flux*. Il me dit tout.

— Il te dit quand tu plais aux gens.

— Eh oui, il me dit ça. »

Perdue dans ses pensées, Maria regardait la boîte de litchis. Et Martin la regardait elle, il sentait monter en lui un désir irrépressible de la serrer dans ses bras autant que la certitude de susciter chez elle le même élan. Il était sûr de lui plaire autant qu'il était certain qu'elle lui plaisait, il n'y avait plus d'angoisse ou de stress, tout était là flottant dans l'air de ce moment et du petit espace de son appartement. Il n'y avait plus rien à précipiter puisque plus rien à prouver. Ce moment pouvait durer autant qu'il voulait puisqu'il n'était que promesses faites à l'autre.

« Oui, tu me plais. Énormément. », dit-il pour lui offrir ce que lui offrait *le flux* : une lecture des sentiments de l'autre. Elle ne bougea pas. Pas tout de suite. Elle resta là, ses yeux sombres et rieurs fixés sur la boîte ronde. Martin la fit décoller une nouvelle fois et la déposa sur la table basse. Puis il se concentra davantage et les souleva tous les deux. Elle écarta instinctivement les bras, mais cela n'était pas nécessaire, elle ne se sentait ni portée ni tirée, elle était saisie. Saisie dans tout ce qu'elle était. Chaque molécule de son corps participait de son envol. Elle habitait le vide comme un espace solide dans lequel se mouvoir était devenu possible. Martin se porta à ses côtés et la saisit par la taille. Elle lui passa les bras autour de cou et ils s'embrassèrent avec tendresse et lenteur. Leurs deux corps lévitaient entre le vieux parquet et le plafond à moulures, ils embellissaient la pièce de leur présence spectrale. La scène était magnifique, ils le savaient. Magnifique d'intensité et de nouveauté. Mieux qu'au cinéma. Oui, à cet instant-là, leur vie était plus belle qu'au cinéma.

Le flux continuait de monter en intensité. La sensation était assez incroyable, mais s'éloignait de celle ressentie au Rex. *Le flux* semblait plus uniforme, plus uni. Martin se sentait davantage capable de le cerner, puis de jouer avec lui. Et c'est ce qu'il fit. Il se délecta à prolonger leur envol, il les promena, les fit pivoter. Sa tête heurta l'ampoule de plafonnier. Maria pouffa de rire et décolla ses lèvres des siennes. Elle regarda Martin, dénoua les manches de sa combinaison et la laissa tomber sur la table, renversant la boîte de litchis. Sa sous-combinaison épousait les formes de ses hanches, de sa taille et de ses épaules. Elle dessinait une silhouette qui pour Martin incarnait l'harmonie, tout simplement. Elle se saisit de son visage et l'embrassa à nouveau. D'un geste, Martin ferma les rideaux. D'un autre, il éteignit la lumière. Puis il les déposa délicatement dans le canapé. Leurs lèvres se séparèrent. Ils se regardèrent. Puis se blottissant l'un contre l'autre, ils s'unirent.

Au poignet de Martin, la montre connectée indiquait un nombre de fans dont le nombre n'augmentait que très lentement.

***

Camille se réveilla très tard, lovée au milieu de son lit deux places. Sa couette nouait autour d'elle un cocon épais duquel elle eut du mal à s'extirper. Elle avait dormi presque onze heures d'affilée, figée comme elle était tombée dans son lit, recroquevillée sur elle-même, petite boule de fatigue et d'anxiété à la recherche d'un répit très nécessaire. Son téléphone, à bout de batterie, s'était éteint. Elle ne le ralluma pas. Elle avait à nouveau manqué les cours de la matinée, mais cela ne l'alarma pas. Son esprit était ailleurs, empêtré dans un mal-être qui rongeait son optimisme habituel. Les évènements de la veille lui revinrent en tête aussi précisément que si elle s'apprêtait à les vivre une seconde fois. L'image du canon de l'arme brandie par Laura, pointé vers elle, la hantait. Sa réaction, ou plutôt son absence totale de réaction colorait à présent tous ses faits et gestes. Comment avait-elle pu rester à ce point immobile, pétrifiée face à la menace ? N'avait-elle donc aucun instinct de survie ? C'était éloigné, si éloigné de l'image qu'elle s'était construite d'elle-même, persuadée d'être une battante, première à l'initiative, en toutes circonstances. Toutes ? Eh bien non, elle faisait face à l'idée de sa propre faiblesse. Elle se laissa tomber sur une chaise et se prit la tête entre les mains pour étouffer un sanglot. Elle se frotta les yeux, le visage, à la recherche d'un geste magique pour effacer tout ce mal-être. En vain. Elle se fit couler un café express et l'avala presque d'une traite au risque de se brûler. Elle avala ensuite deux brioches rassies, elle voulait noyer ses pensées sous un déluge d'actions et fila donc sous la douche.

Lorsqu'elle en ressortit, elle se sentait mieux. Elle pensa appeler Martin. Elle ralluma son téléphone, mais son doigt resta en suspens au-dessus de l'écran. Lui et Maria étaient partis ensemble. Et puis il y avait cette nouvelle façon qu'ils avaient de se regarder. C'était très récent, mais Camille n'était pas dupe de ce que cela signifiait : ces deux-là se plaisaient. Et elle était contente pour son ami, comme elle l'avait toujours été. Pourtant elle avait aussi le sentiment que les choses étaient différentes cette fois-ci. Ou bien simplement redoutait-elle cela, sans trop savoir pourquoi. Tellement de choses avaient changé en quelques jours que l'amitié indéfectible de son ami lui était nécessaire, plus que jamais. Elle s'était toujours sentie en sécurité avec lui, mais ce sentiment avait pris une autre dimension depuis les évènements de la veille. Car il ne s'agissait plus de s'épancher de chagrins d'amour sur l'épaule de l'autre ou de travailler en commun à la réussite d'un concours. Non, il était à présent question de pouvoirs surnaturels, de combat. D'arme. De ce canon pointé vers elle.

Camille sentit à nouveau la panique l'emprisonner dans un carcan d'impossibilités. Elle secoua la tête pour se débarrasser de ces dernières idées. Son téléphone sonna. C'était Théodore.

« *Tu as vu le compte de ClapMan ?* », lança-t-il sans même la saluer.

« Bonjour, Théo. Non je n'ai pas *vu* le compte de ClapMan. Qu'y a-t-il à voir ?

— *Le nombre de fans n'augmente plus à la même vitesse.*

— Ah. Et c'est grave, ça ?

— *Je n'en sais rien si c'est grave ! Mais ça veut dire que les gens se lassent ! Depuis le Rex, il ne s'est rien passé !* »

Camille prit une profonde inspiration pour se calmer et ne pas répondre de façon agressive à son ami.

« Ah bon, tu penses vraiment qu'il ne s'est rien passé depuis le Rex ? Tu n'étais pas là hier ?

— *Je sais ce qu'il s'est passé hier Camille, mais personne d'autre que nous ne le sait et…*

— Et c'est très bien comme ça ! Mais qu'est-ce qui t'arrive ?

— *Non Camille ce n'est pas très bien comme ça. Il faut veiller à la notoriété de ClapMan si nous voulons lui garantir ses pouvoirs. Notre groupe ne suffira peut-être pas à le rendre suffisamment puissant pour coller une raclée à cette Laura !* »

Camille soupira « Théo… je ne suis pas dans mon assiette aujourd'hui. Les évènements d'hier, tu comprends… j'ai eu peur Théo. J'ai eu très peur. Et à cause de ça, je ne vais pas très bien. Alors tu vois, réfléchir à tout ça là, maintenant, je ne vais pas en être capable. »

Silence au téléphone.

« *Je comprends. Je suis désolé Camille. Tu veux que je passe chez toi ?*

— Non, je vais me forcer à aller à la fac. J'ai besoin de… de penser à autre chose. De faire autre chose.

— *OK, mais tu sais que nous sommes-là si besoin.*

— Oui, je le sais Théo. Merci. À plus tard. »

Elle raccrocha et jeta un œil au compte de ClapMan. Théodore avait raison, les fans n'affluaient plus en si grand nombre.

***

Harry gara sa voiture de service sur sa place réservée et se pressa de rejoindre les locaux de son service. Il était encore très tôt et il ne trouva que les deux agents de permanence face aux écrans de la salle de contrôle. Le premier mit un coup de coude pour réveiller le second lorsqu'Harry pénétra dans la salle.

« Bonjour, les gars, dites-moi que vous n'avez rien à me signaler.

— Nous n'avons rien à vous signalez chef. », répondit le premier agent, un long gars fin comme l'arête de son nez.

« Parfait, j'ai un boulot pour vous. »

Le deuxième agent soupira en se redressant sur sa chaise. Harry le regarda sans rien dire, ce qui suffit à susciter chez lui une réaction immédiate.

« Oui chef, on vous écoute. », dit-il.

— Jusqu'à la fin de votre service, je veux que vous scanniez les réseaux de surveillance et que vous me fassiez un état de tous les incidents ayant entraîné le signalement d'une femme d'une trentaine d'années, brune cheveux longs, possiblement agressive et violente. Armée. »

— Tous les réseaux ?

— Oui, police, gendarmerie, pompiers, milices privées, tout ce que vous trouverez.

— Vous cherchez quoi exactement ?

— Ce que je vous ai dit. Point final. Et vous me tenez informé en temps réel. C'est clair ?

— Oui, très clair. », répondirent les deux hommes de concert.

Harry fit peser un instant son regard sur eux, mais son esprit était déjà ailleurs. Il ne voulait pas divulguer le nom de Laura Labrot. Pas tout de suite, pas déjà. Cette partie-là des recherches, il s'en chargerait lui-même. Il quitta la pièce sans rien ajouter et grimpa jusqu'au vingtième étage. M. Delbier avait été très clair : il voulait être informé de tout.

Ce dernier était en ligne lorsque son chef de la sécurité pénétra dans son bureau. Il raccrocha et se porta jusqu'à lui pour lui serrer chaleureusement la main.

« Alors ?

— C'est fait M. Delbier, nous sommes dorénavant aux aguets. »

Le grand homme à la carrure impressionnante resta silencieux. Il fixa un bref instant Harry puis détourna le regard pour le laisser se perdre dans le panorama.

« Monsieur, souhaitez-vous que… »

Denis Delbier le coupa « Oui, faites. Comme nous en avons discuté. Tenez-vous près. Vous et vos… hommes. »

Harry acquiesça d'un geste de la tête « Ce sera tout Monsieur ?

— Oui, ce sera tout. Tenez-moi informé. Je veux tout savoir.

***

Ce soir-là, Christine s'endormit dans les bras de son mari. Cela faisait bien longtemps que cela n'était pas arrivé. Nelson n'eut ni la force ni le courage de se relever. De plus, il ne voulait surtout pas prendre le risque de la réveiller. Il éteignit donc la lampe de chevet du bout des doigts et contempla la ville endormie par la baie vitrée dont le rideau était resté ouvert. Sa femme avait raison à bien des égards, rien ne valait dans cette histoire les risques qu'ils avaient tous pris aujourd'hui. Il soupira. Un élément le tracassait plus que tous les autres : ni lui ni personne n'avait anticipé la vitesse à laquelle la situation avait dégénéré.

Au point que plusieurs d'entre eux s'étaient retrouvés menacés par une arme.

Dans l'univers sensé et cartésien de sa femme, cela justifiait l'abandon immédiat et définitif de l'implication de son mari dans cette affaire. Et en parallèle, elle avait été également très ferme sur ce point, elle exigeait un signalement aux forces de police. Nelson soupira à nouveau. Son regard se posa sur son *Kordon*, posé à côté du guide de voyage qu'ils compulsaient ensemble tous les soirs avant que ce *ClapMan* ne vienne abuser de ses pouvoirs dans leur propre univers. Il se saisit du petit appareil rond et l'éteignit. Il ferma les yeux et chercha le sommeil sans y parvenir. Le chercheur qu'il avait été et, et qu'au fond de lui-même il continuait d'être, était arrivé au bout de sa quête. Une quête d'absolu, le rêve de tout homme de science : mettre le doigt sur l'inconnu, poser pour la première fois de l'histoire humaine, un regard et des mots sur un phénomène physique bien réel. Oui, il vivait cela. Il vivait cette émotion indicible, celle des grands explorateurs et des plus grands chercheurs, cette félicité absolue d'apporter soi-même sa pierre au gigantesque édifice de la connaissance. Il voulait offrir *le flux* au monde entier, ouvrir les yeux aux hommes actuels et à tous ceux qui suivraient, leur dire qu'une *autre* énergie était possible. Et que peut-être alors, tout n'était pas encore perdu.

Des larmes lui montèrent aux yeux. Il les essuya du revers de sa manche et se dit que cette soirée était bien celle où il renouait avec des pratiques depuis longtemps oubliées. Il caressa les cheveux de sa femme et l'autre pan de sa piégeuse situation lui tomba dessus : comment lui dire tout cela ? Comment prétendre faire passer la science avant la sécurité de ceux qu'il aimait, sa propre famille ? Comment rester sourd à la peur panique que reflétaient les mots de sa femme ? Comment ne pas lui donner raison alors même que c'était la première fois qu'elle se dressait entre lui et ses recherches ?

Soupir, nouveau soupir, long, douloureux. Et vain. Son regard se porta à nouveau vers l'extérieur. Les tours de La Défense étaient presque toutes allumées. Elles ne s'éteignaient jamais. Nelson eut une vision, celle d'une explosion gigantesque faisant disparaître en un clin d'œil ce paysage qu'il connaissait si bien. Il fronça les sourcils et se racla la gorge, gêné par cette idée subite. Pourquoi là, pourquoi maintenant ? Il regarda à nouveau l'horizon et imagina des flammes, du verre brisé, des murs qui s'effondrent. Il secoua la tête. Christine marmonna quelque chose dans son sommeil puis se recroquevilla sur elle-même dans son coin du lit. Nelson en profita pour passer les jambes à l'extérieur et se lever.

Mordre dans un sandwich lui fit du bien. Il lança le fil d'information continue sur l'écran du salon, coupa le son et se contenta de regarder les images défiler comme à travers la vitre d'un train. Aucune explosion n'avait eu lieu, ni à La défense ni ailleurs. Il se trouva bête tout à coup, mais cela ne suffisait pas à le rassurer totalement. Son regard glissa de l'écran à l'entrée de la maison. Il revit Laura, le pistolet, la façon dont elle s'en était emparée, la trajectoire que l'arme avait décrite, suspendu au fil invisible du pouvoir de la jeune femme. Oui, tout ceci s'était bien passé là, dans sa propre maison, sous ses yeux et ceux de se femme. Tout ceci avait bien eu lieu. Avait été possible.

Il mit le doigt sur ce qui le dérangeait : dans le nouvel univers qui était le sien, tout était à présent possible. L'image des tours de La Défense en flammes envahit à nouveau son esprit. Il éteignit l'écran du salon et se prit la tête dans les mains. Il voulait réfléchir. Il voulait *réussir* à réfléchir.

3
Au GymTech

Mohamed, Théodore, Camille, Fatou, Maria et Lorie étaient tous d'accord. Et ils regardaient tous Martin à travers les volutes de vapeur de leur boisson chaude. Ce dernier haussa les épaules et regarda passer un groupe de pompiers qui couraient en tenue de sport. Ils entamaient leur cinquième tour du bassin et le troupeau commençait à s'étirer.

« Vous êtes sérieux ? Un entraînement ? Comme les pompiers là ?

— Oui mon pote, on est très sérieux. », répondit Mohamed « Il faut que tu apprennes à mieux utiliser tes pouvoirs. »

Camille reposa son gobelet sur la table du bar « Oui Martin, il faut que tu les maîtrises mieux qu'elle. Et il faut que tu fasses vite, nous ne savons pas quand cette dingue va réapparaître.

— La prochaine fois, il faut que tu lui mettes une raclée, c'est aussi simple que ça. », poursuivit Maria.

Théodore pointa la montre connectée au poignet de Martin « Et il faut faire de la pub autour de ça, on n'a rien posté sur le compte de ClapMan depuis le Rex. Le flux des fans se tarit, ce n'est pas bon ! »

Martin se repositionna sur son tabouret « Et donc l'idée, c'est de jouer au justicier, c'est ça ? »

Maria et Mohamed se regardèrent. « Ouais, en plus d'un bon entraînement physique, c'est exactement ça. », déclara cette dernière. Lorie sortit son téléphone et en pointa l'objectif vers Martin « Je me charge du montage des clips de promotion et de la charte graphique. »

Martin fit une grimace à l'appareil et questionna Lorie « La charte ? Quelle charte ?

— Il te faut un symbole, un signe, un truc qui permette de t'identifier, comme dans les comics. »

Théodore acquiesça « Ouais, il faut que les gens puissent mettre un autocollant ClapMan au dos de leur téléphone ou derrière leur voiture. »

Martin les regarda tous un par un "Entendu. On commence quand ?

Maria sauta de son siège "Maintenant !

***

Il fallait se rendre à l'évidence, le programme qu'avaient concocté Mohamed et Maria n'était pas là que pour préparer Martin à sa prochaine rencontre avec Laura. Ils avaient tous envie d'exercice, de se dépenser, d'aller chercher leurs limites, de suer autant qu'ils le pourraient. Ils avaient besoin de se sentir vivants, de mettre un maximum de vécu entre eux et les derniers évènements. Il fallait qu'ils retombent sur leurs pieds et qu'ils retrouvent leur optimisme. Ils s'organisèrent donc pour être présents à tour de rôle aux côtés de Martin durant les sessions d'entraînement. Ce dernier, le casque souvent vissé sur les oreilles, prenait tout cela très au sérieux. Il appréciait tout particulièrement les cours de self-défense que lui donnaient Mohamed et Fatou. Avec Maria, la musique n'était plus dans ses écouteurs, mais diffusée à gros volume pour des cours de danse qui achevaient de lui faire travailler sa coordination, sa souplesse et son équilibre. Martin n'avait jamais fait autant de sport de toute sa vie. Et il aimait ça au point de se demander comment il avait pu se passer de cette dose d'adrénaline quotidienne.

Martin accéléra l'allure. Derrière lui-même, Mohamed était maintenant à la peine. *Le flux* affluait lors de ces séances, léger et discret, mais bien présent. Et Martin l'utilisait. Cela lui permettait de courir un peu plus vite, un peu plus longtemps, d'esquiver davantage, de soulever plus de poids. Mais il devait aussi se méfier, car porté par *le flux*, il arrivait à Martin de trop solliciter son corps. Il se réveillait alors le lendemain avec des douleurs importantes qui freinaient sa progression. Tout se passait comme si les pouvoirs extraordinaires qu'il possédait lorsque *le flux* était présent n'aidaient en rien l'homme très ordinaire qu'il était lorsque *le flux* disparaissait. Il aurait aimé parler de cela avec Nelson, mais ce dernier ne répondait plus. Son *Kordon* et son téléphone étaient coupés depuis qu'il avait annoncé à Denis son besoin de prendre de la distance. Cela inquiétait Martin. Comme lui, il avait autant envie d'utiliser ses pouvoirs que de les comprendre. Et la recherche – la lutte ? – dans laquelle ils s'étaient tous lancés nécessitait son expertise et sa sagesse.

Harry se présenta un jour chez Martin avec un gros sac de sport à la main. Il le déposa aux pieds de celui-ci.

« Monsieur Martin, nous devons voir ensemble le maniement de ce qui se trouve dans ce sac. C'est M. Delbier qui l'exige.

— Harry, je t'en prie, j'exige de mon côté que tu me tutoies et que tu m'appelles par mon prénom. »

Le visage rond et si souvent figé du chef de la sécurité de Denis afficha un sourire gêné.

« C'est OK pour moi. », dit-il en serrant la main de Martin une deuxième fois. Ce dernier se pencha pour ramasser le sac de sport.

Qu'y a-t-il là-dedans ?

— Tu permets ?

Ils s'installèrent sur le canapé. Harry ouvrit le sac et dévoila plusieurs armes très différentes. Martin eut un mouvement de recul.

« Waouh ! Euh, c'est quoi tout ça ?

— Ce sont des armes Martin, comme tu le vois. Après ce qui s'est passé, nous ne pouvons prendre aucun risque, il faut au moins que tu saches comment elles fonctionnent.

— Vraiment ? Mais je n'oserais jamais me servir d'un truc pareil. Et d'ailleurs, je ne *veux pas* m'en servir.

— Martin, il n'y a que les barjots pour vouloir s'en servir. Je te dis juste que tu peux *devoir* t'en servir. Et tu peux aussi avoir en face de toi quelqu'un d'armé, n'est-ce pas ? »

Martin ne répondit pas.

« Pour toutes ces raisons, laisse-moi t'expliquer quelques bases. »

Martin fixait les armes. L'une d'elles, la plus petite, ressemblait à celle que Laura avait pointée sur Camille.

« Je peux ?

— Oui, vas-y, elles ne sont évidemment pas chargées. »

Martin l'empoigna et fut surpris de son poids. Il posa son index sur la gâchette. Il y avait plusieurs petits leviers et boutons dont Martin ignorait les fonctions. Rien de tout cela ne l'intéressait, mais il était assez satisfait de pouvoir manipuler une arme comme ça, librement. Il avait tout le loisir d'en scruter les détails, de se familiariser avec cet objet si éloigné de son univers. Cette pensée le fit réagir, car depuis cette arme n'était plus si éloignée de son monde.

« Entendu. Je veux bien… apprendre.

— Parfait, une voiture nous attend en bas.

— Ah ? Là, maintenant ? Mais les autres ? Ils m'attendent, nous allons…

— Les autres sont déjà en route, ils nous rejoignent là-bas.

— Là-bas ? Mais où ça là-bas ? »

Harry se leva, referma le sac et s'en saisit « Nous allons au *GymTech*. Tu verras, ça va te plaire. »

Effectivement, cela le combla. Le GymTech était un complexe sportif occupant tout le dernier sous-sol de la tour DesignTech de La Défense. Il était ouvert à tous les membres de l'entreprise et servait même parfois pour des compétitions officielles. La firme de Denis Delbier en avait fait l'une de ses vitrines : tout, ou presque, y était automatisé, informatisé, domotisé. Harry n'était pas seulement un membre assidu du stand de tir, il en était le responsable. Ce jour-là, il avait privatisé toute l'installation, et également réservé le gymnase principal. Son idée était la suivante : avant de se lancer dans le grand monde, ClapMan devait apprendre à déplacer à distance davantage qu'un Dancing Bot. Car qu'était-il capable de faire exactement ? Et à quelle vitesse ? Combien de temps ? Combien de fois ? Personne n'en avait aucune idée, pas même Martin. La journée qui s'ouvrait devrait donc apporter le maximum de réponses, et tout était prévu pour cela.

Martin enfila sa veste, ajusta son masque et sa capuche puis frappa plusieurs fois dans ses mains. Il était prêt. Maria lança la musique. C'était son idée, la musique : « Ça fait monter les sensations, ça excite, ça te branche en direct avec le public. Et puis franchement, ça a plus de gueule aussi, comme au cinéma les amis ! ». Ces arguments avaient suffi.

Une mélodie électro enivrante fit trembler le plancher de la salle de sport. Maria guida le reste de la troupe pour former un cercle autour de Martin.

« Comme au cinéma. », murmura-t-il. Il ferma les yeux pour mieux se concentrer et sentir le flux monter en lui. Chaleur, confiance et puissance, son corps se gorgea de cette énergie. Il la maîtrisa, la concentra dans le creux de ses mains puis ouvrit les yeux. Il était prêt. Il hocha la tête. Ses amis reculèrent jusqu'au bord du terrain pour le laisser seul dans le rond central du grand gymnase. L'écouteur logé dans sa capuche résonna de la voix de Mohamed.

« N'oublie pas Clap, la vitesse, cherche la vitesse ! »

Un premier ballon lui parvint de la droite, il l'éleva et le propulsa dans le panier de basket situé en face de lui. Sa parabole parfaite fit claquer le filet. Un deuxième, arrivée de la gauche, effectua la même trajectoire. Deux autres, puis trois, puis quatre, puis dix, arrivèrent de toutes les directions. Martin s'éleva à quelques mètres et opéra une rotation rapide pour jauger la situation. Il se concentra et envoya simultanément tous les ballons dans chacun des deux paniers. La musique continuait de cadencer son action. Maria siffla d'admiration. Théodore filmait la scène de fond de la plus haute tribune. Harry apparut par une des portes latérales. Il lança plusieurs balles de base-ball de toutes ses forces vers ClapMan. Ce dernier pivota pour éviter la première puis, du regard, infléchit sa trajectoire pour qu'elle vienne percuter la deuxième balle. La troisième balle fut stoppée net à quelques centimètres de son visage et tomba lourdement au sol. Ses amis applaudirent avec enthousiasme. Fatou, Camille, Lorie et Mohamed se positionnèrent aux quatre coins de la salle. Ils se figèrent, attendant son signal. Martin se concentra. Il laissa *le flux* le gorger quelques secondes puis leva son pouce droit. Ils lancèrent simultanément en l'air une balle de tennis. Martin savait ce qu'ils attendaient de lui. Il ferma à nouveau les yeux pour obtenir une image mentale la plus juste possible des quatre balles. Puis il laissa son instinct prendre le contrôle et bondit. Quatre images s'affichèrent dans son esprit comme un diaporama devenu fou. Ses pieds touchèrent le sol. Il tourna la tête pour permettre à ses yeux de saisir un fil cohérent de réalité.

Dans ses mains se trouvaient trois des quatre balles. La troisième lui rebondit sur le pied et roula jusqu'au mur. Maria coupa la musique. Théodore leva les yeux de son téléphone. Camille fut la première à applaudir, imitée très vite par tous les autres. Martin reprit sa respiration et fit basculer sa capuche. Il était en sueur.

« Presque. », commenta Harry en ramassant la balle manquée. Martin vida la moitié de la bouteille que lui tendit Camille.

« Ouais, presque. Pas mal pour un début, non ? »

Maria écarta du pied les ballons qui jonchaient le sol « Tu plaisantes ? C'est génial pour une première fois !

— Je n'ai rien manqué, j'ai tout filmé, il faut que vous veniez voir ça, même au ralenti, les déplacements de Clap sont à peine visibles ! C'est comme de la téléportation ! »

Théodore avait les yeux rivés sur son téléphone. Harry le regarda, amusé. Puis il fixa à nouveau son attention sur Martin « Allez, on se remet en place. »

À la deuxième tentative, deux balles tombèrent au sol. Maria augmenta le volume de la musique. Martin se concentra davantage et fit une pose plus longue pour laisser *le flux* monter en puissance. L'alliance de la musique, de la proximité de ses amis, de l'effet euphorisant de cette session d'entraînement fonctionnait à merveille : *le flux* abondait, Martin parvenait à le canaliser, à jouer avec lui pour le soumettre à ses volontés. Mais *quelque chose* manquait. Dans sa quête de vitesse et de précision, Martin sentait une limite, un mur infranchissable qui lui paraissait de plus en plus haut.

La troisième tentative, puis la quatrième furent également infructueuses. Martin était à présent essoufflé. Il sentait ses cuisses sur le point de lâcher et mesurait à quel point l'entraînement physique était devenu une nécessité.

« Je n'y arriverai pas. Je suis à bout de force. »

Harry et Maria échangèrent un regard. Camille proposa à nouveau de l'eau à son ami. Mohamed consulta son téléphone « Donc c'est l'heure de passer au level 2.

— Au level 2, c'est quoi ça, le level 2 ? », Martin regarda ses amis un par un. Il entendit des paroles et des cris derrière les portes du gymnase. Martin fronça les sourcils et remit en place sa capuche. C'était un bruit de foule, il en était certain. Maria se porta à ses côtés et lui prit la main pour le mener à nouveau au centre de la salle.

« Maria, qu'est-ce qu'il se passe ?

— Martin, nous ne pouvons te donner que ce que nous avons. C'est beaucoup, mais cela n'est peut-être pas suffisant.

— Mais qu'est-ce que tu racontes, suffisant pour quoi ? »

Maria le regarda droit dans les yeux tandis qu'elle saisissait son visage entre ses mains pour y déposer un baiser « Suffisant pour que tes pouvoirs se déploient entièrement. »

Les portes s'ouvrirent et libérèrent une foule excitée et hilare qui déferla dans les gradins en scandant le nom de ClapMan. Un cordon de sécurité se déploya aux abords du terrain. Martin recula, mais sa surprise fut balayée pas une montée du *flux* ample et puissante aussi inattendue que jouissive. Camille n'avait pas quitté son ami des yeux et elle le vit monter en puissance. Elle reconnut les signes du flux et la posture qui était la sienne quand il se sentait en pleine possession de lui-même. Son regard se porta sur la foule restée debout qui l'acclamait et l'applaudissait. Cette scène était d'une beauté qui la déstabilisa. Les larmes lui montèrent et elle ne voulut pas les retenir. Elle voulait accueillir à bras ouverts la puissance de son ami et l'extraordinaire sentiment de confiance qu'il dégageait. Elle voulait se rassurer grâce à lui, faire sienne cette certitude que les choses tourneraient bien, au final. Alors elle cria son nom elle aussi, et applaudit à s'en faire mal aux mains.

Quatre balles n'allaient pas suffire. Pas plus que les huit puis les vingt que ses amis lancèrent simultanément. Gorgé comme il l'était, il avait la vitesse. Il avait la précision. Il avait la force.

Lorsqu'Harry se présenta au bout du terrain avec un lanceur anti-émeute, il ne cilla pas. Il se positionna face à la foule et tourna la tête lentement vers lui. Harry épaula l'arme et tira une première fois. La foule hurla puis éclata de rire. Au centre du terrain, ClapMan avait arrêté le projectile de caoutchouc du bout de son index. Harry tira une deuxième fois, puis une troisième. ClapMan s'éleva dans les airs et évita les deux balles qui décrivirent une large courbe pour revenir se poser dans le creux de sa main. La foule exulta et Martin sentit le flux monter à nouveau d'un cran. D'un geste, il désarma Harry, porta l'arme à hauteur de sa poitrine et d'un coup sec du plat de la main, la tranchait en deux sans même ressentir l'impact. Les deux morceaux tombèrent au sol dans un bruit métallique. Il s'éleva alors dans les airs et incita les gens à se lever. Il entama alors une chorégraphie improvisée que la foule reprit. *Le flux* lui, ne cessait de croître.

Théodore leva les yeux de son téléphone, à son tour grisé par le spectacle qu'il enregistrait sur son appareil. Les réseaux adoreraient ça, c'était certain.

Lorsqu'ils se rendirent sur le stand de tir, la foule se massa le long des baies vitrées qui sécurisaient la zone. Harry plaça successivement dans les mains de ClapMan plusieurs armes, mais le résultat demeura identique : ses tirs pulvérisaient la partie centrale des cibles. Le maniement des armes semblait n'avoir aucun secret pour lui. Et pour Martin, qui se voyait enchaîner les rechargements et les tirs ajustés, c'était sidérant. *Le flux* avait pris possession de ses faits et gestes, il matérialisait dans la réalité ce qu'il souhaitait par-dessus tout à cet instant : impressionner la foule. Il se demanda jusqu'où il pouvait pousser l'expérience. Il lâcha un fusil automatique brûlant et se tourna vers ses amis. Leur visage tranchait avec les éclats de la foule contenue derrière eux. Il y avait de la satisfaction dans leurs regards, mais aussi de l'inquiétude. Était-il allé trop loin ? Il resta un instant figé pour reprendre ses esprits puis adressa plusieurs saluts à la foule avant de saisir Harry par le bras pour le mener à l'écart.

« Nous avons terminé. Sortons d'ici. »

4
Dancing Bot

Maria fut réveillée par son téléphone. Elle se leva et décrocha très vite pour ne pas déranger Martin. C'était Abdel, son entraîneur. Évidemment.

« Maria ? »

Elle referma la porte de la salle de bain avec précaution « Oui Abdel, je suis là.

— *Bonjour, Maria, ravi de t'entendre. Tu es où exactement ? Nous sommes passés hier chez toi puisque tu ne répondais pas au téléphone et...*

— Je suis chez un ami Abdel. Un ami qui a des problèmes en ce moment et qui a besoin de moi.

— *Et ça t'empêche de nous tenir informés ? Tu te rends compte dans quelle situation tu t'es mise ?*

— Non Abdel, je ne m'en rends pas compte. Et je suis désolée de tout ça, mais tout est allé très vite et...

— *Maria, je me fous de tes explications en fait. Les choses sont devenues très simples : si tu ne te pointes pas à l'entraînement aujourd'hui, tu es mise sur le banc jusqu'à nouvel ordre. J'arrête de te couvrir tu m'entends ? Tu verras ça directement avec la fédé ! »*

Maria écarta le combiné de son oreille et se passa une main sur le visage en soupirant.

« *Maria ?*

— Oui Abdel. OK, j'ai compris.

— *Ouais, tu as intérêt.* », et il raccrocha.

Martin dormait. Maria savait qu'il n'avait pas prévu de retourner à la fac ce jour-là. La date du concours approchait et Camille faisait ce qu'elle pouvait pour lui faire parvenir les cours, mais il fallait se rendre à l'évidence, tout ceci n'avait plus guère d'importance pour lui. Maria comprenait bien cela, comment pouvait-il en être autrement ? Mais ils en avaient discuté ensemble, car elle était inquiète. Cela avait étonné Martin d'ailleurs. « Toi, la tête brûlée de service, tu me demandes de faire gaffe ? » Elle avait pris un temps avant de lui répondre. Elle avait pensé à sa mère qui disait d'elle que son audace n'était que de façade et qu'elle dissimulait la plus grande sensibilité. De fait, Maria savait faire taire les angoisses qui la concernaient directement, mais elle était incapable de ce recul lorsqu'il s'agissait des autres. De ceux qu'elle aimait. Et ce *Martin*, elle l'admettait à présent, l'avait complètement chamboulée. La part de ses pouvoirs dans tout ça ? Peu importait, ils faisaient partie de lui après tout. Où était le problème de l'aimer aussi pour ça ? Elle l'avait donc regardé dans les yeux et lui avait répondu le plus simplement du monde : « Oui, je te demande de faire attention. » Il s'était approché d'elle et l'avait embrassée sans rien ajouter.

Il dormait donc en attendant de débuter une journée qui s'annonçait encore une fois très chargée. Ils avaient en effet convenu que ClapMan était enfin prêt à donner son premier *coup de main*.

Coup de main.

C'est le terme qu'ils avaient retenu pour qualifier les futures actions super-héroïques de ClapMan. L'entreprise était modeste, il s'agissait de porter les sacs de course des personnes âgées ou de descendre les chatons téméraires des arbres devenus trop hauts pour eux. Filmées, ces actions amplifieraient la notoriété de ClapMan. Du moins, c'était l'idée.

Maria ferma les yeux et l'image de Laura lui revint en tête. Depuis sa fuite en voiture, elle n'était pas réapparue. Pas encore. De combien de soutiens avait besoin ClapMan pour prendre le dessus sur cette furie ? C'est la question que tout le monde se posait et qui justifiait toute cette préparation. Et bien entendu, il était impossible de savoir de combien de temps ils disposaient encore.

Martin se retourna dans le lit et redressa la tête lorsqu'il ne sentit aucun autre corps contre lequel venir buter. Maria devina son sourire dans la pénombre.
« Bonjour toi… tu t'en vas déjà ?
— Il faut que je file à mon entraînement. Abdel est furax. »
Martin laissa sa tête retomber et disparaître dans le moelleux de son oreiller « Ah Ok… »
Maria se demanda s'il ne s'était pas rendormi.
« J'y vais, à tout à l'heure. Tiens-moi au courant, hein.
— Oui, OK. Reste connectée, on mettra ça sur le réseau. »
Elle ramassa ses affaires et fila.

Sur le trajet qui la menait au centre d'entraînement, elle dut se rendre à l'évidence : elle était très heureuse de reprendre les commandes d'un Dancing Bot. Elle s'excusa auprès de son équipe et se pressa de rejoindre le hangar de stockage des appareils. Un frisson d'excitation la parcourut lorsque les lumières de son stand éclairèrent Paco. Elle étreignit longuement Jean, qu'elle n'avait pas revu depuis la finale. Ils échangèrent quelques mots pour rétablir le lien de confiance solide dont ils avaient besoin tous les deux. Puis elle s'installa enfin aux commandes de son robot. Ce dernier vibra quand son alimentation rigidifia ses servomoteurs. Jean relâcha l'étreinte des mâchoires de maintien et Paco tomba souplement sur ses deux pieds.

« Tes deux rotules inférieures sont neuves ! », lui cria-t-il. Elle lui adressa un clin d'œil. Son visage était radieux.

Les commandes, dans ses mains. Sa combinaison ajustée parfaitement. Son casque dont la visière enrichissait son regard de toutes les informations nécessaires. Les vibrations qui parcouraient la structure à chaque pas. Les bruits mécaniques qui accompagnaient ses mouvements. Maria connaissait tout cela. C'était son monde. Elle en maîtrisait tous les tenants, tous les aboutissants. Oui, elle *maîtrisait* la situation. Et cela lui faisait un bien fou.

Lorsque le hall d'entraînement s'ouvrit à elle, Maria poussa sur son joystick droit et Paco bondit comme un fauve. Elle se réceptionna sur les mains, enchaîna plusieurs flips et acheva sa diagonale par un double saut périlleux tendu. À l'autre extrémité de la zone, Abdel la fixait, sanglé dans un Trainer Bot à l'allure massive. Elle devina un sourire sur son visage. Elle ne connaissait pas le programme qu'avait prévu le coach principal, mais ce n'était pas important, elle voulait se faire plaisir.

« Régie son, ici Maria De Euva, praticable 2B. Envoyez la musique ! »

Ses écouteurs grésillèrent « Ici la régie son, tu es enfin de retour Maria ?

— Et comment ! Envoie la musique, je vais réveiller toute la zone !

La couronne de haut-parleurs qui entourait le praticable vibra d'une ligne de percussion qui se doubla d'une boucle mélodique entêtante. Maria reconnut l'un des titres favoris des pilotes de première année. La cadence restait identique sur toute la plage, ce qui permettait de travailler la justesse des enchaînements sans se faire surprendre. C'était parfait pour se dérouiller les automatismes. Elle poussa ses commandes pour prendre un élan suffisant. Elle percuta un premier pas, soigna sa trajectoire pour retomber bien au centre. Paco se tassa sur lui-même puis effectua deux pirouettes successives qui le placèrent à un coin du praticable. Il soigna alors ses appuis pour bondir sur le 2e pad, puis sur le 3e. Il s'éleva dans les airs, effectua une vrille et retomba en grand écart à l'autre extrémité. Maria exultait. Elle augmenta la puissance dans les adducteurs hydrauliques et fit claquer les deux jambes du robot pour qu'il se retrouve en équilibre sur ses deux pointes. Elle leva alors la jambe droite et par un mouvement vif du bassin, provoqua une rotation rapide de Paco sur l'extrémité de son pied gauche. Elle se concentra sur le rythme de la musique pour que l'immobilisation de son robot coïncide avec une reprise de la boucle mélodique. Elle fit alors bondir son robot en avant et mima un saut de l'ange. Au sommet de sa trajectoire, elle regroupa Paco sur lui-même et le fit atterrir en plein centre du praticable, genoux au sol. Maria était essoufflée et déjà en nage. Elle resta un moment immobile pour reprendre son souffle et ne remarqua les autres robots de son équipe que lorsqu'elle redressa Paco. Ils s'étaient alignés au bord du praticable, restèrent, un instant, immobiles puis applaudirent sa prestation. Maria fit faire une révérence à son robot puis se retourna vers Abdel. Ce dernier activa son Trainer

Bot pour rejoindre Maria au centre de la zone. Il affichait une mine navrée, mais amusée.

"Ça y est, tu as fini ton petit show ?"

Maria se força à paraître gênée, mais elle savait très bien que son entraîneur n'était pas dupe.

"Je crois que j'avais besoin de lâcher un peu la pression. Merci, Abdel.

— Ouais, admettons. Je t'ai envoyé les vidéos de la nouvelle chorégraphie collective que nous avons commencé à travailler pendant tes... vacances. Donc avant de nous rejoindre, tu vas aller y jeter un œil en salle de briefing parce qu'aujourd'hui, nous allons travailler les réceptions."

Maria soupira "Abdel, de la théorie, vraiment ? Aujourd'hui ?"

L'entraîneur regarda sa pilote sans rien dire. Maria comprit le message, se détourna et marcha jusqu'à son stand en faisant traîner les pieds à son robot. Cela amusa le reste de l'équipe. L'un d'eux lui tapa sur l'épaule à son passage.

Jean rigola à son arrivée. Elle releva sa visière et toisa son mécano.

"Tu étais au courant ?

— Non, pas du tout, quelle idée !", et il continua de rire. Maria se détacha et sauta au bas de son robot. Elle haussa les épaules sans faire de commentaire et attrapa une boisson énergisante avant de rejoindre la salle de briefing.

La chorégraphie prévue était audacieuse. La prochaine compétition se déroulait à Rome le mois prochain, dans le cadre du Championnat d'Europe. Évidemment, le show aurait lieu dans le Colisée, ce qui entraînait des contraintes importantes,

56

notamment au niveau des réceptions puisque le sol du monument n'était pas conçu pour encaisser les impacts de cinq cents kilos de métal propulsés à trente mettre de haut. Maria se concentra donc sur cet aspect de l'enchaînement. Elle siffla d'admiration : les chorégraphes avaient été particulièrement ingénieux. Elle ne se souvenait pas avoir jamais participé à des réceptions collectives aussi élaborées. Abdel avait raison, il y avait beaucoup de travail.

Elle s'installa dans l'un des fauteuils de la première rangée et scinda l'écran en deux pour afficher les spécifications techniques en même temps que les images. Elle demanda également à la console principale de diffuser le morceau de musique retenu. Elle devait s'en imprégner, se familiariser avec chaque changement de rythme et chaque temps fort. Elle voulait "avoir l'impression d'avoir composé le morceau elle-même" comme elle se plaisait à le répéter. Elle ne fut pas surprise de découvrir que la place de voltigeur avait été attribuée à Albert, le pilote de *Spirit of 200*. Bien entendu, elle et son robot se retrouvaient remisés au deuxième rang, mais il était hors de question qu'elle se plaigne : elle l'avait bien mérité. Cela étant, son rôle n'était pas des moindres. Au milieu de la chorégraphie, elle devait en effet assurer avec les cinq autres un cercle parfait, base d'une pyramide qui devait réceptionner *Spirit of 200* après son saut principal. C'était malin, la force de l'impact serait ainsi déployée sur une très large surface, évitant tout risque pour le sol du Colisée. L'infographie qui illustrait les données techniques de cette manœuvre situait les effets de la réception bien en deçà des prescriptions. C'était parfait, tout simplement. Et pour Maria, diablement excitant. Elle se passa plusieurs fois la reconstitution du saut puis zooma sur les appuis de son robot pour détailler les positions le plus finement possible. Lorsqu'elle parvint à se représenter mentalement tout l'enchaînement, elle demanda à adopter le point de vue d'un spectateur. Un long zoom arrière lui permit de saisir la chorégraphie dans son ensemble. Lorsque *Spirit of 200* bondit à vingt-cinq mètres de haut, opéra un triple saut périlleux tendu et se réceptionna sur le sommet de la pyramide formée par les dix autres Dancing Bot, Maria eut un frisson. Il se dégageait une puissance incroyable de cette figure. Une force brute et collective qui emballerait le public à coup sûr.

Une force.

Maria fit défiler la séquence à rebours et figea l'image lorsque *Spirit of 200* atteignit le sommet de son saut. Il se trouvait là, en suspension dans l'air. En lévitation. Comme lui. Comme ClapMan. Comme elle. Comme Laura. Une idée germa dans l'esprit de Maria. Elle n'avait pas de pouvoir, mais elle avait cette capacité de piloter un robot de plus de cinq cents kilos capable de s'envoyer en l'air à plus de trente mètres. Un robot dont la puissance brute, disaient les spécialistes, équivalait à celle de plusieurs gorilles. Maria détourna les yeux de l'écran. Après tout, songea-t-elle, ces robots étaient bien des engins militaires au départ. Elle fit défiler à nouveau le film et s'imagina quels dommages elle pourrait causer si elle décidait, au lieu de danser, de balancer des crochets du droit et des uppercuts. Autant séduite qu'un peu gênée par cette idée soudaine, elle éteignit la console principale et gagna les gradins.

Il ne manquait qu'elle sur le praticable. Les dix autres Dancing Bots travaillaient l'ajustement de leur position pour permettre une réception équilibrée du voltigeur. Le bruit des mécanismes et des impacts métalliques était impressionnant. Dans son Trainer Bot, Abdel se plaçait en renfort des réceptionneurs, au cas où. Les pensées de Maria cavalaient dans tous les sens autour d'une certitude : elle rêvait à présent de se retrouver aux commandes d'un Dancing Bot face à cette Laura, pour l'expédier dans la stratosphère d'un simple coup de pied fouetté bien ajusté. C'était ça, son pouvoir à elle, la maîtrise parfaite de la force brute d'un Dancing Bot. Elle aimait se dire cela. Et elle aimait se dire que, pour cette raison, elle allait être très utile.

Il restait un obstacle de taille : mettre la main sur un Dancing Bot. Car il était inenvisageable de demander un prêt à la fédération et encore moins de mettre ce pauvre Jean dans le coup. Quant à Abdel, son intégrité et sa droiture étaient telles qu'il avait même parfois du mal à traverser hors des clous. Alors lui demander de sortir un Dancing Bot en cachette pour un combat de rue était une option à éliminer d'entrée.

Non, Maria devait trouver une autre solution. Elle se demanda combien coûtait un robot d'occasion. Puis, parce qu'elle pensait à l'argent, elle pensa à Denis Delbier. Elle sourit : il ne s'agissait plus de détourner un robot ou de racler les fonds de tiroir, il suffisait à présent de convaincre le père de Fatou de lui offrir un Dancing Bot.

5
Un journal

Lorie et Fatou restèrent un moment à l'écart, à scruter la façade de l'hôtel. Si tous étaient d'accord pour déclarer qu'aller jeter un œil dans la chambre de Laura Labrot était une bonne idée, passer à l'acte était une autre affaire. Harry et Denis étaient formels, Laura n'avait pas mis les pieds à l'hôtel depuis les évènements du bois de Boulogne. Dans l'esprit des deux filles, cela ne voulait pas dire qu'elle ne se déciderait pas à le faire, ou même qu'elle les y attendait, tapie dans l'ombre du kiosque à journaux qui se trouvait en face. Elles avaient donc décidé d'unir leur courage et leur bravoure et de s'y rendre à deux.

"Au moins, on sait qu'elle n'est pas planquée ici.", déclara Lorie, à l'abri de la pluie sous l'auvent du kiosque. Fatou haussa les épaules et se décida à traverser l'avenue.

Elles pénétrèrent dans la chambre d'hôtel qu'occupait Laura non sans une certaine appréhension. La réceptionniste avait pourtant été catégorique, la chambre n'était plus utilisée depuis plusieurs jours. Fatou n'était pas impressionnée comme l'était Lorie, peu habituée à ce standing d'établissement.

"Waouh, ton père l'a gâtée !", lança-t-elle en sifflant entre ses dents.

— Ouais, c'est son truc, le luxe. On s'habitue au bout d'un moment. Bon, qu'est-ce qu'on cherche ? »

Lorie haussa les épaules « On ne sait pas trop ce qu'on cherche. Des indices, des trucs, qui nous permettraient de mieux la connaître ou, encore mieux, qui nous diraient où elle se cache. »

La chambre était parfaitement rangée. Un sac à dos était posé dans l'entrée. Il n'était même pas ouvert. C'était le seul élément qui indiquait que cette chambre était occupée. Ou l'avait été. Fatou en vida le contenu sur le lit.

« Elle ne voyageait pas avec grand-chose cette fille.

— Ah, regarde, un cahier. »

Fatou s'en empara « C'est plus qu'un cahier, c'est un vrai bouquin, regardez la couverture est en cuir, la classe ! »

Une date était mentionnée sur la première page : mercredi 1ᵉʳ septembre 2032. Lorie feuilleta rapidement les suivantes.

« C'est un journal.

— Parfait ça, on l'embarque. Tu vois autre chose d'intéressant ? » Lorie écarta tee-shirts, chemisiers et pantalons en toile légère. Elle tomba sur un guide touristique de la Thaïlande, un chargeur de téléphone et un ordonnancier à son nom.

Fatou retourna le sac pour être bien certaine de ne rien avoir manqué puis elles passèrent la chambre au peigne fin. Elles ne trouvèrent rien d'autre que l'imposant journal. Lorie le glissa dans son sac et elles quittèrent les lieux.

6 janvier 2033

Nous nous séparons. Mathieu et moi, c'est terminé. Cela a-t-il duré le temps qu'il fallait ? Sans doute. Je vais choisir de me dire cela. Ce sera plus facile. D'ailleurs nous ne nous séparons pas, c'est moi qui pars. C'est mon choix. Il a dormi dans son atelier cette nuit. Et la nuit prochaine, très certainement, il sera de retour à Bordeaux. Je vais continuer de croiser ses œuvres dans les rues de la capitale. Il y a des rues que je vais éviter, au moins un temps. Ce n'est pas si facile, d'être en couple avec un artiste. D'exister à ces côtés. De l'intéresser autant que son art. J'ai réussi, il me semble. Nous nous sommes inspirés.

Mathieu.
Mathieu Landrin.

Ça me fait bizarre d'écrire son nom. Je ne l'ai pas écrit souvent. Je ne l'écrirai plus ? Plus du tout alors. Ou l'inverse. L'écrire. L'écrire beaucoup, pour s'en écœurer. Retourner dans ces rues. Dans ses rues. Et y retourner encore. Ensevelir les souvenirs et les perceptions sous d'autres souvenirs et d'autres perceptions. Que sont les lieux sans les souvenirs ? Existent-ils ? On va voir. Je vais voir. Je vais essayer. Oui, à partir d'aujourd'hui, je vais essayer d'autres choses. Plein. Je vais vivre autrement. Parce qu'il n'est plus là. Son culot va me manquer. Son audace. Son opportunisme. Sa franchise. Sa façon de se raconter des histoires. De fantasmer sa vie. Celle des autres. Son quotidien.
Alors pourquoi ? Pourquoi ne plus ?
Parce qu'il ne cuisine pas ? Parce qu'il laisse aux autres les contingences du quotidien ? Parce qu'il s'en fout ? De tout. Et la colère. Sa colère. Ses coups de gueule.
Ses mensonges.
Alors pourquoi ? Pourquoi ce fut ?
Un océan. Un continent. Entre nous deux.
Je m'en vais.
Je ne l'emmène pas.
Je le quitte.
Et je vais bien.
Oui ?

6
Enfants, course, piano et incendie

Le premier jour eut une saveur particulière pour Martin. Il revêtit sa tenue de ClapMan comme il se serait préparé pour aller à la fac puis se posa sur le bord de son canapé pour attendre Théodore, Mohamed et Camille. Il était impatient. Il consulta la montre que lui avait offerte Théodore : le nombre de fans de ClapMan n'augmentait plus que très lentement. Ses amis étaient en retard. Martin se concentra sur le chiffre indiqué sur la montre et, comme la fois précédente, sentit *le flux* tressaillir. Il se demanda si l'aide supplémentaire de Camille, Mohamed et Théodore suffirait à l'éveiller davantage.

Ses trois amis arrivèrent finalement. Le plan prévoyait une longue ballade dans l'Est parisien puis un retour par les quais et le canal.

« Tu te sens prêt ? »

Martin regarda Camille « Oui, en revanche, le flux est méga faiblard, je ne vais pas pouvoir sauver beaucoup de chatons. »

Elle sourit « Martin, à mon avis une partie du *flux* est également liée à toi. Nous t'aimons, tu le sais. Mais nous n'allons pas sortir les banderoles et les confettis à chaque fois. Concentre-toi. Aie confiance. Souviens-toi de nous, de notre histoire. De nos sentiments l'un pour l'autre. » Elle fit une pause « Je t'aime Martin, et tu le sais. »

Martin aurait voulu capter son regard et le garder au chaud dans sa mémoire pour les jours de grande déprime. Mohamed s'avança vers lui et lui posa une main sur l'épaule « Ouais, tout pareil mon grand, mais différent. », lâcha-t-il en faisant des yeux de chat. Ils éclatèrent de rire. Théodore applaudit la scène puis sortit son téléphone pour commencer à filmer. *Le flux* était bien là, présent et sans doute suffisant. Ils se mirent donc en marche à la recherche d'âmes perdues, de gens englués dans les affres de leur quotidien et auxquels ClapMan pourrait venir en aide.

Il ne pleuvait pas ce jour-là, les trottoirs étaient en partie recouverts de boue croûteuse, ce qui causait pas mal de soucis aux parents en poussette et aux personnes âgées.

« Là, regarde, ce papa est en galère avec sa double poussette. », fit remarquer Camille. Martin aperçut en effet un grand monsieur en costume cravate qui peinait à avancer, car le trottoir était trop étroit pour sa large embarcation à deux places.

« Non, mais tu plaisantes, vraiment ?

— Bah, pourquoi pas ? Il faut bien que tu débutes, non ?

— Tu as déjà vu un superhéros soulever une poussette ? Le gars avec sa cape rouge, d'emblée, il a sauvé le monde lui ! »

Camille soupira « Oui, mais toi tu apprends, il faut commencer doucement. Tu sauveras le monde plus tard. Je ne sais pas, après-demain par exemple ? »

Martin rigola sous son masque « Ah Ok, après-demain alors. Aujourd'hui, je soulève des poussettes. Il n'empêche, on n'a jamais vu l'entraînement du gars avec sa cape rouge.

— Bon, tu l'aides ou tu ne l'aides pas ce pauvre type ? » Théodore s'impatientait.

« Ah bah c'est trop tard. », déclara Camille. Effectivement, le grand homme avait triomphé seul de l'obstacle et s'éloignait à présent en pressant le pas.

« De toute façon, je ne le sentais pas ce gars-là, il ne m'aurait pas dit merci. » Martin scrutait les alentours, à la recherche d'une mission de substitution. Et il la trouva. « Là-bas, regardez, la jolie jeune femme n'a pas de poussette elle, et deux enfants dans les bras. Elle va tomber, c'est sûr ! »

Camille fronça les sourcils « Elle a l'air de très bien s'en sortir. »

Mais ClapMan marchait déjà vers elle suivi de Théodore.

« Bonjour Madame, attendez une seconde, je vais vous aider ! »

La jeune femme sursauta puis poussa un petit cri quand ses deux enfants se firent légers, très légers, au point de flotter dans les airs devant elle. Elle s'agrippa à eux.

« Mais que faites-vous à mes enfants, arrêtez ! »

Plusieurs passants se retournèrent. « Eh ! C'est ClapMan ! » cria l'un d'eux. Les gens s'arrêtèrent et un attroupement commença à se former.

« Je peux vous aider à les porter si vous le souhaitez, les trottoirs sont dangereux aujourd'hui. », déclara ClapMan.

« Ça va aller, je vous remercie. »

ClapMan hésita une seconde puis laissa à nouveau les deux enfants peser dans les bras de leur mère. Elle sourit enfin.

« Mais c'était sympa de proposer. Il y a sûrement des gens qui ont davantage besoin de vous. » Elle regarda autour d'elle « Il faut que j'y aille, bonne journée. »

Martin la laissa s'éloigner puis se tourna vers Camille « Bon, les enfants, c'est non.

— Je pense surtout qu'il faut que tu demandes avant d'agir. Enfin à mon avis. Essaye aussi de ne pas cibler que les jolies filles, ça pourrait se voir. »

Martin regarda son amie sans rien dire « Ok. »

Autour d'eux, plusieurs passants avaient sorti leur téléphone.

« Eh ClapMan, on peut faire un selfie ?

— Oh oui, moi aussi, un selfie !

— Eh ! Tu nous fais voler ? Allez ! »

Martin se concentra et souleva les personnes qui étaient les plus proches de lui de quelques centimètres avant de les reposer. Les gens crièrent puis rigolèrent. *Le flux* bondit en intensité. Il écarta alors les bras et emporta dans son envol la totalité des gens présents sur le trottoir. Tous se retrouvèrent à un mètre du sol, hilares. Martin aperçut la fille aux deux enfants. Elle s'était retournée et observait la scène, amusée. Il reposa tout le monde. Les gens applaudirent. Le flux était maintenant puissant et stable. ClapMan s'éleva dans les airs et s'adressa à la foule.

« Bonne journée, tout le monde ! J'y vais, j'ai des coups de main à donner ! »

Et il disparut au-dessus de l'immeuble. Camille, Théodore et Mohamed se regardèrent. Ils s'écartèrent de la foule et dégainèrent leur *Kordon*.

« Martin, tu es parti où ? » demanda Camille.

« Je suis quelques rues plus loin, je me suis posé là où il n'y avait personne. Attendez… rue Melingue, je suis rue Melingue. Je vous attends. »

Martin avait enlevé son masque et sa capuche lorsqu'ils le rejoignirent.

« Bon, les amis, ça ne va pas être si simple on dirait. »

Théodore regardait son ami avec admiration « Génial, on sait au moins que ClapMan a la côte. Quel succès !

— Si tu n'arrives pas à les aider, tu pourras au moins amuser les gens. », commenta Mohamed sur un ton moins enjoué. Camille ne semblait pas satisfaite non plus.

« Je pense que les gens ont été surpris. La femme avec les enfants a eu peur. Tout ceci reste très énigmatique pour eux finalement. Je pense que ClapMan devrait faire une annonce sur le réseau.

— Une annonce ? Mais pour dire quoi ?

— Pour dire aux gens que tu es là pour les aider. Pour les informer. Si tu n'expliques pas ta démarche, tu peux rester incompris. Tu as vu, tu peux même faire peur. »

Martin regarda Mohamed, puis Théodore « Oui, ça se tient. Vous en pensez quoi ? »

Ils haussèrent les épaules.

« Camille a raison. »

« Je suis d'accord »

Mohamed s'avança et saisit le poignet de Martin pour jeter un coup d'œil à la montre « Et puis les gens ne demandent que ça finalement, à être aidés. Regarde les messages qui arrivent sur le compte de ClapMan, il y en a même qui te demandent de leur masser le dos à distance ! »

Martin pouffa « Bon OK, allez, on tourne une pub pour ClapMan. Théodore, tu es prêt ?

— Quoi, tu veux faire ça là, ici et maintenant ?

— Ouais carrément, je suis chaud là ! »

Théodore s'éloigna de quelques mètres et pointa son téléphone vers ClapMan « OK, quand tu veux. »

Camille regardait ça d'un œil aussi amusé qu'intrigué. Martin regarda si personne ne s'engageait dans la rue, enfila masque et capuche puis décolla. Il exécuta un petit vol de démonstration puis vint se placer devant l'objectif.

« Bonjour, tout le monde, aujourd'hui, j'ai décidé de me balader dans les rues de Paris pour venir vous donner un coup de main, pour me rendre utile. Tout à l'heure, j'ai voulu aider une maman avec ses deux enfants, mais j'ai fait peur à cette dame, et je la comprends ! Alors voilà, moi je propose. Et vous ? Eh bien vous disposez ! On essaye ? Ça vous dit ? Dans ce cas-là, à tout de suite !

— Et... coupez ! » lança Théodore, ravi. Martin guettait la réaction de Camille.

« Alors ?

— Pas mal. Et j'imagine que si tu postes ça sur le compte de ClapMan, ça va se répandre comme une traînée de poudre.

— Ça ? C'est du concentré de viral, de l'extrait de buzz à l'état brut. Et toc ! C'est posté !

— On peut y retourner alors ? »

Mohamed temporisa la fougue de son ami « Euh, attendons quand même une heure ou deux, non ?

"C'est déjà sur *GoToNews*, regardez. »

Théodore présenta son téléphone : un bandeau qui défilait sous l'écran du direct mentionnait un nouveau post sur le compte du super-héros ClapMan.

« OK, je le tente alors. Allons vers la rue de Belleville, il y a toujours beaucoup de monde autour des commerces. Je marche devant, vous me suivez d'un peu plus loin ? »

Mohamed leva les bras au ciel « Allez, c'est parti ! »

Il y avait en effet beaucoup de monde dans la petite rue qui montait de la place de la République. Martin revêtit son masque et commença à descendre la rue. Quelques secondes suffirent pour que les passants qui n'avaient pas le nez sur leur téléphone le reconnaissent. Tandis que ClapMan essayait de deviner lequel d'entre eux l'aborderait en premier, il buta contre le chariot à provisions d'un grand-père. Ce dernier fixait ClapMan par-dessus ses lunettes et arborait un chaleureux sourire.

« Excusez-moi Monsieur, je ne regardais pas devant moi.

— Je vous en prie, il n'y a pas de mal. C'est vous ce…
ClapMan ?

— Ah oui, tout à fait. C'est moi.

— Incroyable que je vous tombe dessus. Mon petit-fils vient
de m'appeler, il paraît que vous voulez aider les gens ? »

Le vieil homme regardait ClapMan avec des yeux rieurs.
ClapMan se redressa, arborant une pause théâtrale.

« Tout à fait Monsieur ! Je vois que votre petit-fils est très
informé.

— Oui, et vous voyez aujourd'hui, ça va servir à quelque
chose. Venez avec moi, je vais faire des courses, j'ai besoin d'un
coup de main. »

ClapMan se retourna vers ses amis qui observaient la scène
de loin, les oreilles plaquées sur leur *Kordon*. Camille lui fit de
grands signes pour l'inciter à dire oui. Théodore traversait déjà
la rue pour immortaliser l'évènement. ClapMan se pencha pour
mettre son visage au niveau de celui du vieil homme.

« OK, avec plaisir. Je vous suis alors ! Comment vous
appelez-vous ?

— Roger. Roger Fageol. Et vous ?

— Euh, bah ClapMan.

— Non, je veux dire votre vrai nom. Celui que vous ont
donné vos parents.

— Ah, je ne peux pas vous le dire. C'est top secret. »

Roger poussa son chariot jusqu'à le placer dans les mains de
ClapMan « Top secret ? C'est pour ça que vous êtes déguisé ?

— Oui, voilà, c'est pour ça. Ça vous plaît ?

— De mon temps, on aidait les gens sans se cacher. Vous êtes
vraiment bizarre, vous les jeunes. »

ClapMan se décala et souleva le chariot pour le faire tourner sous les yeux du vieil homme. Autour d'eux, les gens commençaient à s'arrêter pour observer la scène. Certains prenaient des photos, beaucoup rigolaient.

« Oui, mais est-ce que vous étiez capable de faire ça ? »

Roger sourit davantage, mais ne parut pas impressionné « Non, nous ne savions pas faire ça. Mais nous avions plein d'autres moyens d'épater la galerie. Vous savez, ce n'est pas ça le plus important. »

La discussion prenait une tournure qui étonnait Martin « C'est quoi le plus important Monsieur ? »

Roger haussa les épaules « Je ne sais pas. Je ne sais plus. C'est à vous maintenant les jeunes, de répondre à cette question. Bon, vous m'aidez à faire mes courses oui ou non ?

— Ah oui, bien sûr, où allez-vous ?

— Bah, je vais au *GoToFood*, comme tout le monde. Vous avez une autre idée ? »

Il n'attendit pas la réponse et contourna ClapMan pour l'inciter à avancer.

Dans le petit supermarché, il ne fut pas aisé d'accompagner Roger dans les rayonnages. Outre le monde qui s'y trouvait déjà, un attroupement se formait autour de ClapMan dès qu'il s'arrêtait trop longtemps. Et c'était fréquent, car Roger avait une idée très précise de ce qui devait tomber dans son chariot et cela obligeait ClapMan à des recherches interminables.

« Ce sont ces biscottes que vous voulez ?

— Non, celles-ci sont trop cassantes, prenez les plus épaisses là-haut. »

Martin en profitait pour travailler sa précision, il faisait planer les denrées pour les déposer doucement dans le chariot. Les gens autour étaient aux anges.

« Ah ! regardez Roger, je crois que j'ai trouvé les lingettes que vous cherchez.

— Elles sont bien autodégradables ? Il y a un symbole bleu, regardez bien sûr l'emballage.

— Oui, vous les mettez sous la pluie et elles disparaissent, il y a le petit symbole. Vous en voulez combien ?

— Mettez-en trois paquets, c'est vous qui portez ! » et il rigola. Martin commençait à bien apprécier ce bonhomme. Et c'était réciproque puisque *le flux* augmentait régulièrement.

Lorsque le chariot de Roger fut enfin plein, la foule autour d'eux était devenue si dense que les vigiles du supermarché en bloquèrent les accès. La nouvelle de la présence de ClapMan dans le quartier s'était répandue très rapidement. La rue était presque figée par l'attroupement. Martin ne pensait pas que ce premier *coup de main* prendrait autant de temps.

« Bon, je pense que nous avons fini, non ?

— Oui, et c'est une bonne chose de faite ! Je paye et on y va.

— Vous habitez où ?

— Rue Carducci, c'est à deux pas. »

Martin baignait dans une bulle de bien-être. *Le flux* était dans une forme resplendissante. La démonstration qu'il s'apprêtait à faire pouvait donc gagner en ampleur. La foule forma une haie pour qu'ils puissent sortir du supermarché. Beaucoup de gens applaudirent. Une fois dehors, il devint difficile de se frayer un passage. ClapMan se tourna vers Roger, qui s'amusait beaucoup de tout cela.

« Non, mais vraiment, ils ne sont pas au travail tous ces gens ?

— Au-dessus ou en dessous ? » lui demanda ClapMan.

« Que voulez-vous dire ?

— La foule, on passe au-dessus ou en dessous ? »

Roger resta un moment à fixer le masque de ClapMan. Peut-être était-il enfin impressionné.

« Roger ?

— En dessous mon brave, en dessous. À mon âge, on a le vertige vous verrez. »

ClapMan ferma les poings et, d'un geste ample des bras, ne souleva pas seulement la foule, mais aussi les voitures et le camion de livraison de fruits et légumes qui bloquait une partie de la rue. Les gens crièrent de surprise puis beaucoup éclatèrent de rire. Devant ClapMan et Roger, la rue était nettoyée de tout obstacle, vidée, libre. Et tranquille. Roger leva vers ClapMan des yeux pleins de gratitude.

« Merci, mon grand. »

ClapMan souleva alors Roger de façon à peine perceptible. Assez cependant pour le vieil homme se redresse, soudain soulagé du poids de ses os vieillissants. Ils marchèrent ainsi jusqu'à son immeuble. Lorsqu'ils tournèrent au coin, ClapMan reposa la rue au sol. Ils entendirent le vacarme de l'excitation suscitée et en rigolèrent. L'appartement de Roger, situé au dernier étage d'un immeuble récent, était immense et d'une propreté incroyable. Tout y était à sa place et formait un cocon pétri par les années, dans lequel même Martin se sentit bien d'emblée. Il s'attarda sur un pêle-mêle de photos qui occupait une très grande place sur le mur du salon. Tout n'y était que rires, sourires, joies et gaieté, récapitulatif enchanté des années passées et des moments vécus. Roger se rapprocha de Martin.

« C'est beau, hein ? »

Martin était ému « Oui, très. Ces gens, ce sont… c'est votre famille ?

— Oui et beaucoup d'amis aussi. C'est important les amis, vous savez. Regardez, là, c'est Nicolas, mon petit-fils, avec ma fille Iris. C'est lui qui m'a parlé de vous. Cette photo date déjà de l'année dernière, à Pâques. Nous avions fait une chasse aux œufs dans le jardin de ses parents.

— Et là, c'est qui ? » Martin pointait une photo sur laquelle Roger, très jeune, et un casque de chantier sur la tête, serrait la main d'une dame.

« C'est la maire de Paris. Je l'ai rencontré au début des années 2020, quand nous avons lancé la couverture de tout le périphérique. »

Martin se tourna vers Roger « Quoi ? C'est vous le Roger Fageol de la Couronne-Verte ? Je veux dire, l'architecte ?

— Oui, j'ai été l'un des architectes du projet, heureusement, nous étions plusieurs ! J'avais en charge… » il chercha une autre photo « Là, vous voyez, c'est moi. J'avais en charge le dossier des établissements culturels. »

Martin regarda attentivement la photo « Ah oui ? Les cinémas par exemple, c'est vous ? Même celui avec le plancher en verre ? »

Le sourire affiché par Roger était radieux. Il faisait disparaître ses yeux dans les plissures rieuses de ses paupières « Oui, le cinéma *La Capsule*, c'est moi. Enfin moi et mon équipe. Regardez, on le voit un peu là, on venait de poser la baie. »

Martin était impressionné. Il adorait ce cinéma posé sur le périphérique parisien. Avant chaque séance, le trafic des voitures y était visible par le plancher, avant qu'il ne se referme pour plonger la salle dans l'obscurité.

Il jeta un coup d'œil rapide aux autres photos. Une femme apparaissait régulièrement. Martin hésita, mais ne posa aucune question. Il sursauta quand la voix de Mohamed résonna dans l'écouteur de sa capuche.

« *Martin, tu es toujours dans l'appartement du vieux monsieur ? Faut qu'on y aille mon grand, l'heure tourne !*

— *Mohamed a raison, si tu n'aides qu'une seule personne par jour, ça risque de faire un peu maigre !* » compléta Théodore.

ClapMan se tourna vers Roger et lui tendit la main.

« Je suis désolé, il faut que j'y aille, il y a du boulot dehors. Je suis très enchanté d'avoir fait votre connaissance. Merci pour tout. »

Roger lui serra chaleureusement la main « Merci à vous jeune homme. Ce fut une expérience… comment dire, inattendue et très rigolote. Quand je vais raconter ça à Nicolas, il ne va pas en revenir !

— Ne tardez pas trop, les images doivent déjà circuler, vous savez comment c'est…

— Oh oui, je sais ! Allez filez, vous avez raison, il y a du boulot dehors. Bonne chance à vous. »

Lorsqu'il rejoignit ses amis en bas de l'immeuble, Martin était tout retourné par sa rencontre. Il avait pris soin d'enlever sa tenue de ClapMan et ils marchaient à présent librement tous les quatre dans la rue. Un déménagement était en cours dans la rue voisine. Un piano était posé sur un monte-charge sans doute trop étroit et les déménageurs s'affairaient à le stabiliser sans trop de réussite. Lorsqu'il passa à leur niveau, Martin utilisa *le flux* pour soulever l'instrument et le déposer sur la terrasse du deuxième étage. Les déménageurs eurent peur, s'éloignèrent du piano et regardèrent de tous les côtés. Ils rigolèrent et applaudirent quand la manœuvre fut terminée. Martin avait agi à l'instinct, sans se retourner, en continuant à marcher. Tout juste avait-il agrippé le bras de Camille pour pouvoir fermer les yeux et mieux se concentrer. Ceux qui avaient assisté à la scène levèrent la tête, à la recherche de la silhouette masquée, puis se regardèrent les uns les autres.

« Il est où ? », demanda une adolescente à son copain.

« J'en sais rien moi, c'est peut-être lui là-bas ! »

Ils dévisagèrent un père de famille en tenue de sport qui revenait de l'école voisine.

— Bah non, il n'a pas de capuche le gars. »

Camille sourit et regarda Martin. Il avait rouvert les yeux et avait pressé le pas, le regard bien droit.

« C'est malin ! »

Martin se retourna. Les gens continuaient de s'interroger. L'un des déménageurs lança « Eh ClapMan, tu es où ? Ne pars pas, il y a encore la machine à laver à monter ! », ce qui provoqua un éclat de rire général.

« Malin je ne sais pas, mais marrant oui !

— Ouais, inutile surtout à mon avis. », rétorqua Théodore. Cela ne plut pas à Martin qui s'arrêta puis s'engouffra dans le café qui faisait le coin de la rue.

« Un chocolat chaud s'il vous plaît. », demanda-t-il en prenant place à la table la plus éloignée du comptoir.

« Demande aux gars qui galéraient si c'était si inutile. », lança Martin à Théodore.

« Tu agis à visage découvert, c'est une prise de risque. Et si je ne peux pas filmer ClapMan à l'œuvre, quel est l'intérêt ?

— J'aide. C'est bien l'idée, non ?

« — ClapMan aide. Pas toi. Il y a une différence : il faut que les gens *voient* ClapMan. Sinon, je le redis, ça n'a pas d'intérêt. »

Camille et Mohamed restaient silencieux. Ils écoutaient.

« Qui d'autre que ClapMan peut soulever un piano jusqu'au deuxième étage, tu peux me le dire ? »

Ils se turent le temps que le serveur dépose ses boissons.

« Je n'en sais rien. », répondit Théodore.

« Ah bon ? C'est de la mauvaise foi. Et tu le sais très bien, comme toutes ces personnes dehors : il n'y a que ClapMan capable de faire ça. Et ce n'est pas parce que tu n'as pas filmé que cela ne va pas se savoir, tu sais également très bien comment les choses fonctionnent maintenant : sur le réseau, tout se sait. Et tout de suite. »

Théodore se renfrogna « Tu as pris un risque. »

Martin prit une gorgée de chocolat et se tourna vers Camille et Mohamed « Qu'en pensez-vous ? »

Camille soupira « Vous avez tous les deux un peu raison. Le truc, c'est que tu ne dois pas agir comme ça, à l'instinct. Là, ça s'est bien passé, mais je pense qu'il vaut mieux réfléchir avant. Nous en parler aussi peut-être. »

Mohamed fit la moue « Ouais, cela étant, nous ne sommes pas là pour tourner un spot de pub pour ClapMan, l'idée est quand même d'aider les gens.

— C'est lié. Évidemment. » répondit Théodore « La mission est incarnée par le bonhomme ! Sinon les gens auront peur, comme tout à l'heure cette mère avec ses enfants. La confiance, ça se gagne, c'est tout. Et puis oui, il faut réfléchir. Et réfléchir avant, pas après. »

Martin remarqua soudain que le flux venait de baisser en intensité. Il regarda son ami et une évidence s'imposa à lui : il avait besoin de lui. Et de tous les autres. Et des gens autour. Son action devait donc faire consensus, le plus largement possible. Il se passa les mains sur le visage puis les regarda tous les trois un par un.

« OK, je vais faire gaffe » il sourit « Mais quand même, c'était drôle, hein ? »

Théodore rigola et détourna la tête « Punaise, ce n'est pas vrai... » puis il regarda son ami « Ouais, c'était drôle. »

Le cap de la mi-journée approchait. Martin se planta face à ses amis.

« Alors, je viens de réfléchir : allons aider des gens. Tout le monde est d'accord ? »

Ses trois amis soupirèrent en même temps.

« Suivez-moi. J'ai une idée. »

***

Martin accéléra. Le E.Scoot bondit en avant. Le bruit du moteur électrique se fit plus strident. Camille se cramponna à lui en l'enserrant par la taille. Il jeta un coup d'œil dans son rétroviseur : le reste de la bande suivait. Lancé à fond, le camion de pompier qu'ils suivaient longeait le bassin de la Villette en faisant hurler ses sirènes. Parvenu au carrefour de Stalingrad, il freina à peine pour laisser le temps aux véhicules qui venaient en face de réagir. Martin hésita puis s'enfila dans la brèche ouverte dans le trafic. Les deux autres E.Scoots se calèrent dans son sillage. Une deuxième sirène claqua derrière eux.

« Martin, il y a un deuxième camion ! », hurla Camille. Parfait, jugea Martin, les pompiers étaient donc en route pour une intervention d'envergure. Lorsqu'il vit le premier camion ralentir brusquement pour s'embarquer dans une rue transversale, Martin écrasa ses freins et sauta du scooter électrique pour continuer en courant. Comme ils en avaient convenu, Camille et les autres le suivraient à distance. Le deuxième camion passa en trombe en klaxonnant. Martin entendait les sirènes de plus en plus nettement : ils étaient dans la bonne direction. Lorsqu'une vieille dame sortit de son immeuble à quelques mètres de lui, il s'engouffra par la porte avant qu'elle se referme. À l'abri des regards, il enfila sa capuche puis son masque. Il se protégea le bas du visage puis ressortit de l'immeuble pour poursuivre sa course. Camille, Fatou, Mohamed et Théodore l'avaient presque rejoint.

Un gamin qui sortait d'un supermarché en tenant la main de son père ouvrit de gros yeux quand il aperçut ClapMan.

« Papa ! Y'a ClapMan ! Là ! Y'a ClapMan !

Ce dernier lui passa sous le nez sans s'arrêter, mais lui fit un petit geste de la main. Le gamin exulta.

« Il m'a vu ! Il m'a fait un signe ! Papa, tu as vu ?!

— Oui, j'ai vu !

— Mais c'est qui les gens qui lui courent après ?

— Je n'en sais rien, regarde, il y en a un qui filme ! Viens, on va voir ! »

Martin commençait à manquer de souffle. Il adapta son allure, comme il l'avait appris à l'entraînement, et en profita pour jeter un œil derrière lui. Un petit groupe de personnes s'était formé derrière sa bande d'amis. Et ce groupe grossissait à vue d'œil. Il aperçut enfin les deux camions arrêtés en plein milieu de la rue. La grande échelle était en train de se déployer en direction d'une fenêtre du quatrième étage. La fumée noire qui s'en dégageait était si épaisse qu'elle faisait disparaître le haut de l'immeuble. Martin se déporta lui aussi au milieu de la rue et s'arrêta. Comme prévu, Théodore se mit alors à scander le nom de ClapMan pour inciter la foule à faire de même. Ce qu'elle fit : leur plan fonctionnait. Martin ferma les yeux et se concentra. Il ne fallut qu'une poignée de secondes au *flux* pour se manifester, puis une autre pour monter en intensité. Martin temporisa. Sur l'échelle, un premier pompier débutait son ascension. Par les fenêtres de l'immeuble, les habitants commençaient à s'inquiéter. Martin hésitait. Y aller ? Ne pas y aller ? Et pour faire quoi exactement ? Le nom de ClapMan retentissait de plus en plus fort dans la rue. *Le flux* continuait d'affluer. Un cri résonna. Un cri d'enfant. Le pompier interrompit son ascension pour communiquer avec ses collègues. Le cri retentit à nouveau, doublé de celui d'un homme. Il était impossible d'en deviner la provenance dans cette fumée si dense qu'elle en paraissait solide.

Martin se concentra à nouveau. Il ferma les yeux et laissa *le flux* l'envahir puis le submerger. Lorsqu'un hurlement lui parvint de l'immeuble, il savait. L'image, dans son esprit, était d'une netteté cristalline : un père et son fils étaient prisonniers de l'appartement supérieur, barricadés dans leur petite cuisine. Ils manquaient d'air. En dessous, des flammes naissantes attaquaient les rideaux d'un salon où une silhouette était déjà au sol.

Martin ouvrit les yeux. ClapMan allait intervenir.

La foule hurla lorsqu'il décolla. Il se porta aux côtés du pompier qui faillit en perdre son équilibre.

"Il y a deux personnes coincées à l'étage supérieur et une troisième inconsciente dans le salon où se propagent les flammes !

— Ah, merde je n'y crois pas ! Mais comment savez-vous ça ?

— Je le sais, c'est tout ! Il faut faire vite ! Comment opérons-nous ?

— Comment ça ? Non, mais vous rigolez, dégagez de là, laissez-nous faire !

Une forte explosion ébranla l'échelle et fit tomber des débris de façade en contrebas. La foule cria et recula de plusieurs mètres. Les flammes étaient maintenant visibles de l'extérieur. Une première lance à incendie entra en action. Martin devait agir vite. Le soutien qu'il avait de cette foule pouvait ne pas durer si la peur l'emportait. Il jeta un œil au-dessus de lui. Le père et son fils ne criaient plus. Il s'éloigna de l'échelle, réajusta sa capuche et s'enfonça dans le nuage de fumée.

Et il ne sentit rien. Il ne fut ni asphyxié, ni même gêné. Dans la noirceur des volutes, sa vue s'était adaptée et lui permettait de saisir les contours de tout ce qui l'entourait. Il n'eut donc aucun mal à localiser l'homme et l'enfant. Ils s'étaient recroquevillés l'un contre l'autre et ne bougeaient plus. Il les déplaça sans les toucher, quitta l'appartement par la même fenêtre et déposa les deux corps devant le camion de l'ambulance qui venait d'arriver.

La foule hurla et applaudit. Martin se retourna. Le pompier venait de pénétrer à son tour dans l'immeuble. Martin pouvait le voir, car pour lui, la façade de l'immeuble était devenue blanchâtre, diluée comme une esquisse. Et il voyait à travers. Il vit le pompier lutter pour soulever le corps puis ployer à son tour. Alors ClapMan choisit d'intervenir à nouveau. Il s'envola, disparut dans un mélange de flammes et de fumée puis réapparut indemne, soulevant à distance le pompier et la victime, qu'il déposa à leur tour près de l'ambulance.

La foule exulta. ClapMan resta un instant immobile, comme s'il reprenait son souffle. Lorsqu'une vitre de la façade explosa sous l'assaut des flammes, il se retourna puis marcha tranquillement jusqu'à la base de l'immeuble. Les pompiers mirent en action une deuxième lance à eau dont le jet pénétra par la fenêtre endommagée. ClapMan leva les mains vers le haut et se mit à faire des moulinets avec ses mains. Quinze mètres plus haut, les faisceaux des deux lances se mirent à onduler puis ils fusionnèrent en une masse liquide mouvante qui resta en suspension jusqu'à devenir énorme. ClapMan projeta alors ses bras vers la façade : la poche d'eau en lévitation submergea les flammes. Elle dégringola sur les étages inférieurs en une cascade épaisse qui étouffa l'incendie. Un nuage de vapeur dispersa en un souffle la fumée opaque et il ne resta en quelques secondes du feu menaçant que le murmure plaintif des huisseries malmenées.

Martin se retourna vers ses amis. Camille avait les deux mains plaquées sur le visage et elle le fixait avec autant d'effroi que de fascination. Mohamed brandit son pouce à son adresse. Martin aurait bien couru jusqu'à eux pour les enlacer tant il était fier de ce qu'il venait d'accomplir. Mais la foule était encore là et occupait toute la rue. Aux fenêtres des immeubles voisins, des hommes, des femmes et des enfants filmaient et à prenaient des photos. Beaucoup criaient son nom. Un pompier s'avança vers lui et lui serra la main chaleureusement.

« Merci mon gars, beau travail. Et merci pour Seb, vous l'avez tiré d'une drôle de situation. C'est… » il hésita « C'est bien ce que vous faites. » Il lui tapa sur l'épaule et tourna les talons pour retourner vers ses collègues au pas de course. Martin n'avait rien trouvé à répondre.

Ce moment était parfait : il n'y avait besoin ni de sous-titres ni de légende.

7
Papi sur GoToNews

Nicolas n'en crut pas ses yeux et faillit avaler de travers la brioche au chocolat dans laquelle il venait de mordre.

« Maman ! Il y a papi au journal ! Maman ! »

Sa mère leva les yeux de son livre et ouvrit de grands yeux. Sur l'écran mural, le présentateur venait de donner la parole à une journaliste qui avait en face d'elle un vieil homme très souriant : son père.

« Volume plus fort ! » cria-t-elle. La voix de la journaliste devint audible.

« ... dans l'Est parisien, tout près des Buttes-Chaumont. Nous sommes avec quelqu'un que certains d'entre vous connaissent peut-être : Roger Fageol, le célèbre architecte. Monsieur Fageol, il vous est arrivé quelque chose d'extraordinaire aujourd'hui, vous avez fait vos courses avec un certain ClapMan, c'est bien ça ?

— Eh bien oui, ce drôle de jeune avec sa capuche et son masque est venu me donner un coup de main. Et je vais sous dire : ça s'est très bien passé, il peut revenir quand il veut ! »

La journaliste éclata de rire. Iris n'en revenait pas. Son téléphone sonna.

« Papa ? Mais qu'est-ce que c'est que cette histoire !

— Bonjour, ma fille, c'est dingue, non ? Tu es avec Nico ?

— Oui, on est tous les deux devant *GoToNews* ! Mais c'est arrivé quand ?

— Bah en milieu de matinée. Nico venait de m'avertir que ce gars déguisé se baladait dans le quartier, et il est apparu devant moi. Honnêtement, il est tout à fait charmant, nous avons fait toutes mes courses ensemble, regarde les images ! Il a soulevé toute la foule !

— Incroyable. »

Sur l'écran le père d'Iris avait disparu, cédant la place à un pompier à qui ClapMan avait prêté main-forte dans le bas de l'arrondissement plus tard dans la matinée. Nicolas sautait sur le canapé en regardant les images, le col de son sweat-shirt remonté sur sa tête.

« Regarde maman, il a éteint un incendie ! Tout seul ! Tu imagines, tout seul ! Regarde l'énorme boule d'eau maman !

— Oui Nicolas je vois, calme-toi s'il te plaît ! »

Elle avait raccroché au nez de son père sans s'en rendre compte. Au bas de l'écran, un bandeau annonçait que les actions de ClapMan avaient été saluées par le ministre de l'Intérieur et par le Premier ministre. Et il était prévu, semblait-il, que le président lui-même le reçoive à l'Élysée pour le remercier d'avoir sauvé la vie d'un pompier. Sur l'écran, trois déménageurs expliquaient à présent avoir été aidés par ClapMan pour hisser un piano jusqu'au deuxième étage d'un bâtiment. Il n'y avait pas d'image de cette autre prouesse, mais l'excitation des trois hommes ne laissait planer aucun doute sur la véracité de leur récit.

'Maman, je peux mettre un *j'aime* à ClapMan ?

— Tu l'as déjà fait mon chéri et tu…

— Maman, quatre millions d'abonnés ! Et regarde, ça augmente encore ! C'est fou, c'est plus que… que tout le monde que je connais !

Lorie avait tout suivi, le *Kordon* bien en place sur sa grande table de travail. Mais les images qu'elles avaient sous les yeux l'avaient bluffée. Elle regrettait un peu de ne pas s'être jointe au groupe. Mais elle avait bien travaillé, était fière du résultat et certaine qu'il s'agissait là d'une tâche nécessaire vu la tournure que prenaient les évènements.

Elle se laissa choir sur le dossier de sa chaise et considéra le logo qu'elle venait de créer. Floqué sur la veste de ClapMan, ce symbole deviendrait la marque de ralliement de tous ses fans. Et ils étaient nombreux à présent. Elle sourit et se dit qu'offrir un tee-shirt au président de la République serait une bonne idée.

Elle avait hâte de le montrer aux autres. D'ailleurs où se trouvaient-ils à présent ? Elle consulta la carte sur son ordinateur et repéra très vite le petit point rouge qui indiquait que ClapMan filait à présent vers le temple de la Sybille. Elle transféra le logo sur son téléphone, enfila son manteau et fila en claquant la porte.

8
Besoin de toi

La main d'une femme qui caresse la commande de l'écran pour l'éteindre. Un soupir dans la semi-obscurité. Un sommier qui grince. Le bruit de draps que l'on froisse. Le son mat de deux talons sur le plancher. Des mains sur un visage et un corps qui s'étire. Une cafetière que l'on met en marche. Une porte qui s'ouvre, puis se referme. Un store électrique qui se rétracte et le soleil qui foudroie la pièce. Le sable, à perte de vue. Et puis la mer, le murmure de la mer.

C'est ainsi que Laura se réveilla. Elle se réveillait toujours avant Mathieu. C'était ainsi. Le goût des débuts de journée, disait-elle. C'est ton cerveau de cinglée, répondait-il, tu n'as pas de bouton off !

Elle se servit un café dans la plus grande tasse qu'elle trouva et sortit sur la terrasse. La vue jusqu'à la dune du Pila était extraordinaire. Mathieu avait raison, les couleurs n'étaient jamais identiques d'un jour à l'autre. Elle huma longuement l'air marin coloré des senteurs de la pinède voisine. Elle s'assit en tailleur à même le bois humide et se répéta mentalement les enseignements d'Anek avant de les mettre en pratique. Il n'y avait que dans ces moments-là qu'elle parvenait à ralentir son flux de pensées. À mettre son cerveau sur OFF comme disait

Mathieu à qui elle conseillait en retour de mettre le sien sur ON de temps en temps avant de parler.

Le bruit de la baie vitrée qui coulissait mit fin à ce trop court instant de paix intérieure. Mathieu déplia bruyamment un transat qu'il fit glisser jusqu'à Laura d'un coup de pied. Il se vautra dessus tout aussi élégamment puis se pencha pour déposer un baiser sur son front.

« J'adore ton nouveau look, on dirait une héroïne de manga d'origine irlandaise. »

Elle tourna la tête vers lui et se passa la main dans ses courts cheveux roux. Elle n'aurait jamais osé une telle transformation *avant*. Mais Mathieu avait raison, cela lui allait bien. Cela l'avait aussi aidé à s'approprier tous ces changements dans sa vie. Elle porta sa tasse à ses lèvres. Car ce qu'elle vivait finalement, c'était un changement d'identité. D'ailleurs, il était sans doute nécessaire autant qu'amusant qu'elle se trouve un nom de scène, comme l'autre guignol. Elle sourit en pensant à cela : oui, elle se trouverait un nom. Elle se tourna vers Mathieu. Et il l'aiderait. Le créatif, c'était lui après tout.

« Merde, j'ai oublié mon café. », fit ce dernier. « T'es tombée du lit ? Séance de yoga matinale ? »

Laura resta totalement immobile « Il va être reçu à l'Élysée. »

Mathieu ricana « Sans déconner ? Il se laisse récupérer, comme ça ? Pourquoi maintenant ?

— Il s'est amusé à jouer au superhéros pendant un incendie. Les images passent en boucle partout sur le réseau. C'est à vomir.

— Ça t'étonne ? Tu es bien naïve, ma grande ! »

Laura le fusilla du regard « Tu peux aller te recoucher si c'est pour me balancer des trucs comme ça.

— Ne t'énerve pas, je…

— Je m'énerve, si je veux ! Ce mec a essayé de me tuer ! Et là, il va aller se pavaner devant les caméras parce qu'il a pris un pompier dans ses bras !

— T'es jalouse ? »

Laura hésita à répondre. Un certain nombre de très jolis mots lui vinrent à l'esprit « T'es trop stupide mon pauvre. Je me demande ce que je fais ici des fois. » Elle se leva et regagna l'intérieur de la maison. Mathieu la suivit des yeux.

« Tu as besoin de moi, voilà pourquoi tu es ici. Tu avais déjà besoin de moi il y a deux ans et c'est encore plus vrai aujourd'hui. »

Elle se retourna « Cela ne t'autorise pas à te comporter comme un abruti. Et puis ne sois pas si sûr de toi. »

Mathieu ramena ses jambes à lui et s'assit sur le bord du transat « Tu as besoin de moi pour t'aider à lâcher prise. Pour te dégoupiller, enfin ! Pour t'assumer. Pour sombrer dans l'égoïsme, ne penser qu'à toi, envoyer les autres se faire foutre, arrêter de jouer les bonnes samaritaines, arrêter de croire que tu peux sauver le monde à toi toute seule. »

Il s'interrompit. Laura n'avait pas quitté le seuil de la baie vitrée. Mathieu se leva et fit un pas vers elle « Ouvre les yeux Laura, accepte ce que tu sais déjà : le monde est merdique et restera merdique ! Sors-toi les tripes ! Cette histoire de pouvoir, si ce que tu me racontes est vrai, c'est l'occasion de foutre vraiment le bordel ! Lâche-toi merde ! »

Laura sentait l'émotion la submerger. Des larmes lui montèrent aux yeux. Elle ne se souvenait pas avoir été si en colère. Car au fond elle était en colère contre elle-même. Mathieu n'avait pas tort, elle ne lâchait pas prise. Elle passa dans le salon et attrapa l'enveloppe comportant les documents trouvés dans l'atelier du chercheur. Elle les étala devant elle et rapprocha celui qui mentionnait le nom d'une maternité de celui sur lequel était écrit le nom d'une sage-femme. Mathieu se porta à ses côtés et regarda par-dessus l'épaule de Laura.

« Ouais, tu as raison, autant commencer par le début ! Une maternité et une sage-femme, parfait.

— Tu m'accompagnes ?

— Évidemment, qu'est-ce que tu crois ? »

Le regard de Laura se porta sur une toile très grand format posée contre le mur du fond. Mathieu en avait percé le centre d'un coup de poing et avait débuté un travail plastique autour de l'impact. Il regarda également son œuvre inachevée et haussa les épaules « Je finirai plus tard, de toute façon je suis en manque d'inspiration. Heureusement, j'ai retrouvé ma muse. »

Il embrassa Laura dans le cou puis posa ses deux mains sur ses épaules « Tu me montres ? »

Laura se retourna et prit ses mains dans les siennes « Ce n'est pas si simple, on en a déjà parlé : il faut que je me mette en condition.

— On va bien trouver deux trois bourgeois à qui flanquer la trouille, non ? On est au cap Ferret quand même ! »

Laura rigola « Tu veux faire ça dans le coin ? Non, trop risqué. Si on se fait repérer, on sera obligé de quitter cette maison. Et ça mon grand, c'est hors de question.

— Tiens, d'ailleurs à propos de *se faire repérer*, j'ai une idée pour ton costume. »

Laura soupira « Tu ne lâches pas avec cette histoire de costume.

— Tu rigoles ? Bien entendu que je ne lâche pas ! Le costume, c'est vital, ça dit tout le costume ! Personne ne cultive mieux les apparences que les héros ! Tu vas voir. Viens avec moi. »

Laura se laissa guider jusqu'au garage du sous-sol. Ce dernier ressemblait à l'annexe d'un centre de loisirs. Du matériel de sport était entassé un peu partout au point que Mathieu dut se laisser glisser sur le capot de son E-Porsche décapotable pour parvenir à saisir la caisse qui contenait tout son équipement de paintball. Il brandit un casque blanc aux formes agressives dont la structure en matériaux composites protégeait toute la tête du tireur. Les yeux étaient dissimulés derrière une visière rétractable teintée et la respiration était facilitée par des extracteurs d'air latéraux ressemblant à ceux d'un squale. Laura faillit éclater de rire, mais elle ne voulait pas saper l'enthousiasme de son ami. Elle se laissa donc faire et fut surprise de l'étrange sensation qu'elle ressentit lorsque Mathieu plaça le casque sur sa tête et en ajusta la taille à son profil.

Elle se sentit bien. Les sons étaient amplifiés, sa vue était d'une netteté saisissante, mais surtout, la structure qui enserrait son crâne n'était pas uniquement confortable, elle était également très rassurante. Un cocon. Une armure. Un bouclier contre l'extérieur.

« C'est génial ton truc !

— Ah ! je te l'avais dit ! Tu as vu, on entend vachement bien !

— Ouais, et la vue est… super nette !

— Oui, il y a un accentueur de contraste automatique et même… » il tripota quelque chose sur le bord du casque « Une vision nocturne ! »

Lorsque Mathieu éteignit la lumière quelques secondes, Laura fut stupéfaite de discerner parfaitement tout le bazar qui encombrait le garage.

« Génial !

— Voilà, nickel. Et si tu enfiles la combinaison qui va avec, tu es totalement méconnaissable ! »

Mathieu brandit un vêtement en une seule pièce comportant des renforts articulés sur les membres, le dos et la poitrine. Laura considéra l'accoutrement et se le passa sous le bras.

« OK, c'est parti. »

9
Où et quand ?

Harry poussa la porte du club-house et identifia sans peine son vieil ami attablé seul dans le fond de la grande pièce qui donnait sur le manège principal. Il n'était pas loin de midi et l'endroit serait bientôt plein à craquer d'enfants et de familles en tenue d'équitation, leurs sacs énormes comblant le peu d'espace entre les tables. Un endroit parfait pour parler tranquillement de choses qui ne l'étaient pas, noyé au milieu de passionnés ne parlant que de cravaches et de dressage.

« Salut, Remy, tu es en tenue ? »

Cela faisait presque deux ans qu'Harry n'avait pas vu Remy. Depuis qu'il avait signé chez DesignTech. Depuis que sa vie était devenue plus calme et moralement plus acceptable. Cela ne l'empêchait pas d'éprouver un réel plaisir à retrouver son ami. Remy quitta son journal des yeux et arbora un grand sourire. Il se leva pour enlacer son ami.

« Bien sûr en tenue, qu'est-ce que tu crois ? Il y a des choses qui ne changent pas, hein ! »

Harry s'écarta pour regarder son ami de la tête aux pieds « Ouais, tu as raison : tu n'as pas changé. La même tronche de gars propre sur lui.

— Je te l'ai toujours dit Harry, il faut toujours préserver les apparences, c'est là-dessus que les gens te jugent. Mais tu as l'air en forme toi aussi.

92

— Bah oui tu vois, je ne fais pas de cheval, mais j'entretiens la bête. »

Harry prit place en face de Remy.

« Alors ce job dans la sécurité ?

— Ça paye les costards et la bagnole, mon grand. C'était l'idée. Et toi ?

— Je passe l'essentiel de mon temps ici. C'est là que je suis le mieux. Je file quelques cours, il m'arrive même de balayer les écuries.

— Tu ne travailles plus ?

— Non. Je vis sur notre butin Harry. J'ai investi. Et ça me suffit. »

Harry sourit à son ami et se posa sur ses coudes pour se rapprocher de lui « Il te reste du fric ? Merde, tu t'es bien débrouillé.

— Tu plaisantes ? On avait amassé une sacrée somme. J'ai acheté trois appartements. J'en loue deux et ça me suffit. Simple tu vois !

— Corinne ? »

Remy fit la grimace « Terminé. Je vis seul. Tranquille. Pas d'emmerde.

— Et ça va ? Je veux dire, tu ne regrettes rien ?

— Non. Regarde, je suis bien là où je suis.

— Ça ne te manque pas ? »

Remy regarda Harry un moment sans rien dire « Si, parfois. L'adrénaline me manque. Les coups de speed. C'est pour ça, le cheval… Pour compenser. »

Harry se laissa retomber sur son dossier et posa les deux mains à plat devant lui. Son regard se détourna de celui de Remy. Ce dernier termina son café sans quitter Harry des yeux.

« Pourquoi es-tu là Harry ?

— …

— Tu as quelque chose à me demander ? »

Harry soupira puis se rapprocha à nouveau de son ami en jetant un coup d'œil aux alentours « Oui. J'ai besoin de toi. J'ai besoin de tes… compétences. »

Remy sourit en fixant son ami « Dingue. Le boulot dans la sécurité ne suffit donc pas. Tu replonges.

— C'est plus compliqué que ça.

— Bien sûr. Évidemment. Ce n'est jamais aussi simple que ça. Si tu as besoin d'argent, je peux t'aider, tu le sais.

— Ce n'est pas un problème d'argent Remy. Tu as suivi l'histoire de ce gars avec des pouvoirs ? »

Remy ouvrit de grands yeux « Le gars avec un masque sur la tronche ? Celui qui joue au pompier ?

— Oui, celui-là. Figure-toi que je travaille avec lui.

— Comment ça tu travailles *avec lui* ?

— Je ne peux pas te dire grand-chose, mais c'est mon boss qui lui procure son matos et qui finance tout le bordel autour de lui.

— Et ?

— Et il y a un os. Un gros. Ce gars n'est pas le seul à avoir des pouvoirs. Il y a une fille aussi, une espèce de tarée qui ne va pas jouer au pompier, mais plutôt à la pyromane. Il faut qu'on s'en débarrasse. »

Remy n'était pas seulement surpris par la tournure que prenait la discussion, il était stupéfait.

« Quoi ? Non, mais attends, c'est quoi cette histoire ? Tu veux *te débarrasser* d'une fille ? D'une fille qui a des… pouvoirs ? C'est ça ?

— Ne parle pas si fort. Oui, c'est ça et…

— Mais c'est qui, cette fille ? Et puis, elle a quoi, comme genre de pouvoir ?

— Elle s'appelle Laura Labrot. On ne sait pas trop de quoi elle est capable. Elle peut déplacer des objets à distance et… voler. Et il y a de très grandes chances qu'elle ait d'autres pouvoirs.

— Et tu veux t'en *débarrasser* ? Mais pourquoi ? Qu'est-ce qu'elle a fait ? On n'a jamais entendu parler de cette nana ! Dans les news, ils ne parlent que de ton gars à capuche. Elle est quoi, dangereuse ?

— Oui, elle est dangereuse.

— Mais pourquoi ? »

Harry fixa son ami dans les yeux « Tu me fais confiance ?

— Oui, évidemment, mais là tu…

— Laisse-moi finir. Cette fille ne peut déclencher ses pouvoirs que si des gens ont peur d'elle, ou qu'ils ressentent de la haine pour elle. »

Remy fronça les sourcils « Mais ton gars à capuche, ils ont dit qu'il avait besoin de l'amour de la foule. C'est vrai ça ?

— Ouais, c'est vrai.

— Et l'autre, celle qui est dangereuse, c'est l'inverse ?

— Exactement. Tu vois le problème maintenant ? »

Remy ne répondit pas. Il repoussa sa tasse vide et se passa les mains sur le visage en soupirant. Harry ne rajouta rien. Il laissait à son ami le temps de réfléchir et de tirer lui-même les conclusions de ce qu'il venait de lui annoncer.

« Putain… » lâcha Remy.

« Ouais, t'as raison, putain.

— Et tu n'en sais pas plus sur ses… pouvoirs ?

— Non, pas pour le moment.

— Qui est au courant ?

— Le petit groupe qui gravite autour de ClapMan. Et maintenant, toi. Ça fait une dizaine de personnes.

— ClapMan, ah oui, c'est le nom du gars. Et pourquoi vous ne prévenez pas les flics ?

— Si ça fuite, les gens vont paniquer, ils vont avoir peur et…

— Et ils vont lui donner ce dont elle a besoin pour monter en puissance.

— Oui. Et là, on peut avoir un gros, très gros problème.

— Donc vous voulez vous débarrasser d'elle avant qu'elle ne devienne trop dangereuse. Ouais, logique. Ça rappelle des choses, hein ?

— Ouais, dès qu'on parle de pouvoir, c'est toujours le même merdier. »

Remy enfonça les mains dans les poches de son pantalon en fixant son ami « Et vous avez un plan ?

— Pas encore. Pour l'instant, je recrute.

— Qui d'autre ? »

Harry sourit « Personne. Nous deux. Nous sommes là si tout le reste échoue. Ou s'il faut aller jusqu'au bout. Le sale boulot quoi.

— Comme d'habitude, hein ?

— Oui, voilà, comme d'habitude.

— Combien ?

— Beaucoup d'argent Remy. Beaucoup.

— Où ? Et quand ? »

Harry haussa les épaules « J'aimerais le savoir. Pour l'instant, on la recherche. Mais j'ai déjà des pistes. A priori, elle a pris le train pour Bordeaux il y a quelques jours. Je n'ai rien depuis, mais j'y travaille.

— Putain Harry, c'est chaud ce que tu me demandes. J'ai plaqué tout ça, depuis que t'es parti. Tu vois, ça fait un bail, hein !

— Remy, j'ai besoin de toi. Un dernier coup de main.

— Qui as-tu contacté d'autre ? Tu attends d'autres réponses ? »

Harry soupira « Non, je te l'ai dit, tu es le seul. Cette histoire est dingue, je ne veux pas que cela s'ébruite. Il y a trop d'enjeux.

— Tu as du matériel ?

— Tout ce que tu voudras. »

Harry déposa un *Kordon* sur la table et le poussa vers Remy.

« C'est un truc pour les vieux ça, pourquoi tu me donnes ça ? T'as peur que je tombe dans les escaliers ? »

Harry esquissa un sourire « Non, c'est un moyen de me joindre sans utiliser ton téléphone.

— Mais je n'ai pas encore dit oui. »

Harry repoussa doucement sa chaise « Tu m'en dois une, tu te souviens ?

— Je savais que tu allais finir par ça.

— Comprends-moi bien Remy. J'ai besoin de toi. Mais je ne suis pas assez con pour mettre en jeu notre amitié. Réfléchis. Tu as le *Kordon*. Il me faut ta réponse avant demain soir.

— Tu t'en vas déjà ?

— Tu as poney là, non ? »

Remy pouffa de rire. Il se leva et étreignit une nouvelle fois son ami.

« Avant demain soir s'il te plaît », lui murmura Harry dans l'oreille avant de s'éloigner. Remy le regarda disparaître puis ramassa le *Kordon* pour le ranger soigneusement dans sa poche intérieure. Il enfila sa bombe d'équitation, récupéra sa cravache et fila vers les écuries.

10
Au palais

Jonathan Barqueau accueillit ClapMan sur les marches de l'Élysée avec sa femme, Séverine Richard-Barqueau, ancienne gloire de l'athlétisme tricolore reconvertie à la politique et artisane de l'ascension de son mari vers les sommets électoraux. Ce couple d'une cinquantaine d'années se voulait l'incarnation d'une France moderne, fière d'affronter avec panache les enjeux majeurs qui se profilaient dans les dix années à venir. Si personne ne pouvait contester l'éclat princier de ce jeune couple du paysage politique français, les résultats concrets des réformes mises en œuvre tardaient singulièrement à se faire sentir.

Pas de cravate, veste ouverte malgré le vent froid et humide, l'heure était à la décontraction pour Jonathan Barqueau. Bastien, son chef de communication avait été très clair : il lui fallait reconquérir le cœur des Français, et en premier lieu celui de la tranche des 20/35 ans, séduite dernièrement par la concurrence incarnée par la très branchée Rebecca Deval. En politique comme dans n'importe quel autre domaine, il arrivait que la chance frappe aux portes. Elle avait frappé à celle du palais présidentiel en faisant apparaître à quelques semaines du mi-mandat, celui qui s'avérait être le premier superhéros français.

Bien entendu, le président avait passé un savon à ses équipes pour ne pas avoir réagi plus tôt dans cette affaire, mais les dernières prouesses du personnage lui donnaient une occasion rêvée de l'inviter à l'Élysée.

Les flashs crépitèrent et les caméras se braquèrent lorsque les deux hommes se serrèrent la main. Habile et habitué, Jonathan Barqueau pivota autour de son invité pour permettre à tous les objectifs de saisir impeccablement cette poignée de main, annoncée d'ores et déjà comme historique. La foule rassemblée dans la cour de l'Élysée applaudit spontanément.

« Quel honneur vous nous faites jeune homme ! » lança le président tout sourire.

« Tout l'honneur est pour moi monsieur le président. », s'empressa de répondre Martin, parfaitement préparé par Denis. Martin avait été touché par cette invitation, mais n'était pas dupe du calcul électoral qui l'avait motivée. Refuser était cependant hors de question, mais les discussions avec ses amis concernant la ligne à tenir avaient duré jusqu'à tard dans la nuit. Finalement, les choses étaient assez simples : ne rien dire sur Laura, ne s'engager à rien, ne rien dire sur le groupe. En bref, il s'agissait juste d'assurer un petit numéro de cirque et de faire planer une personne ou deux. Cela ne pouvait pas faire de mal et de l'avis de Théodore, qui passait une grande partie de son temps à scruter les réactions du réseau, cela permettrait également de rallier à la cause de ClapMan les derniers septiques.

Séverine Richard-Barqueau serra à son tour la main du nouveau héros. Le président tapa amicalement sur l'épaule de ClapMan « Vous avez vu, nous avons laissé entrer la foule, comme vous nous l'aviez demandé.

— Sans eux, pas de démonstration Monsieur le président, vous le savez. »

Martin ne pouvait s'empêcher de ressentir une certaine gêne. Il se trouvait en face du président de la république et de sa femme avec un masque de ski sur les yeux et une capuche sur la tête. Il avait hâte d'en finir, mais surtout, il était très pressé de faire décoller quelques personnes pour s'installer dans son rôle de superhéros. Le président s'avança vers son micro.

« Mesdames et Messieurs, chers compatriotes, c'est un jour très particulier pour moi aujourd'hui et, certainement, un peu aussi pour nous tous. J'ai l'immense plaisir de vous présenter une personne qui n'est pas seulement exceptionnelle pour ce qu'elle est, mais aussi pour ce qu'elle a déjà accompli. » Il fit une pause, se tourna vers ClapMan et l'invita d'un geste à le rejoindre sur le devant.

« Mesdames et Messieurs, voici ClapMan, nouveau héros et déjà gloire de notre pays ! »

La foule hurla son nom et applaudit de longues minutes. Martin salua d'un petit geste embarrassé. La voix de Maria dans les écouteurs de sa capuche le fit sursauter « Détends-toi mon grand, on dirait que tu as avalé un tronc d'arbre ! Et n'oublie pas de sourire, hein ! »

Martin gloussa derrière son masque et se souvint de ce qui était prévu. Denis Delbier avait demandé à ses équipes techniques de travailler sur le masque de ClapMan. Ce dernier dissimulait à présent le bas de son visage et était doté d'aérations permettant une bien meilleure respiration. Mais surtout, il était équipé d'une multitude de micro-écrans épousant les formes de la partie basse. Cela permettait à ClapMan d'afficher ce qu'il voulait sur le devant de son visage à partir d'une application installée sur son téléphone. Un bien joli gadget que Martin avait bien l'intention d'inaugurer le jour même.

ClapMan pivota vers le président et lui passa un bras par-dessus l'épaule. Il sortit son téléphone et le fit flotter à quelques mètres d'eux afin d'immortaliser la scène par un selfie. Avant que l'appareil ne prenne une rafale de photos, le masque de ClapMan s'orna d'un trait lumineux barrant son visage comme l'aurait fait un grand sourire. Le président éclata de rire et passa à son tour le bras autour des épaules de ClapMan.

Martin récupéra son téléphone sans lâcher le chef de l'état et lui montra les clichés « Ça vous va Monsieur le Président ?
— C'est parfait mon grand, c'est parfait !
— Vous voulez qu'on sorte le grand jeu ? »
Jonathan Barqueau ne lâchait pas son sourire, mais il fronça les sourcils « Ce n'est pas ce qui est prévu, n'est-ce pas ?
— Non.
— Mes services de sécurité vont paniquer.
— C'est possible, mais vous ne craignez rien avec moi, Monsieur le Président. Vous avez la médaille sur vous ?
— Oui, elle est dans ma poche intérieure.
— Super. Vous me faites confiance ? »
Jonathan Barqueau planta ses yeux dans le masque de ClapMan et abandonna son sourire quelques secondes « Vous savez ce que vous faites ? Il y a des snipers partout sur le toit. Si ça dégénère, vous serez l'unique responsable. »
En guise de réponse, Martin s'éloigna du président et se concentra sur *le flux* que lui offrait la foule : il y avait largement de quoi faire.

ClapMan ouvrit les bras. Le président et lui s'élevèrent à plusieurs mètres du sol. Du coin de l'œil, Martin nota l'agitation soudaine dans le staff présidentiel. Un homme porta la main à son oreille et les tireurs d'élite pointèrent leur arme vers lui. Il se tourna vite vers le président et lui tendit la main. Ils volèrent très lentement jusqu'à se placer au-dessus de la foule qui hésitait entre crier sa joie et manifester son inquiétude.

« Monsieur le Président, la médaille, c'est le moment. »

Ce dernier avait quitté son sourire figé au profit d'un visage enjoué. Il semblait avoir oublié son rang, son statut et s'amusait comme s'amusaient tous ceux qui se retrouvaient soudain suspendus dans le ciel. Il regarda ClapMan et mit un temps avant de reprendre ses esprits. Il glissa la main dans sa veste et en sortit un étui de cuir dont il fit basculer le couvercle. Il rigola lorsque ClapMan fit voler le micro jusqu'à lui. Sa voix résonna dans la cour du palais présidentiel. Son ton avait changé. L'émotion était palpable. La solennité n'était plus de façade. Dans l'esprit et dans la vie de cet homme, il venait de se passer quelque chose.

« Ceux qui sont là aujourd'hui pourront le dire. Ceux qui nous suivent sur le réseau pourront le dire également. *J'y étais.* Nous y étions. Quand le premier homme de notre pays a forcé les frontières du possible. Quand il a ouvert des horizons que l'on pensait bouchés à jamais. Quand il nous a adressé, à travers ses pouvoirs, ce message incroyable : oui, tout est possible ! »

La foule hurla. Les tireurs baissèrent leurs armes. ClapMan fit tourner le président sur lui-même puis de rapprocha de lui.

« Mesdames et Messieurs, je m'apprête à remettre à notre héros la médaille du mérite. Parce que, voyez-vous... » il chercha ses mots « Il y a deux jours, ce jeune homme a porté secours à quatre personnes prisonnières d'un incendie. Et il les a sauvées. Il les a sauvées d'une mort certaine. Et parce qu'il le pouvait, il a également éteint cet incendie ! »

Tonnerre d'applaudissements et de cris.

« Alors voyez-vous, que lui dire d'autre que *merci* ! Que lui dire d'autre que merci pour ces vies, merci pour votre implication, et merci pour ce message que vous brandissiez haut et fort : pour faire de grandes choses, il faut être plusieurs, il vous faut vous, il nous faut nous. Vous êtes là, nous le sommes aussi. Mesdames et Messieurs, nous assistons au début d'une bien belle histoire ! »

Le public vit ClapMan s'éloigner du président et rester immobile, le visage tourné vers lui. Ils se serrèrent une nouvelle fois la main puis s'étreignirent avec une chaleur et une spontanéité étonnante.

Martin était certain de voir les yeux du président briller. Des larmes contenues, maîtrisées, mais des larmes tout de même. Lui-même était tout retourné par l'intensité de ce drôle de moment. Il s'attendait à subir un protocole et à n'être qu'un objet manipulé par les récupérateurs professionnels qu'étaient les politiques. Il n'en avait rien été. La cérémonie prévue avait volé en éclats au moment où lui, Martin, avait improvisé un petit envol présidentiel. Denis lui ferait encore la morale, mais Maria, elle, devait jubiler devant son écran. Sa voix, justement, résonna à nouveau dans ses écouteurs. « Quel talent ! », dit-elle simplement. Martin sourit et commanda à son masque d'afficher à nouveau un sourire, puis un cœur. Le public adora et se mit à scander le nom de ClapMan en cadence. Des « ClapMan président ! » se firent entendre. Jonathan Barqueau les accueillit en feignant d'être outragé, ce qui provoqua un éclat de rire collectif. Martin se demandait comment conclure sa prestation.

Il déposa le président sur les marches du palais, puis fit venir le micro à lui. *Le flux* était stable et puissant, ClapMan pouvait soigner sa sortie.

« Merci, Monsieur le Président pour cette médaille, pour vos mots et pour l'extraordinaire intensité de ce moment partagé avec vous. Et avec vous tous ! Merci d'avoir été là. Vous êtes... tout ! Et vous le savez. Alors merci, du fond du cœur ! »

ClapMan s'éleva au-dessus de la foule et sortit de ses poches deux pleines poignées d'autocollants frappés de son logo. Il les fit pleuvoir en même temps qu'il faisait apparaître ce même symbole sur le bas de son masque. Lorsque les bras de tendirent avidement dans sa direction et que les mains des enfants se mirent à griffer le gravier de la cour pour en ramasser le maximum, il se dit que Lorie avait eu raison de créer cet emblème. Tout comme Théodore avait bien fait de créer dans la foulée, et avec l'appui de Denis, une plateforme de vente en ligne de produits dérivés. Pour ne pas être accusés de profiter de la situation, ClapMan et Denis avaient déclaré très vite reverser les gains à des associations caritatives. D'ailleurs, l'argent n'intéressait pas Martin. En revanche, il était rassuré et heureux et savoir que ClapMan était devenu synonyme de bonté, d'engagement et d'entre-aide. Cela lui permettait une audience de plus en plus large et avec elle la promesse *d'un flux* toujours plus puissant. Donc de pouvoirs encore plus puissants.

Suffisants pour affronter Laura ? C'était toute la question.

Martin se vida l'esprit de ce questionnement encombrant et ferma les poings. Il ramena ses bras le long du corps, leva la tête et s'éleva dans les airs tellement rapidement qu'il ne fallut qu'une poignée de secondes pour que les gens le perdent de vue. Lorsqu'ils baissèrent la tête, il ne restait plus que Jonathan Barqueau et sa femme sur le parvis. Quelques autocollants flottaient encore dans l'air. Les journalistes se ruèrent vers le président en tendant perches et caméras. L'avalanche de questions ne le fit pas vaciller. Il avança avec assurance jusqu'à la barrière et tenta d'apaiser la troupe par de grands gestes.

"Monsieur le président, ce n'était pas prévu tout ça ?

« Avez-vous eu peur, Monsieur le Président ?

"Qu'avez-vous ressenti au décollage ?

'Quand revoyez-vous ClapMan ?

"Savez-vous qui se cache derrière ce masque Monsieur le Président ?

« Va-t-il continuer d'aider nos pompiers ?

"Et nos policiers ? »

La femme du président se porta à ses côtés et lui prit la main avant de lui murmurer quelque chose à l'oreille. Jonathan Barqueau opina.

« Mesdames Messieurs les journalistes, vous avez des questions, et c'est bien normal. Nous ferons un point presse d'ici la fin de la semaine. Je remercie chacun d'entre vous d'avoir été là aujourd'hui. »

Il salua rapidement les journalistes puis prit le temps d'aller serrer quelques mains dans la foule. Les questions continuaient de fuser, mais il prit soin de les éviter. Avant de pénétrer dans l'Élysée, il jeta un dernier coup d'œil dans le ciel.

***

Martin monta très haut. Il eut très vite froid et se promit de demander à Denis de faire travailler ses équipes sur une doublure plus efficace ainsi que sur un pantalon imperméable et des chaussures plus adaptées à ce dont il était à capable à présent. Il voulait percer la couche nuageuse, il voulait sentir le soleil sur son visage. Il continua de gagner de l'altitude, perfora la masse dense et humide et sentit enfin une caresse de chaleur. Il grimpa encore, jusqu'à ressentir *le flux* faiblir. Il jeta un coup d'œil à la montre qu'il avait au poignet. Elle affichait toujours le nombre de fans qui suivaient ClapMan sur le réseau. Il se concentra sur ce chiffre affolant et réussit à stabiliser la chute *du flux*. Sûr de lui, il s'immobilisa alors et releva son masque et sa capuche pour sentir autant le froid que la timide sensation de chaleur qui lui provenait du soleil débarrassé de son étui nuageux. Il resta un instant ainsi, unique spectateur de cette mer de brouillard qui s'étendait jusqu'à l'infini. *Le flux* chuta à nouveau. Martin devait redescendre et se résigner à replonger dans l'humide et le gris. Il se laissa tomber et ballotter par les courants atmosphériques. Il ne reprit le contrôle que pour viser le drôle de croissant vert dessiné par le parc des Buttes-Chaumont. Avant de reposer les pieds au sol, il disparut à nouveau derrière son masque et sa capuche.

Il n'était pas mécontent de sa prestation du jour. Ce Jonathan Barqueau lui était apparu sympathique. Et puis, aucune question gênante n'avait été posée. Martin ne lui avait pas laissé le temps de prendre le contrôle des évènements. C'était très bien ainsi, mais il n'était cependant pas totalement satisfait. Car Laura demeurait cachée dans ce tableau idyllique. Dissimulée. À l'affût. Laura dont l'existence demeurait secrète. Et dont la dangerosité restait donc inconnue de tous.

Un secret lourd à porter pour Martin. Il se sentait responsable, sans trop savoir ni pourquoi, ni de quoi. Sans doute s'était-il persuadé que son rôle dépassait celui d'aide-pompier. Un jour ou l'autre, il lui faudrait prendre la tête du combat. De l'affrontement. Contre Laura.

Et cela lui flanquait la trouille.

11

Prototype

« Tu plaisantes ? » fut la réponse de Denis à la demande de Maria.

« J'ai l'air de plaisanter ? »

Denis fit la moue « Je ne comprends pas.

— Comment ça, *tu ne comprends pas* ? Quelle partie de ma demande n'est pas compréhensible ? Celle où je me propose d'aider Martin à affronter cette dingue ? Celle où je dis que personne ne manie un Dancing Bot aussi bien que moi ? Ou celle où je déclare qu'il faut que nous soyons tous préparés à la bagarre avec cette fille ? »

Denis se redressa et prit appui sur ses coudes « Dans Dancing Bot, il y a *Dancing*. Pas *Fighting*, cela signifie que ces machines sont faites pour danser, par pour mener un combat ou livrer une bataille !

— OK super, paye-moi un Fighting Bot alors. Les systèmes d'exploitation et de contrôles sont identiques.

— Ces machines sont interdites sur le territoire. Seule l'armée est autorisée à en posséder. Et heureusement ! »

Maria se leva et se posta devant la baie vitrée dominant la Défense. Elle prit une profonde inspiration et revint à la charge, au grand désespoir de Denis.

« Tu m'as déjà vu danser ?

— Sur le réseau oui.

— Tu n'es jamais allé voir une compétition ? »

Denis soupira « Non, jamais.

— C'est pour ça alors. Tu ne sais pas de quoi tu parles. Tu n'as pas idée de la puissance dégagée par ces engins. Si tu en avais, ne serait-ce qu'un petit aperçu, tu comprendrais ma demande !

— Mais enfin, tu parles d'affronter une fille avec des pouvoirs dont nous ne savons rien avec… avec une machine !

— Et alors ? C'est mieux qu'à mains nues non ? Tu ne crois pas ? C'est quoi ton idée, de lui faire un croche-patte dans les escaliers en espérant qu'elle se torde le cou ? Mais merde, reviens sur terre ! »

Denis consulta son téléphone. L'heure tournait. Il n'avait pas de nouvelle d'Harry depuis plusieurs jours et il n'aimait pas ça. Son idée pour mettre cette Laura hors d'état de nuire ? Aucune ! C'est bien pour cela qu'il avait demandé à Harry d'envisager toutes les possibilités à sa place. Et il ne voulait rien savoir des plans échafaudés par son homme de main. Or Maria venait de débouler dans son bureau et le forçait à regarder dans cette direction qui l'effrayait tant : si un nouvel affrontement avait lieu, comment s'en sortiraient-ils ? Lui, sa fille, Martin, Maria, tous les autres ?

Il soupira à nouveau. Ce n'était pas lui le spécialiste des combats, des armes et des arts martiaux en tout genre. Pour ça, il y avait Harry. Que penserait-il de la proposition de Marie ? Il hésita, puis se lança « Appelle Harry.

— Oui, et ?

— Parle-lui de ton idée. Je m'en remets à son avis.

— S'il est OK, c'est bon ?

— C'est une première étape. Contacte-le, on verra ensuite. » Maria était satisfaite. La porte s'était entrouverte. Elle déposa un baiser sur la joue de Denis puis disparut aussi vite qu'elle était apparue. Denis hésita à appeler Harry pour l'avertir, mais y renonça. Après tout, se dit-il, nous verrons bien quelle sera sa réponse. Il ramassa ses affaires et fila à sa cinquième réunion de la journée. Et il était déjà en retard.

***

Harry ne cilla pas quand Maria lui exposa son projet. Elle mordit goulûment dans son hamburger en ouvrant de grands yeux : elle attendait sa réponse. Harry posa ses gros avant-bras sur la petite table et prit le temps de réfléchir un certain temps.

« Alors ? » fit-elle, impatiente.

« Tu as déjà manié une arme à feu ? »

La question surprit Maria « Euh, non. Enfin pas une vraie. Mais je suis assez balèze au LaserFight. »

Cela fit sourire Harry « Ce n'est pas exactement la même chose, tu t'en doutes.

— Oui, mais je peux apprendre, si ça peut aider. Mais le robot, tu en penses quoi, du robot ? »

Harry fit la moue « Pourquoi pas. On peut essayer quelques trucs, pour voir.

— Yes ! Je savais que c'était une bonne idée ! J'ai quelques idées sur le modèle à acheter, je peux te montrer si tu veux ! »

Maria sortait déjà son téléphone, mais Harry l'arrêta d'un geste « Ce ne sera pas utile. J'ai un autre plan. Ton entraînement est à quelle heure aujourd'hui ?

— 16 h, pourquoi ? »

Harry se leva « Viens, nous avons le temps de faire un crochet par la Défense. »

Maria se jeta dans ses bras « Yes ! Yes ! Yes ! »

Harry écarta gentiment la jeune femme « Oui, tu vas voir, ça risque de te plaire. »

Le taxi qu'ils empruntèrent fonça vers l'Ouest parisien par le tunnel autoroutier et emprunta un itinéraire privé qui permit à Maria et Harry de pénétrer directement dans la tour DesignTech par les sous-sols. Harry badgea plusieurs fois pour déverrouiller un ascenseur puis plusieurs portes. La dernière d'entre elles, haute et large, ne s'ouvrit qu'à la lecture de ses empreintes digitales. Ils entrèrent dans une pièce très éclairée qui tenait à la fois d'une armurerie, d'un garage et d'un entrepôt de stockage hi Tech. Maria siffla d'admiration en parcourant des yeux les rayonnages. Harry ne s'attarda pas à donner des explications, il fila dans le fond et présenta à Maria ce pour quoi ils venaient de traverser Paris : un Dancing Bot flambant neuf aux couleurs de DesignTech. Maria écarquilla les yeux.

« Non ? Oh la vache, je n'y crois pas ! Vous avez *déjà* un Dancing Bot ! Mais pourquoi Denis ne m'en a pas parlé ?

— Je ne suis pas certain qu'il soit au courant. Tu sais, les patrons...

— Mais... » Maria s'avança pour scruter l'engin « Il est bizarre votre Bot » Elle fourra son nez sous les carénages « Ce ne sont pas des carénages... les formes là, c'est la structure elle-même ? »

Harry s'approcha à son tour et donna un petit coup de poing dans la partie indiquée par Maria. Un son mat résonna à peine dans la pièce.

« Bien vu, ce robot est un prototype. Il nous sert à tester un nouveau matériau. Le même que celui qui renforce la veste et la capuche de ClapMan. Hyper solide, mais facile à travailler. Et puis surtout… » Harry posa sa main sur le plastron du robot et d'un simple geste, le fit se balancer au bout de ses sangles de maintien « Léger. Très léger. »

Maria n'en revenait pas. Elle attrapa l'une des jambes et, sans forcer, attira le robot à elle.

« Mais ce truc doit pouvoir se propulser à cinquante mètres !

— Cinquante je ne sais pas, mais beaucoup plus haut en tous les cas que les vingt-cinq mètres réglementaires. »

Maria fit pivoter entièrement l'engin et s'attarda sur des encoches disposées un peu partout sur sa structure.

« C'est quoi ces trucs ? On dirait des… des fixations ? »

Harry décrocha une arme de poing de l'un des râteliers tout proche et, d'une simple pression, la fixa sur l'avant-bras du robot. Maria tourna vers lui ses deux grands yeux.

'Mais, vous pouvez… armer ce robot ? Mais pourquoi ? C'est rigoureusement interdit.

— Je te l'ai dit, c'est un prototype. Un prototype qui intéresse beaucoup…

— L'armée.

— Oui, l'armée.

Maria siffla à nouveau d'admiration. Elle fronça soudain les sourcils « Qui est le pilote ?

— Un gars de l'armée de terre, je ne me souviens plus de son nom. Un Valentin quelque chose. »

Maria regarda à nouveau l'engin attentivement.

« Et il n'est plus utilisé ?

— Non, pas pour le moment.

— Donc je peux…

— C'est l'idée, mais il faut que nous en discutions ensemble. »

Maria se tourna vers Harry. Il crut qu'elle allait lui sauter au cou. Elle en eut envie, mais elle se retint. « Ça va être énorme ! » hurla-t-elle.

12
Plan A

« Tu as une idée ? »

Mathieu quitta la route des yeux et sourit à Laura « Bah ouais, plein !

— Vas-y, dis-moi. »

Mathieu engagea le van sur la bretelle d'accès à la voie rapide qui coupait à travers les landes.

« Faut foutre la trouille à des gens, c'est bien ça ? Ou les mettre en colère ?

— Oui, voilà.

— Tu sais avec qui c'est le plus facile ? »

Laura grimaça et regarda par sa vitre sans rien dire. Mathieu souriait toujours.

« Avec les vieux et les enfants. », dit-il. Laura soupira. Mathieu ricana, jeta un coup d'œil dans son rétroviseur puis accéléra pour doubler un camion.

« Alors, tu choisis quoi ? »

Laura quitta le paysage des yeux pour le regarder.

« Tu plaisantes ?

— Non, pas du tout. Tu hésites ?

— …

— Un gars essaye de te tuer en te laissant chuter de trente mètres et tu hésites ? Ce même gars fait le guignol sur le réseau, va boire un coup à l'Élysée, lance sa marque de fringue et toi, tu hésites ?

— Tu ne sais pas de quoi tu parles. C'est plus… compliqué. »

Mathieu regarda à nouveau la route devant lui et s'agrippa à son volant « Il n'y a rien de compliqué, c'est une question de rapport de force, comme toujours ! Tu penses que ce gars et ses potes vont te laisser tranquille ? Ils se sont déjà tapé dix heures d'avion pour venir te chopper dans le trou cul du monde et tu penses que là, ils vont t'oublier ? Après ce qui s'est déjà passé ? Tu rêves ma grande ! Ou alors ce que tu me racontes n'est qu'un tissu de connerie ! »

Laura fixa Mathieu, le visage crispé. Il était vraiment en colère contre elle, elle sentait l'énergie monter, ses mains picotaient. C'était faible, mais il se passait quelque chose et elle aimait ça.

« Et si je n'avais pas envie ? Et si je n'avais *plus* envie ? » dit-elle. Elle savait très bien comment le faire sortir de ses gonds : c'était une grosse partie de leur histoire commune. Il la fusilla du regard. Elle tressaillit.

« Tu n'as plus envie de quoi ?

— Si je voulais me faire oublier, m'enterrer, me terrer, me cacher, être juste… tranquille.

— Tranquille ? Mais ça veut dire quoi, tranquille ? Attendre tranquillement de mourir, accepter cette putain de condition humaine sans rien dire, sans rien tenter ? Te poser comme un légume sur qui la terre et le soleil ont tous pouvoirs ? Renoncer à la seule chose qui rend tout ce bordel un peu intéressant, ta capacité à agir, à être libre à faire des choix, à… tenter des trucs ! Putain Laura ! »

Le van fit une embardée. L'énergie montait en elle, il était en train *de la charger* à lui tout seul, avec sa colère et sa rancœur. Elle sourit. Car Mathieu avait toujours été en rage et à cet instant, elle adorait ça. Elle se délectait de sa haine viscérale pour le monde en général et pour elle en particulier lorsqu'elle incarnait l'acceptation ou, pire encore, le renoncement. Sentir cette énergie monter en elle était tellement plaisant.

« Putain, ça te fait sourire en plus !

— Mathieu, gare le van. » Elle lui indiqua la voie d'accès à une station-service. Il tourna le volant, les pneus crissèrent et ils déboulèrent sur le parking de l'aire de repos à vive allure. Mathieu immobilisa le van en tirant brusquement sur le frein à main. Le moteur électrique s'arrêta en émettant une longue plainte de mécontentement.

« Quoi, t'as une envie pressante ?

— Descends. »

Le regard de Laura était d'une noirceur inhabituelle.

« Non merci, moi je n'ai pas d'envie pressante. »

Laura ferma les yeux, se concentra et provoqua l'ouverture de la portière. Mathieu, qui s'appuyait en partie contre elle pour mieux faire face à Laura, faillit basculer à l'extérieur.

« Putain, c'est quoi ce bordel !

— Descends je te dis. »

Il décrocha sa ceinture de sécurité sans la quitter des yeux et s'extirpa du van. Elle lui fit signe de venir se placer en face du capot. Il s'exécuta, le visage fermé. Ils se regardèrent un moment à travers le parebrise puis Laura le souleva du sol. Il ne paniqua pas, mais écarta les bras instinctivement. Elle le plaqua contre le mur arrière de la station-service et sortit du van pour marcher lentement jusqu'à lui. Elle resserra son étreinte au niveau de son entre-jambes. Mathieu se contracta. Il avait peur à présent et cela aussi, Laura le ressentait. C'était si bon.

« Ça te va ?

— Fais pas de connerie Laura, lâche-moi », gémit-il.

« Oh, je ne fais pas de connerie, je te montre, c'est tout. Tu voulais voir, eh bien voilà, tu as vu. »

Il acquiesça d'un geste de tête et brandit son index « Laura, il y a des caméras, tu ne peux pas agir à visage découvert. »

Laura fut surprise par sa capacité à continuer de réfléchir. Elle suivit des yeux la direction qu'il lui indiquait : une caméra de surveillance était en effet en train de pivoter vers eux. Elle pointa sa main vers elle, main bien ouverte. Lorsqu'elle referma son poing, la caméra grinça puis se ratatina sur elle-même jusqu'à éclater et n'être plus qu'un morceau de métal et de plastique accroché au bout de son fil électrique. Laura jeta un coup d'œil aux alentours, mais l'aire était déserte. Elle relâcha son effort sur Mathieu, qui retomba maladroitement sur ses jambes molles.

L'énergie refluait. Il n'était plus en colère. Il n'avait plus peur. En revanche, et Laura n'avait pas besoin de ses pouvoirs pour le deviner, il était excité autant qu'impressionné.

« Putain de bordel de merde Laura…

— Ouais, je sais, c'est pas mal. »

Un employé de la station sortit par une porte de service et regarda ce qu'il restait de la caméra pendre en haut du mat. Il se tourna vers eux.

« Bonjour, vous avez vu ce qui s'est passé ? »

Mathieu lui répondit en se massant l'entre-jambes « Bonjour, Monsieur, de quoi voulez-vous parler ? »

Le gars en uniforme montra la caméra « La caméra, elle est détruite, je ne comprends pas.

— Ah non, je n'ai rien vu de particulier. Vous n'en avez pas d'autres, de caméras ? Des caméras pour surveiller les caméras ? » Il pouffa de rire. Le gars fronça les sourcils.

« Non, nous n'avons pas ça.

— C'est peut-être un aigle ? » proposa Laura en prenant un ton naïf.

« Un aigle ? Non, mais attendez, il n'y a plus d'aigles en liberté depuis un moment ! »

Laura haussa les épaules « Ah bon. »

L'employé jura entre ses dents, fixa à nouveau la caméra détruite puis disparut par la même porte en la claquant. Mathieu rigola puis se rapprocha de Laura. Il prit son visage entre ses mains et l'embrassa. Laura lui caressa le haut des cuisses « Ça va, tes parties ?

— Putain, t'es vraiment une vicelarde. »

Il s'écarta d'elle et jeta un coup d'œil au van « On peut y aller maintenant ? Alors, enfants ou vieux ?

— C'est encore nécessaire ? Ma démonstration ne te suffit pas ?

— Ah si, pour une démonstration, c'était parfait. Mais maintenant, il faut que l'on passe à une pratique un peu plus poussée. Tu dois pouvoir faire mieux que castrer les jolis jeunes hommes à distance, hein ?

— Oui, enfin j'espère. Sinon je me ferai engager dans un élevage de poulet.

— Voilà, les poulets c'est le plan B.

— Et le plan A ?

— Foutre le bordel, c'est ça le plan A. Ça a toujours été ça, le plan A. Allez, viens, on y va ! »

Laura admirait la joie juvénile de Mathieu, capable de déployer un enthousiasme communicatif dès qu'il s'agissait de s'amuser. Elle le connaissait assez pour savoir que cette propension à jouer était son moyen de lutter contre une dépression chronique alimentée par une vision cynique et défaitiste du monde en général et de la condition humaine en particulier. Mais il avait cette énergie qui lui manquait à elle si souvent, et c'était bien cela qu'elle était venue chercher auprès de lui. Ça et ses bras bien entendu, la chaleur et le réconfort de ses étreintes, de son corps tout entier. Laura sursauta quand le klaxon du van retentit. Mathieu s'était remis au volant et la priait de le rejoindre.

Ils quittèrent la voie rapide à hauteur d'une zone commerciale et se perdirent entre les hangars des grandes enseignes. Ils stationnèrent finalement face à un hypermarché haut de trois étages. Mathieu coupa le contact et scruta les alentours « C'est parfait, non ? »

Maria lui lança un regard interrogateur. Il se tourna vers elle « À cette heure-là, il n'y a que des retraités qui viennent faire leurs courses, c'est nickel !

— Tu as donc choisi.

— Oui, t'es encore trop fragile pour accepter de faire peur à des mômes. C'est dommage, dans une cour de récré, on aurait bien rigolé ! Allez, on va foutre la trouille à mémé et pépé ! »

Il sauta du van et claqua la portière. Laura pensa au plaisir qu'elle ressentait quand l'énergie montait. Elle en avait envie. Elle en avait besoin même. Envie de s'y vautrer, besoin de s'y abandonner. Elle attrapa le sac qui contenait le masque de paintball et sortit du van. Elle considéra les alentours immédiats : il n'y avait pas grand monde, mais encore trop pour tenter *une première charge*. Sans se soucier de Mathieu, elle emprunta la rampe qui menait à l'étage inférieur et repéra un couple de personnes âgées sortant d'une voiture flambant neuve.

Le vieux monsieur l'avait garée un peu à l'écart, de peur que quelqu'un la lui raye. Laura repéra les deux caméras qui couvraient la zone. Elle rasa le mur pour rester dans un angle mort, enfila le masque et fit irruption devant le couple en ouvrant les bras. La grand-mère hurla et s'accrocha au bras de son mari. La décharge d'énergie ressentie par Laura fut immédiate. Elle fit un pas vers eux sans rien dire et sentit une deuxième vague la submerger. Elle plaça un doigt sur ses lèvres pour intimer à la vieille femme l'ordre de se taire. Son mari jetait des regards affolés tout autour de lui. Il n'avait pas lâché son chariot, qu'il maintenait entre eux et Laura comme un rempart dérisoire. Il avait peur lui aussi, Laura le sentait et cela l'aidait. Le plaisir montait en même temps que la puissance. Comme elle l'avait fait sur l'aire de la station-service, elle se concentra sur les deux caméras et les brisa de la même manière. L'une d'elles grésilla et une gerbe d'étincelles tomba sur le revêtement vert du sous-sol. La grand-mère cria à nouveau. Laura tourna la tête vers elle et la souleva du sol pour la plaquer contre le mur. L'énergie *la chargeait* à une allure impressionnante. Mathieu avait raison, les vieux avaient vite peur. Elle maintint son étreinte le temps de *se charger* davantage puis ferma les yeux et se raisonna. Cela suffisait. Il fallait qu'elle arrête et qu'elle renonce à ce plaisir. Elle rouvrit les yeux et lâcha la vieille dame qui tomba sur les genoux comme une marionnette. Son mari se rua vers elle et hurla à son tour « Aux secours ! »

Laura tourna les talons et aperçut alors Mathieu, caché derrière un poteau. Il riait. Elle lui fit signe d'avancer puis ôta son masque pour le faire disparaître dans son sac. Elle attrapa Mathieu par le bras et l'entraîna vers les escalators qui menaient à l'entrée de l'hypermarché.

« Génial ! Putain, mais c'est dingue ! Mais comment tu fais ça ! Oh, les pauvres vieux, ils ne sont pas prêts de remettre les pieds dans un parking !

— Il faut faire vite, j'ai une idée, suis-moi. » Laura accéléra le pas, attrapa un chariot et passa par les portes automatiques en faisant un grand sourire au vigile en faction. Mathieu la suivit en sifflotant, puis se mit à lancer dans le chariot à peu près tout ce qui lui passait sous la main. Laura bifurqua dans l'allée principale puis ralentit.

« Mets-toi à côté de moi et pousse le chariot. Quand ça va chauffer, fais semblant d'avoir peur, comme tous les autres, OK ? »

Mathieu sautilla sur place d'excitation « Quand ça va chauffer ? Mais tu vas faire quoi, hein, tu vas faire quoi ?

— Pousse le chariot au lieu de sauter comme un môme ! Dépêche-toi ! »

Il attrapa le chariot. Il ne fallait pas qu'elle traîne, les effets *de la charge* se dissipaient. Elle ferma les yeux, resta un moment immobile puis écarta les mains avant de refermer les poings rageusement.

Mathieu n'eut pas à faire semblant, il eut vraiment peur. Tous les produits de tous les rayonnages tombèrent au sol en même temps dans un vacarme épouvantable. Les bouteilles explosèrent au sol, les conserves s'écrasèrent contre le carrelage, les fruits, les légumes, tout, absolument tout ce que l'hypermarché proposait à la vente se retrouva répandu sur le sol, bousculé par une force invisible. Les gens hurlèrent. Certains tombèrent, trébuchèrent, se firent en partie recouvrir, d'autres furent blessés, heurtés par la chute de l'un des produits, les enfants se mirent à pleurer et il ne fallut que quelques dizaines de secondes avant que l'alarme ne retentissent, rajoutant une couche d'hystérie au chaos.

Mathieu regardait de tous les côtés les yeux hagards. Il faillit éclater de rire à nouveau lorsqu'il reprit ses esprits, mais il croisa le regard noir de Laura et ne le reconnut pas. Elle ne bougeait plus. Il lâcha le chariot, lui attrapa la main et l'entraîna vers la sortie. Ses yeux étaient d'une noirceur inhabituelle, mais elle affichait un sourire plein et entier. Elle semblait ailleurs, très loin. Mathieu commença à s'inquiéter du comportement de la foule lorsqu'il vit un homme marcher sur une femme qui n'avançait pas assez vite pour lui. Cette dernière chuta au milieu des bouteilles de lait éventrées et se mit à hurler encore plus fort.

« Laura, il faut qu'on sorte d'ici. »

Elle posa son regard d'ombre sur lui et marqua un temps d'arrêt avant de lui répondre « Ah Mathieu, oui, la sortie, allons vers la sortie. »

Ils cheminèrent tant bien que mal au milieu des produits qui jonchaient le sol. Les gens hurlaient et couraient également vers la sortie, ils se bousculaient, se piétinaient et s'insultaient. Mathieu pressa le pas à son tour, il ne voulait pas que lui et Laura apparaissent trop singuliers sur les écrans des caméras de surveillance. Il jeta un coup d'œil à Laura : elle retrouvait peu à peu son regard habituel et elle lui adressa un sourire. Ils remontèrent le rayon des jouets, plus calme que les autres, et coupèrent à travers les caisses désertées. Les quelques vigiles encore présents étaient débordés, la majeure partie de leurs collègues ayant pris la fuite comme tout le monde. L'alarme continuait de vriller l'air autour d'eux. Laura se plaqua les mains sur les oreilles avant de pousser le double battant d'une issue de secours qui donnait directement sur le parvis du complexe commercial. Lorsque Mathieu la tira par la manche, elle avait retrouvé tous ses esprits.

« Viens par là, Laura, le van est dans ce parking !

— Laisse tomber le van pour le moment, ça doit être une folie dans les parkings !

— Mais… »

Elle tira sur son bras pour lui faire lâcher prise puis accéléra dans la direction opposée. Il la suivit en lançant des regards par-dessus son épaule. Ils empruntèrent la passerelle piétonne qui enjambait l'autoroute puis dévalèrent la rampe en courant. Au loin, les sirènes de plusieurs véhicules de police firent entendre leur plainte lancinante. Ils ralentirent, jetèrent un dernier coup d'œil derrière eux puis se laissèrent tomber sur le banc d'une gare de tram. Ils se regardèrent et Mathieu éclata de rire.

« Putain ! Mais c'était génial ! Tu as tout balancé ! Tout ! Le merdier que tu as mis, comme ça, juste en claquant des doigts ! Mais c'est… je veux dire… faut le refaire, il faut que tu le refasses, plein de fois, partout ! Chez un vendeur de bagnoles ! Oh oui ! Tu peux faire ça, envoyer valdinguer toutes les caisses ? »

Il éclata de rire de plus belle. Laura reprenait des forces. Elle s'était *déchargée* d'un seul coup pour réussir à *tout* mettre par terre. Cela lui avait demandé un gros effort de concentration qui l'avait laissée un peu sonnée. Mais elle était satisfaite, elle commençait à comprendre comment *ça* fonctionnait. Elle se tourna vers Mathieu et lui sourit. Son enthousiasme était contagieux.

« Mathieu, je peux *tout* faire. »

Il écarquilla les yeux « Comment ça *tout* faire ?

— Bah ouais, il suffit que je me charge, que je me concentre et que je visualise très précisément dans mon esprit ce que je souhaite.

— Et ensuite quoi ?

— Eh bien ensuite, ça arrive. Tout simplement.

— Tu penses à quelque chose et ça arrive. Comme ça ? »

Laura regarda ses mains et les brandit devant elle « Ouais, y'a un truc qui se passe dans mes mains, je sens une énergie, une espèce de... fluide. Je me concentre, je pense et... ça arrive.

— C'est ce que tu as fait au supermarché ? Tu t'es dit *je vais tout foutre par terre*, et c'est arrivé ?

— Oui. Et franchement, je pense que si je m'étais dit *je veux que le bâtiment disparaisse*, il aurait disparu ! »

Mathieu s'adossa contre la baie vitrée de l'abri. Il fixait Laura intensément.

« Il n'y a pas de... limite ?

— Je ne sais pas. Si je me charge suffisamment, franchement, peut-être pas.

— Comment te sens-tu ? Tu as l'air crevée. »

Laura soupira « Ouais, c'est vrai que ça m'a foutu un coup. Je n'avais pas ressenti ça les fois précédentes. »

Mathieu se rapprocha et la prit dans ses bras. Au loin, le ballet des voitures de police et de pompiers s'intensifiait. Il regarda par-dessus son épaule.

« Viens, il ne faut pas que l'on reste ici. Allons récupérer le van.

— Oui, et je sais exactement où nous rendre ensuite.

— Dis-moi.

— On monte. On monte à la capitale.

— C'est quoi ton idée ? Aller foutre une raclée au bouffon masqué ?

— Oui, à terme c'est l'idée, mais pas tout de suite. Il y a deux trois choses que nous devons faire avant cela. J'ai volé des documents dans le labo du scientifique qui était censé m'aider. Je ne sais pas pourquoi, mais j'y ai trouvé le nom de la maternité où je suis née et même le nom d'une sage-femme. Je veux savoir pourquoi. Je veux comprendre. Donc nous allons lui faire une petite visite.

— Tu ne penses pas que c'est dangereux de retourner si tôt à Paris ? Le bouffon et ses potes te cherchent, c'est sûr.

— Ce sera dangereux pour eux si nous nous croisons. Nous montons par la route, prenons notre temps, ça me laisse du temps pour continuer de pratiquer, de m'entraîner. Ça te va ? »

Mathieu lui prit le visage entre ses mains et l'embrassa fougueusement.

« Ça te va comme réponse ?

— Ça me va. Il y a autre chose aussi.

— Quoi ?

— Il faut que tu me trouves un nom de scène. »

13
Coïncidence ? Je ne crois pas

Harry avait perdu la trace de Laura rapidement. Depuis qu'elle avait pris un billet de train pour Bordeaux, le réseau ne comportait plus aucune trace d'activité la concernant. Son compte bancaire était inactif, son profil était muet et son téléphone restait déconnecté. La belle ténébreuse avait fait le nécessaire pour disparaître de ses radars et y était parvenue. Lorsqu'un tremblement de terre fut annoncé à Bordeaux sur *GoToNews*, Harry refusa de n'y voir qu'une coïncidence. Il contacta toute la bande via son *Kordon* et sauta dans un des électrocoptères de la compagnie pour se rendre immédiatement sur les lieux.

Il fut amusé, mais pas surpris de retrouver Remy sur les lieux. Ce dernier l'avait précédé de plusieurs heures et l'attendait adossé à sa voiture au milieu du terrain de sport désaffecté où se posa son appareil. Le soleil n'était pas encore très haut, mais la chaleur était déjà assommante. Harry se protégea des volutes de poussières que soulevaient les pales de l'engin et pressa le pas jusqu'à son ami. Il parla fort pour se faire entendre.

« Tu n'as pas mis longtemps à utiliser les infos que je t'ai transmises ! »

Remy ne répondit pas et grimpa dans sa voiture. À l'abri dans l'habitacle, Harry tapa affectueusement sur l'épaule de son ami.

« Merci d'avoir accepté de m'aider. Tu as roulé toute la nuit ? »

Remy démarra et écrasa l'accélérateur de sa voiture de sport. Il contrôla le dérapage des deux roues arrière jusqu'à se retrouver dans l'alignement du portail de sortie puis propulsa son bolide sur la longue ligne droite bitumée qui longeait le stade.

« Pourquoi venir par les airs quand tu peux venir par la route ?

— Tu aimes toujours autant conduire, hein ? »

Remy ne répondit pas. Il enclencha la conduite autonome puis pianota sur l'écran tactile de son tableau de bord. Les images des caméras de surveillance du supermarché où le tremblement de terre avait eu lieu s'affichèrent sur la console centrale. Harry sourit, son ami n'avait pas perdu de temps.

« Il n'y a pas eu de tremblement de terre Harry, ce sont des conneries balancées aux médias. J'ai vérifié auprès du centre national de surveillance des risques, ils n'ont rien enregistré.

— Évidemment. C'est pour ça qu'on est là, non ? »

Harry se pencha vers la console.

« J'imagine que tu as analysé les images ? Aucune trace d'elle ?

— Non, aucune trace.

— Tu as toutes les images ? Il doit y avoir un nombre de caméras assez dingue dans un endroit pareil.

— Oui, j'ai tout récupéré. Il y a d'ailleurs un truc assez bizarre. Quelques minutes avant l'incident, deux caméras d'un des parkings au sous-sol sont tombées en panne.

— Et il y a une explication ?

— Non, le rapport indique seulement *défaillance majeure*.

— Eh bien cela nous fait au moins un point de départ. »

Ils filaient à présent à bonne allure sur la voie rapide qui contournait l'agglomération. Remy reprit les commandes pour forcer encore l'allure. Toute la zone commerciale était bouclée, des équipes de spécialistes analysaient et fouillaient la zone pour évaluer autant les dommages que les risques éventuels. Remy présenta un laissez-passer et ils traversèrent le parking déserté pour se rendre directement au sous-sol où les caméras défaillantes étaient installées. Remy siffla entre ses dents lorsqu'il découvrit ce qui restait de la première d'entre elles.

« Ah bah oui, forcément, la pauvre n'a pas pu enregistrer grand-chose dans cet état. »

Il ramassa le boîtier resté au sol. Il était écrasé des deux côtés, comme s'il avait été compressé par une puissante mâchoire.

« Regarde ça, curieux, non ? » dit-il en tendant le bout de métal à Harry. Ce dernier jeta un rapide coup d'œil puis pointa la deuxième caméra du doigt : encore fixée sur une des poutres en ciment de la structure, elle était broyée de la même façon. Harry prit une photo des deux appareils puis ils gagnèrent l'entrée du supermarché. Toutes les équipes du magasin étaient au travail, mais un grand désordre régnait encore dans les allées. Harry et Remy se rendirent au poste de contrôle de la sécurité, mais n'obtinrent rien de plus de la consultation du rapport de fonctionnement détaillé du réseau de caméras. Rien n'expliquait l'implosion de deux d'entre elles. Il n'y avait eu aucune surtension ni aucun court-circuit. Harry demanda à consulter le registre de recensement des incidents. Il ne comportait que des signalements assez habituels pour ce genre de lieu : rapports de vols à l'étalage, plaintes de clients mécontents. Il interrogea alors le chef du service, mais ce dernier, retranché dans son bureau au moment des faits, n'avait rien de plus à dire. Le pauvre homme était dépassé par les évènements qui étaient venus rompre la monotonie de son travail de surveillance. Il souhaitait qu'on le laisse enfin finir le rapport qu'il était en train de taper sur un ordinateur poussiéreux. Pour se débarrasser de lui, il indiqua à Harry l'employé présent à l'accueil du service au moment du tremblement de terre.

« J'ai déjà répondu à plusieurs enquêteurs, il faut vraiment que je vous répète tout ? »

Le jeune homme, noyé dans un uniforme *GoToFood* trop grand pour lui, leva les yeux au ciel quand Harry l'interrogea.

« Vous n'avez rien noté d'anormal avant que tout ne tombe des rayonnages ? »

Nouveau soupir et regard lassé « Non, j'étais en train de répondre à un couple de personnes âgées qui venait de se faire agresser dans un des sous-sols du parking… et tout est tombé comme ça, d'un coup ! »

Harry et Remy échangèrent un regard.

« Dans un sous-sol, vous dites ? Vous savez lequel ?

— Ah bah oui, je m'en souviens puisque bien évidemment, c'était celui où les deux caméras sont tombées en panne ! »

Harry se racla la gorge « Et que s'est-il passé exactement dans ce parking ?

— Pourquoi vous vous intéressez à ça ? Vous n'êtes pas là pour le tremblement de terre, comme tout le monde ?

— Répondez à ma question jeune homme.

— La vieille dame était dans tous ses états. Elle disait qu'elle avait été soulevée par quelqu'un avec un masque de robot.

— Comment ça, *soulevée* ?

— *Collée au mur*, c'est ça qu'elle a dit, qu'elle avait été *collée au mur*. Mais elle était un peu folle, je pense, parce qu'elle disait aussi que le gars avec le masque de robot ne l'avait pas touchée. Alors pour moi, je veux dire, pour prendre la plainte, c'était compliqué du coup.

— Et son mari, que disait-il ?

— Rien, il ne disait rien, il faisait juste oui de la tête, pour donner raison à sa femme.

— Entendu. Et quoi d'autre ?

— Rien d'autre, j'étais en train de leur expliquer que je ne pouvais pas faire grand-chose pour eux et c'est là que tout est tombé des rayonnages, comme ça ! D'un coup !

— Oui comme ça d'un coup, j'ai bien compris cette partie-là. Vous n'avez pas les noms de ces deux personnes par hasard ?

— Non, je n'ai pas eu le temps de les noter, quand tout est parti en vrille, ils se sont enfuis en hurlant, comme tout le monde.

— Et ce masque ? Ce masque de… robot, vous avez d'autres infos à ce sujet ?

— Blanc, il était blanc, et cachait tout le visage de la personne, toute sa tête en fait. *Comme dans ces films pour les jeunes*, m'a dit la vieille dame.

— Merci jeune homme. »

Harry et Remy quittèrent les lieux. Ils n'échangèrent pas un mot avant d'être de retour dans la voiture.

« Voilà ce que je pense » déclara Harry « Cette fille est allée foutre la trouille à deux vieux pour récupérer ses pouvoirs avant d'aller mettre le bordel dans le supermarché. »

Remy posa ses deux mains sur le volant et fit la moue « Ouais, ça se tient, mais c'est quand même très curieux, pourquoi a-t-elle fait ça ?

— Pour la même raison que ClapMan, pour s'entraîner, pour tester son pouvoir, pour le comprendre. Et tout ça pour quoi ?

— Pour pouvoir mieux l'utiliser ?

— Exactement.

— Ça se tient… »

14
MoodPad

Nicolas se rua sur son père et lui colla l'écran de son téléphone sous le nez.

« Papa, je veux ça ! »

Olivier regarda Iris du coin de l'œil. Elle haussa les épaules. Il réajusta les lunettes sur son nez et considéra ce que lui montrait son fils avec un minimum d'attention.

« C'est quoi *ça* ? Qu'as-tu encore déniché sur le réseau ?

— Mais regarde c'est génial ! Ça dit quand tu es en colère, content ou excité ! »

Sur l'écran, une publicité *DesignTech* vantait les mérites du dernier gadget à la mode et qui commençait à envahir les rues. Olivier monta le son, car les images ne lui permettaient pas de bien comprendre de quoi il s'agissait.

Tu portes, tu plug, tu dis, tu montres ! MoodPad affiche tes humeurs, MoodPad est ton reflet, MoodPad t'accompagne, MoodPad t'affiche !

Une musique entêtante rythmait la chorégraphie d'un groupe de jeunes gens qui portaient tous au revers de leur veste un petit écran rond, souple et ultra plat sur lequel s'affichait alternativement une série d'icônes représentatives de leurs humeurs de l'instant. Sur la veste d'un des garçons, un hamburger s'affichait tandis que ce dernier se ruait dans un *GoToFood*. Une fille en short faisait du sport tandis que son écran indiquait un sourire radieux. Sur celui d'une autre fille vêtue de noir, un symbole indiquait des larmes. Plus loin, un groupe faisait la sieste sur l'herbe trop verte d'un parc. Sur leurs tee-shirts, le petit écran affichait un visage endormi.

Olivier leva les yeux du téléphone et regarda son fils en faisant la moue.

« Quoi papa ? Mais c'est génial ! Tu peux télécharger des millions d'icônes !

— Mais tu sais que ce truc ne détecte rien, ce sont les gens qui affichent ce qu'ils veulent.

— Oui et alors quoi ? Moi j'afficherai un visage qui pleure quand la prof fera une interro ! Et un pouce en l'air quand ce sera l'heure de la fin des cours ! »

Iris regarda son fils.

« Moi j'afficherai un poulet rôti quand il sera l'heure de manger, mais que personne ne s'est mis aux gamelles.

— Ah ! tu vois, maman est d'accord ! »

Olivier soupira et regarda la fin de la publicité. La scène de fin représentait la rue d'une ville nord-américaine dans laquelle tous les passants portaient le fameux *MoodPad*. Tout le monde avait le sourire, les touristes trouvaient leur chemin, les vendeurs de rue savaient à qui proposer leurs sandwichs et la foule s'écartait devant ceux qui affichaient une icône *Je suis pressé*.

Nicolas se colla à son père.

« C'est trop bien, en plus ClapMan l'utilise aussi. Tu l'as vu, son écran à lui est sur son masque ! Papa, j'en veux un ! »

Olivier regarda à nouveau sa femme. Cette dernière haussa les épaules une nouvelle fois. Il cliqua sur le lien renvoyant au site d'achat en ligne et en commanda trois. Nicolas hurla de joie et se jeta au cou de son père.

15

Inventaire

Martin était impressionné par les cabrioles effectuées par Maria et son nouveau robot. Il n'était pas fan de son idée de l'aider à vaincre Laura le temps venu, mais pouvait-il la raisonner ? La virtuosité de Maria était sidérante, nul doute qu'elle et son robot étaient des adversaires à présent redoutables.

« Maria, je file au département équipement. »

Elle stoppa son engin au milieu d'une manœuvre d'évitement et repositionna son casque en modifiant ses paramètres d'emprise. Elle en releva la visière pour adresser un regard à Martin. Sa voix résonna dans ses écouteurs.

« OK mon grand, à toute ! »

Et elle reprit son mouvement en pointant en l'air deux armes factices fixées aux avant-bras du robot. Martin frissonna et quitta la loge d'observation.

Comme prévu avec Denis, le technicien en chef du département équipement avait disposé sur une grande table tout ce dont il disposait pour ClapMan. Ce dernier s'avança, capuche sur la tête et masque bien en place.

« Magnifique » dit-il en parcourant la table des yeux. Et effectivement, la présentation de tout ce matériel faisait son petit effet. Denis ne lui avait pas menti en lui promettant de belles surprises. Une nouvelle veste trônait au centre, floquée devant et derrière du magnifique symbole de ClapMan dessiné par Lorie. La partie basse du masque était solidaire de la capuche, tout comme le masque lui-même, qui se rétractait dans la partie haute de celle-ci. Cela permettait de l'enfiler et de le mettre en place très rapidement. La veste elle-même était taillée plus près du corps, mais comportait des inserts au niveau de toutes les articulations afin de fluidifier les mouvements. Le système de communication et de suivi avait été perfectionné, il disposait d'une interface de commande intégrée à la visière du masque. Martin s'attarda sur la paire de baskets. Elle était déclinée en plusieurs couleurs, mais celle qu'il préférait reprenait le bleu/gris caractéristique de la veste qu'il portait déjà. Ces chaussures disposaient d'un dispositif de maintien couplé au jean et d'une semelle très enveloppante qui remontait sur tout le tour du pied. Il tâta la matière du doigt, cela ressemblait à du pneu de voiture, très dur et très adhérent. Une paire de gants renforcés du même matériau pouvaient également être raccordés à la veste par un système de zip électrique. Sur la gauche de la table, une combinaison elle aussi flanquée du symbole de ClapMan attira le regard de Martin.

« C'est le pyjama ? »

Le technicien ne cilla pas. Il se racla la gorge avant de répondre.

« Non, monsieur, c'est un sous-vêtement comportant les capteurs de vos constantes vitales.

— Mes constantes vitales ?

— Oui Monsieur. Fréquence cardiaque, pression artérielle, etc. L'idée est de savoir si vous êtes en bonne santé, ou non. Si tout va bien pour vous en quelque sorte. »

Martin prit la sous-combinaison dans ses mains. Elle était fine et très légère. Rien n'indiquait la présence de capteurs. Il siffla d'admiration. Le technicien se racla à nouveau la gorge.

« Bien entendu, ces paramètres vitaux sont affichés à la demande sur l'écran holographique de votre visière et transmis en temps réel au reste de votre équipe.

— Oui, bien entendu. Évidemment. Normal. Et ça, c'est quoi ? »

Martin tenait dans la main un cadran circulaire assez épais à l'allure beaucoup plus rustique que le reste de l'équipement. Le technicien se saisit de l'objet et y porta son attention en grimaçant.

« C'est un capteur Monsieur. C'est Monsieur Malada qui nous a demandé de l'intégrer à votre équipement. Il nous a interdit d'y toucher, donc de le miniaturiser. La seule solution est donc de le porter à votre poignet droit, nous avons donc prévu un système d'attache et de protection intégré à votre veste.

— Monsieur Malada ? Nelson Malada ?

— Oui Monsieur, lui-même. »

Martin n'en revenait pas. Nelson ne s'était plus manifesté depuis longtemps, mais il restait donc attentif à tout ce qui se passait. Martin sourit. Il aimait bien savoir que le vieux scientifique était encore à ses côtés et qu'il veillait sur lui, même de loin. Martin inséra le capteur dans son logement. Il savait très bien à quoi il allait lui servir. Ce truc relié à rien allait lui indiquer l'intensité du flux, comme il l'avait fait au Rex puis au labo. Le technicien se saisit d'un sac à dos à la forme très ergonomique et le tendit à Martin.

« Il y a ceci également, Monsieur. »

Martin fut étonné de la rigidité du sac. Toutes les ouvertures étaient à commandes électriques, pilotées par la console intégrée au masque. Le technicien disposait d'un panel de contrôle extérieur. Il commanda l'ouverture des deux poches latérales, d'où deux armes s'extirpèrent à moitié, permettant que l'on puisse s'en saisir. Martin fit semblant de ne pas être surpris et regarda le technicien.

« Ce sont des armes à impulsions électriques Monsieur, vous pouvez donc en paramétrer la puissance comme bon vous semble, pour assommer ou pour faire plus de dommages, si vous voyez ce que je veux dire. »

Martin voyait parfaitement, mais ne répondit pas. Le technicien poursuivit sa présentation.

« Dans la partie supérieure, vous disposez d'une trousse de premiers secours et d'une bouteille d'oxygène. Celle-ci permet une respiration autonome de huit minutes. Enfin, la poche centrale est scindée en deux compartiments. Le premier est occupé par un gilet de flottaison et le deuxième par un parachute de ralentissement permettant d'amortir une chute de plus de trois cents mètres. Et tout ceci est piloté par...

— Par la console du masque, c'est ça ?

— Oui Monsieur, c'est cela.

— Eh bien, très bel équipement !

— Merci, Monsieur.

— Il y a autre chose que je dois savoir ?

— Non, Monsieur. »

Martin se frotta les mains.

« Je peux essayer tout ce bel équipement ?

— À votre guise Monsieur, c'est le vôtre.

— Excellent ! »

16
NYX

« Nyx ? C'est quoi ça, une marque de lessive ? »

Laura quitta la route des yeux et lança un regard interrogateur à Mathieu. Ce dernier faisait défiler un article sur son téléphone. Il rigola.

« Peut-être, je ne sais pas. Mais c'est surtout la déesse grecque de la nuit noire. Elle est mariée avec le dieu du néant. Forcément, leurs enfants sont tous des dieux ou des déesses, je te les donne en vrac : dieu de la mort, du sarcasme, de la misère, de la ruse, de la tromperie... je continue ?

— Pas mal comme pedigree.

— Ouais, et moi je trouve que ça sonne vachement bien comme nom, Nyx. »

Il répéta le nom de façon théâtral en ouvrant les bras en grand.

« Nyx ! »

Et il rigola à nouveau. Laura sourit. Oui, ce n'était pas mal comme pseudo.

Il était onze heures du matin lorsqu'ils garèrent le van près de la place de la Nation. Ils avaient roulé toute la nuit. Il pleuvait encore sur la capitale. Laura s'enfonça un bonnet sur la tête, remonta le col de son manteau et enfila ses lunettes à large monture. Ils s'installèrent dans un bar en face de l'entrée de la maternité. Laura ne se sentait pas fatiguée, mais était tendue. Rien n'importait plus pour elle que mettre la main sur cette sage-femme, cette *Josiane Leclaire* dont elle avait trouvé le nom dans les documents du chercheur. Pourquoi s'était-il intéressé à elle ? Elle ne tarderait pas à le découvrir.

« Remontre-moi sa photo. »

C'était une vieille dame qui d'après l'organigramme de l'hôpital travaillait à présent dans au secrétariat de direction. Ce dernier fermait entre midi et deux, ils attendraient donc patiemment en espérant que cette dernière préférerait les restaurants du quartier à la cantine de l'établissement, ce qui était probable.

Abritée sous un parapluie rose vif, Josiane Leclaire franchit le porche de l'hôpital peu après midi. Elle marcha prudemment sur le passage piéton, s'attirant les foudres des automobilistes qui la saluèrent au son d'un concert de coups de klaxon dissonants. Laura et Mathieu l'observèrent cheminer lentement vers la rue voisine. Elle passa devant leur bar, traversa à nouveau puis pénétra dans un salon de thé quelques mètres plus loin. À travers la vitrine, Laura et Mathieu la virent serrer chaleureusement la main de la serveuse puis prendre place à une table avant même d'y avoir été invitée.

« On y va. », déclara Laura. Ils traversèrent la rue au pas de course, pénétrèrent dans le salon de thé et s'installèrent à la table voisine de celle de la vieille femme. Laura se pencha et déposa un papier plié en deux devant Josiane. Cette dernière sursauta et fixa Laura d'un air dubitatif.

« Qu'est-ce que… »

La serveuse venait de sortir des cuisines, il fallait faire vite. Laura fixa Josiane.

« Chut ! Lisez cela, tout de suite. »

Josiane lança quelques regards paniqués autour d'elle. Laura frémit. La vieille dame avait peur. Déjà. *La charge* venait de démarrer.

« Bonjour, Madame, bonjour, Monsieur, vous souhaitez déjeuner ?

Mathieu afficha son plus beau sourire « Oui, et vous allez être contente, nous sommes affamés ! »

La serveuse rigola « Parfait ! Je vous apporte la carte. » Elle se tourna vers Josiane « Josiane, je vous mets le plat du jour, comme d'habitude ? »

Josiane resta un moment les yeux fixés sur Laura qui lui adressa un regard glacial. La vieille dame se reprit et répondit à la serveuse avec un sourire tordu « Oui, merci, Rachel. »

La serveuse tourna les talons. Josiane déplia le papier, chercha ses lunettes dans le fond de sa poche et le lut en lançant à Laura puis à Mathieu des regards apeurés.

Madame Leclaire, je m'appelle Laura Labrot. Vous étiez sage-femme le jour où je suis née. Il s'est passé dernièrement des choses peu ordinaires dans ma vie. Des choses que je souhaite comprendre. Que je veux comprendre. Pour je ne sais quelle raison, il semble que vous ayez quelques éléments d'explication. Je veux que nous en parlions.

Ses mains tremblaient lorsqu'elle replia le morceau de papier. Laura sentit une puissante vague d'énergie la submerger. Elle ne s'y attendait pas. Elle vacilla et fut obligée de s'agripper au rebord de la table pour ne pas basculer de sa chaise. Mathieu plaça sa main sur la sienne.

« Laura, tout va bien ? »

Elle lança un regard étonné à la vieille dame qui se contentait de fixer son assiette vide avec des yeux ronds.

« Aidez-moi. », lui murmura Laura. Une autre décharge d'énergie pure la fit tressaillir. Mathieu lança un regard inquiet à Josiane puis se pencha vers Laura.

« Laura, mais qu'est-ce qui se passe ?

— Je ne sais pas Mathieu, je ne sais pas ce qui se passe. Cette femme est... terrifiée. Je sens... *la charge*... c'est énorme. Je... je ne comprends pas ce qui se passe. »

La serveuse revint déposer une assiette fumante devant Josiane, qui écarta à peine les bras pour la laisser faire.

"Vous avez choisi ?

Mathieu répondit mécaniquement « Comme la dame, deux plats du jour s'il vous plaît.

— C'est noté ! » Elle s'éloigna.

Josiane les regarda tous les deux sans rien dire. Il sembla à Laura qu'elle s'apprêtait à prendre la parole, mais elle resta muette.

'Madame Leclaire, je ne comprends pas, pourquoi avez-vous peur ? Vous n'avez rien à craindre de nous, nous ne...

Josiane lui coupa la parole « Vous ne savez pas, n'est-ce pas ?

— Je ne sais pas quoi ?

— Ce qui s'est passé le jour de votre naissance ? Ce qui s'est *vraiment* passé le jour de votre naissance ? Vous ne le savez pas, hein ? »

Laura fronça les sourcils et resta un moment, interdite « Mais non, enfin je... non je ne sais pas... que s'est-il passé le jour de ma naissance ? »

Le regard de Josiane était à présent agressif et menaçant. Elle fixait Laura avec une rage contenue, serrait la mâchoire et luttait pour ne pas se laisser submerger par les larmes qui embuaient déjà ses yeux.

« Elle est morte, voilà ce qui s'est passé.

— Morte ?! Mais qui est morte ?

— Bénédicte est morte !! » Elle criait à présent. Laura sentait l'énergie continuer de monter en elle.

'Madame, calmez-vous s'il vous plaît. Je ne comprends pas. Bénédicte, qui est Bénédicte ?

Josiane serra les poings et détourna les yeux. Elle fixait à présent son assiette. Elle ferma les yeux, réfréna un sanglot puis se tourna à nouveau vers Laura.

« C'est la sage-femme qui vous a mise au monde, voilà qui c'est, Bénédicte ! Vous avez oublié ça, hein ! Tout le monde a oublié ça ! »

Laura avait de plus en plus de mal à rester concentrée, le flux d'énergie ne la chargeait plus, il l'envahissait. Elle avait la sensation de disparaître, de n'être plus qu'un mélange d'électricité et de pouvoirs, noyau d'énergie pur de plus en plus difficile à contenir, mais qui la pétrissait dans une sensation de plaisir et de bonheur presque orgasmique. Mathieu fixait Laura. Il la voyait lutter. Des gouttes de sueur perlaient sur son visage. Ses traits étaient tendus, son regard paraissait de plus en plus lointain. Il cligna des yeux pour s'en persuader : les yeux de Laura viraient au noir. Il se força à la quitter des yeux et apostropha Josiane.

« OK, elle est morte ! On a compris, et alors ? Qu'est-ce que ça peut nous foutre qu'elle soit morte ?

— Mais c'est elle qui l'a tuée !! Elle !! »

Elle pointait Laura du doigt rageusement. Son index de vieille dame tremblait en désignant la cible de toutes ses peurs, de toutes ses rancœurs, de toute sa colère enfouie depuis trop d'années.

« Vous l'avez tuée ! C'est vous ! Je le sais, vous l'avez tuée !! »

Laura était à présent cramponnée à la table. La serveuse fit irruption dans la salle.

« Josiane, c'est vous qui criez comme ça ? Que se passe-t-il ? »

Son doigt restait tendu vers Laura. Mathieu les regarda toutes les trois. Il n'avait plus la moindre idée de comment agir. Laura balaya la table d'un revers de bras, la vaisselle éclata au sol. La serveuse se précipita vers le téléphone, mais d'un geste Laura la plaqua contre le mur du restaurant. La jeune femme hurla. Mathieu se leva d'un bond et recula de plusieurs pas.

'Laura, qu'est-ce que tu fais ? Laura !!

Cette dernière tourna vers lui ses yeux entièrement noirs. Son visage affichait un sourire agressif. Elle attrapa un couteau sur la table voisine et traça une inscription sur le plateau de sa table. Le bruit de l'inox frotté contre l'aluminium stria l'air. Un énorme « NYX » fit face à Laura qui contempla son œuvre quelques secondes avant de planter le couteau bien au centre du Y. Josiane s'était levée et avait reculé de plusieurs mètres vers le fond du restaurant, les yeux rivés sur elle.

"Je le savais, je le savais !" répétait-elle en boucle, l'index toujours pointé. Suspendue à un mètre du sol, la serveuse pleurait. Elle continuait de se débattre contre cette force invisible qui la clouait au mur.

Laura pivota vers Josiane et fit un pas vers elle. La vieille dame hurla. Un homme en tenue de cuisinier fit irruption dans la pièce, armé d'un long couteau. Dans son autre main, il brandissait un téléphone.

"Vous là !", hurla-t-il "J'ai appelé la police !"

Mathieu agit par instinct. Il bondit et s'interposa entre Laura et le cuisinier tandis que son regard noir glissait vers lui.

"Laura stop ! Laisse cet homme tranquille ! On dégage ! Il faut partir ! Maintenant !!"

Mais elle ne lui prêta aucune attention. D'un geste, elle plaqua le cuisinier au sol, écarta le couteau, fit glisser son téléphone jusqu'à elle et l'écrasa du pied. Elle fit alors un nouveau pas vers Josiane, qui hurla de plus belle.

"Comment l'ai-je tuée ?

— Vous avez tout fait exploser ! Voilà comment ! Vous êtes un démon ! Un démon !!"

Laura éclata de rire en renversant les tables qui encombraient son passage. Elle s'avança jusqu'à pouvoir saisir la vieille dame par le col. Josiane tomba à genoux. Laura rapprocha son visage du sien et lui murmura à l'oreille.

"Nyx, je m'appelle Nyx. Faites des recherches, puisque vous aimez les démons, ça va vous plaire."

Ce furent ses derniers mots. Elle sentit une piqûre dans son dos, puis d'effondra.

17

Salon de thé

Nelson s'était enfermé dans son atelier de longues heures et plusieurs jours de suite. Christine s'était inquiétée puis s'était raisonnée. Son mari se plongeait à nouveau dans ses bricolages farfelus et c'était très bien ainsi, cela lui changeait les idées. De son côté, Nelson s'était résigné à pas mal de choses, mais pas à fuir ses responsabilités. La dangereuse Laura s'était enfuie avec ses documents, et certains comportaient des informations susceptibles de mettre des personnes en danger. Cela l'avait empêché de dormir jusqu'à ce qu'il se lève en pleine nuit pour prendre une décision ferme : surveiller Josiane Leclaire. C'est le moins qu'il pouvait faire.

Le quotidien de la vieille dame n'était plus qu'une routine bien rodée et il n'avait pas été compliqué pour Nelson de cadenasser une organisation qui lui permettait de veiller sur elle une grande partie du temps. Il avait songé à avertir toute la bande, mais avait préféré ne pas le faire. Il avait promis à Christine de lever le pied dans cette affaire et sa crainte principale restait que le danger que représentait cette fille éclate au grand jour. Et puis, à entendre via le *Kordon* ce à quoi ils étaient tous occupés, Nelson se disait que sa tâche à lui pouvait bien être de veiller sur une vieille dame qu'ils avaient eux-mêmes mise dans cette délicate position : celle de cible potentielle. La belle avait fait parler d'elle à Bordeaux, elle était donc à nouveau active. Nelson avait fait parvenir un capteur de *flux* au service équipement de *DesignTech* afin que Martin puisse en équiper sa veste. Il en avait profité pour acheter sur le réseau une boîte de dix de ces capteurs. Son premier travail de surveillance avait été de les placer astucieusement dans les lieux fréquentés par Josiane afin de pouvoir surveiller l'activité du *flux* à distance. Il n'avait aucune idée de la pertinence de toute son installation ni même de sa viabilité, mais cela rassurait Nelson. Cela lui donnait un minimum de bonne conscience : il avait *fait* quelque chose.

Ce matin-là, lorsque le capteur du salon de thé bondit en limite de jauge et déclencha l'alarme, Nelson se redressa si vivement qu'il manqua de s'assommer sur le plafond de sa camionnette. Il colla son nez à la vitre sans teint du compartiment arrière et ne reconnut pas immédiatement Laura. Elle était rousse à présent, avait les cheveux courts et portait une paire de grosses lunettes. Et surtout, elle était accompagnée. L'homme en face d'elle était assez jeune, plutôt séduisant et portait des vêtements dépareillés, tachés et sales. Nelson plissa les yeux et se saisit de ses jumelles. De la peinture, c'était de la peinture, comme si l'homme s'était échappé d'un atelier de maternelle. Nelson scruta leur visage. Puis il se concentra sur Josiane. Quelque chose se passait. Il laissa tomber les jumelles et fit claquer les ouvertures d'un long coffret en métal d'où il sortit l'arme équipée de seringues hypodermiques récupérées après les incidents du bois de Boulogne. Il en dévissa la crosse pour la raccourcir puis la dissimula dans son long manteau. Il enfila une paire de gants, chaussa une paire de lunettes noires et s'enfonça une casquette sur la tête.

Bien entendu, il pleuvait. Nelson s'appliqua à ne pas glisser sur la mélasse qui souillait la chaussée. Le capteur était bloqué à son niveau maximum, la petite aiguille frétillait sur sa butée. À l'intérieur du restaurant, la situation avait dégénéré. De là où il se trouvait, Nelson pouvait voir une serveuse plaquée au mur et Laura, de dos, qui marchait lentement vers l'ancienne sage-femme. Il regarda autour de lui : personne, pour le moment, ne s'intéressait à ce qui se passait dans le restaurant. Nelson tourna lentement la poignée de la porte puis, le plus rapidement qu'il le put, sortit son arme, visa, et tira. Laura n'était qu'à quelques mètres de lui. La fléchette se ficha dans son dos. Elle sursauta, se retourna et posa son regard noir sur lui. Nelson crut un moment qu'elle allait avoir le temps de réagir, mais elle s'écroula. Sur le cadran, l'aiguille resta dans le rouge.

La serveuse dégringola du mur. Sa tête heurta le bord d'une table et elle tomba au sol dans un fracas de verre cassé, inconsciente. Le cuisinier retomba sur ses pieds et s'enfuit dans les cuisines avant que Nelson n'ait le temps de s'interposer. Josiane hurla en se plaquant les mains sur les oreilles. Il fallut quelques secondes à l'homme aux taches de peinture pour comprendre ce qui se passait. Il finit par se tourner vers Nelson.

"Putain vous êtes qui, vous ? Qu'est-ce que vous lui avez fait ?"

Nelson pointa son arme vers lui. Il recula, paniqué, renversant une nouvelle table et levant les bras au ciel.

"Putain, mais c'est quoi ce bordel ! Vous l'avez tuée ? Putain vous l'avez tuée !"

Nelson baissa son arme "Calmez-vous, je ne l'ai pas tuée. Elle est endormie.

148

— Endormie, vous l'avez endormie ? Mais vous êtes qui vous ? Putain, vous êtes qui ?!"

L'homme avait baissé les bras. Il balança la table renversée et se porta aux côtés de Laura.

"Laura ? Laura, tu m'entends ? Laura réveille-toi. Laura !!

— Elle ne se réveillera pas, pas avant plusieurs heures."

L'homme reposa doucement la tête de son amie et se tourna vers Nelson. Il attrapa un couteau tombé au sol et le pointa vers lui.

"Ne faites pas ça.", dit Nelson le plus calmement possible.

"Ta gueule ! T'es qui toi ? Réponds !

— Posez cette arme, je vais tout vous expliquer.

— Je ne pose rien du tout !"

Sans quitter Nelson des yeux, il se saisit d'un autre couvert tombé au sol. Lorsqu'il se rendit compte qu'il s'agissait d'une petite cuillère, il la balança vers Nelson et s'agrippa à son couteau à deux mains.

"Tu es qui, toi ? Réponds, connard."

— Je suis quelqu'un qui peut vous aider.'

Près du bar, allongée au sol, Josiane pleurait recroquevillée sur elle-même.

« Quelqu'un qui peut m'aider ? Mais je n'ai pas besoin d'aide moi !!

— Vous ne savez pas dans quel pétrin vous vous êtes mis.

— Ah ouais ? Et qui va me l'expliquer, hein ? Toi ?

— Oui, si vous m'en laissez la possibilité.

— Eh bien vas-y, parle ! Dis-moi pourquoi t'es déguisé comme un espion du KGB et que tu viens de dézinguer ma copine ! Vas-y, explique ! »

Josiane gémit. Le corps de Laura tressaillit. Nelson pointa son arme vers elle et même temps qu'il contrôlait le niveau du *flux* : il était encore au maximum.

« Laura, Laura tu m'entends ? Réponds ! »

Elle tressaillit à nouveau. Nelson lui ficha une deuxième fléchette dans l'épaule. L'homme hurla.

« Putain, mais laissez-là tranquille espèce de salaud ! »

Il se rua sur Nelson, couteau à la main. Nelson n'eut pas le temps de pointer son arme et de tirer. Il esquiva de peu le coup de couteau porté à son visage. Il bascula en arrière et perdit l'équilibre. Emporté par son élan, l'homme trébucha lui aussi sur une chaise renversée. Il se redressa d'un bond et voulut sauter à nouveau sur Nelson, mais celui-ci avait déjà la main sur la crosse de son arme. L'homme se précipita vers la sortie et se rua à l'extérieur. Nelson se releva aussi vite qu'il le put, mais l'homme avait déjà disparu au milieu des badauds abrités sous leur parapluie. Il jura entre ses dents et se retourna pour aviser d'une situation qui lui avait totalement échappé. La porte du restaurant heurta le dos de Nelson. Un couple de jeunes gens souhaitait rentrer.

« C'est fermé. », lâcha-t-il sur le ton le plus glacial possible. La fille fronça les sourcils et se hissa sur la pointe des pieds pour jeter un coup d'œil à l'intérieur.

« C'est fermé je vous ai dit. Pour travaux. »

Le copain de la fille hésita, mais, devant la stature imposante de Nelson, préféra battre en retraite.

« Viens, on file au *GoToEat*. »

Nelson les regarda s'éloigner puis tourna le loquet de la porte, éteignit les lumières et jeta un coup d'œil au capteur en avançant vers Laura. Le niveau du *flux* baissait à vue d'œil. Enfin. Il devait agir très vite.

Le corps de Josiane était encore secoué de spasmes de pleurs. Nelson hésita. La vieille dame l'avait-elle reconnu ? Sans doute pas. Il paria là-dessus. Nelson voulait rester anonyme, il ne voulait pas que le moindre élément le relie à toute cette histoire. Il pensa à Christine, sa chère et tendre femme à qui il avait dit qu'il se tiendrait à l'écart de tout danger. Il fila dans les cuisines et fut rassuré d'y trouver une porte arrière qui ouvrait sur une ruelle assez large pour que sa camionnette y stationne. Il retraversa le salon de thé, mais un doute l'arrêta dans son élan : et si la vieille femme profitait de son absence pour se relever et ameuter tout le quartier. Il ne pouvait pas prendre ce risque. Il chargea une nouvelle cartouche de fléchettes et tira dans la cuisse de Josiane qui cria, puis s'affaissa.

Nelson chargea ensuite le corps de Laura dans sa camionnette puis démarra en trombe.

« À tous, ici Nelson. Je suis en camionnette sur le périph nord. J'ai le corps de Laura dans ma soute. Elle est endormie, mais je ne sais pas pour combien de temps. »

18
Manque de peps

Paco effectua une double vrille et retomba au centre du praticable. Maria se concentra puis tira les commandes du robot à elle pour débuter un enchaînement de pas rapides et de passements de jambe synchronisés, doublé d'un travail de tout le haut du corps qui faisait apparaître son robot complètement désarticulé. Elle s'était inspirée de figures de hip-hop et avait demandé au chorégraphe de l'équipe de les intégrer au milieu de son run, pour séduire les ados et faire rire les enfants. Le tout n'était pas encore assez fluide. Maria manquait d'entraînement, elle le savait. La coupe d'Europe démarrait bientôt, et avec elle se profilait l'une des épreuves les plus impressionnantes de l'année : *le Show du Colysée*. Même les pilotes les plus chevronnés restaient intimidés par ce lieu mythique et par les exploits qui s'y étaient déroulés depuis la naissance des compétitions de Dancing Bot. La veille, Abdel avait axé tout l'entraînement sur la reconnaissance du lieu et de ces spécificités. Maria et les autres pilotes étaient restés enfermés toute la journée dans la salle de projection à scruter des modélisations 3D de la structure et à visualiser les runs des anciens champions. Ils simulèrent ensuite les chorégraphies de chacun dans l'espace aménagé au milieu des cent mille places du *GotToHuge* Colysée, deuxième plus grand stade au monde. Cette structure hybride de verre et de matériaux composites lançait ses tribunes à quatre-vingts mètres au-dessus des derniers gradins du cirque antique logé en son centre. La première fois que Maria en avait foulé le praticable, elle s'était mise à genoux et avait pleuré. Il suffisait encore qu'elle y pense pour ressentir des frissons. Mais elle aimait ce lieu. Elle l'aimait pour sa démesure et pour ce qu'il exigeait d'elle : un surpassement et une prestation au-delà de ses peurs.

Du haut de la loge d'observation, Abdel regardait sa pilote. Il était satisfait et rassuré de la voir enfin à l'entraînement. Ce qu'elle y faisait n'était d'ailleurs pas mauvais, loin de là. Mais il manquait quelque chose comme une énergie, un grain de folie, qui étaient habituellement la marque de fabrique de Maria. Il s'en était plaint de nombreuse fois, car travailler avec une telle boule d'énergie n'était souvent pas simple, mais aujourd'hui Abdel regrettait presque de ne pas avoir à recadrer Maria. Après tout, c'était comme ça qu'ils travaillaient tous les deux. La voir docile l'empêchait de se montrer directif, et ça lui manquait. Il soupira et attendit que Paco s'immobilise au milieu de la piste.

« Tout va bien, Maria ? »

La tête de Paco se tourna vers la baie vitrée de la loge en même temps que celle de sa pilote. Maria reprit son souffle avant de répondre.

« *Très bien. Il y a quelque chose qui ne t'a pas plu dans ma chorégraphie ?* »

Abdel hésita, car l'enchaînement mené par Maria était parfait.

« Non, pourtant je trouve que ça manque de peps. C'est dur à expliquer. »

Il fit une pause. « Qu'en penses-tu ? »

Le robot pivota et se tassa sur lui-même. Maria décrocha les sangles de maintien puis sauta à ses pieds. Elle ordonna à son robot de rejoindre le hangar de stockage, ce qu'il fit automatiquement. Elle passa ensuite par-dessus la barrière de protection puis gravit les marches deux par deux pour se hisser jusqu'à la porte latérale de la loge. Elle jeta un dernier coup d'œil vers le praticable pour s'assurer que son robot l'avait bien quitté puis elle pénétra dans la loge en enlevant son casque. Elle était en sueur, ses courts cheveux noirs étaient collés à son front. Elle les ébouriffa et se laissa tomber sur le siège voisin de celui Abdel.

« Un manque de peps alors ?

— Bah ouais. J'ai hésité à te le dire parce que je ne sais pas trop à quoi ça tient. Peut-être que je me fais des idées. »

Maria regarda son entraîneur dans les yeux. Comment lui avouer que Paco lui apparaissait pataud et peu réactif en comparaison du prototype qu'elle utilisait chez *DesignTech* ? Impossible d'évoquer cela sans parler de tout le reste, de Martin, de ClapMan, de Laura. Maria resta donc silencieuse, s'habituant à cette drôle de double vie qui était la sienne depuis que Martin avait fait irruption dans son quotidien. Et elle n'était pas totalement à l'aise avec cela, et notamment envers Abdel pour qui elle ressentait plus qu'un profond respect : il était son ami. Un ami fidèle, protecteur et tellement bienveillant derrière sa rigueur et ses accès de colère. Elle souffla et porta ses yeux vers la salle où un autre robot se mettait en place.

« Ouais, tu as raison, il me manque un petit quelque chose. Il faut que je… dégoupille.

— Que tu *dégoupilles* ?

— Ouais, mon envie, mon plaisir, il faut que je me laisse plus aller. Je crois que c'est encore ce foutu Colysée qui me fout la trouille.

— Je comprends. Il te reste quelques jours pour travailler là-dessus. Nous allons partir deux jours plus tôt que prévu, je veux que toute l'équipe prenne le temps d'aller sur les lieux tranquillement. »

Maria sentit le *Kordon* vibrer sous sa combinaison.

« Bonne idée. Je file à la douche. »

En marchant vers les vestiaires, elle enfila son casque et y connecta l'appareil.

« *À tous, ici Nelson. Je suis en camionnette sur le périph nord. J'ai le corps de Laura dans ma soute. Elle est endormie, mais je ne sais pas pour combien de temps.* »

Maria s'arrêta net.

« Quoi ? Nelson, c'est toi ? Mais qu'est-ce que tu racontes ?

— *Je répète, j'ai Laura dans la soute de mon véhicule. Je fonce vers la Défense. J'espère avoir le temps d'arriver à DesignTech avant qu'elle se réveille.*

— *Ici Denis, partage ta localisation, je t'envoie Harry au cas où. À ton arrivée, direction le troisième sous-sol, par la rampe privée, je fais libérer les accès.*

— *Ici ClapMan, j'arrive.*

"Putain !" lâcha Maria. Elle se mit à courir et bouscula les techniciens et les pilotes qui se trouvaient sur son chemin.

19
N'ayez pas peur

C'est au troisième sous-sol que se trouvait le service *Recherche et Développement* de *DesignTech*. La salle indiquée par Denis était réservée au test du matériel expérimental. Les parois étaient renforcées et ignifugées, le sol doublé de plusieurs couches de revêtements aux propriétés diverses. De solides ancrages étaient disposés à des endroits stratégiques et le haut plafond était équipé de grues de maintien et bras de levage aux mécanismes puissants.

Lorsque Martin pénétra dans cette salle, il se retrouva seul face à Laura. Cette dernière était attachée à une plateforme par des mâchoires d'acier tellement énormes qu'il se demanda à quoi elle pouvait bien servir en temps normal. Il leva les yeux vers la console de commandes protégée par un vitrage épais. Ils étaient tous déjà là. Camille lui adressa un petit geste de la main.

La tête de Laura était posée sur une tenue d'atelier roulée en boule. Ses poignets, ses chevilles et sa taille étaient également protégés de la dureté du métal. Martin se rapprocha. Son visage était figé dans une expression dure. Ce n'était pas l'expression d'un sommeil apaisé, mais celui de quelqu'un qui luttait. Et qui luttait fort. Elle avait changé d'allure. Ses cheveux roux et courts faisaient apparaître son visage moins long, son nez moins fin. Il nota les capteurs sur son corps et s'attarda sur le capteur qu'il connaissait bien, celui de Nelson, le même que celui qu'il avait intégré à sa veste. Le capteur du *flux*. Martin fut soulagé de remarquer que la petite aiguille était au repos, sagement calée sur sa butée minimale. Il avança la main pour toucher Laura, mais se ravisa lorsque Nelson, d'un coup brusque sur la baie vitrée, lui indiqua son désaccord. Maria s'avança et plaqua ses deux mains sur la vitre. Elle était en tenue de pilote. Martin vit ses lèvres bouger et les autres lui répondre. Il regarda Laura encore une fois. Qu'allaient-ils faire à présent ?

"Elle est comme ça depuis combien de temps ?" demanda-t-il en pénétrant dans l'arrière-salle. Nelson consulta son téléphone.

"Un peu plus d'une heure."

Harry s'avança et consulta le pupitre de commandes. Il portait à la ceinture une arme de gros calibre.

"Par quoi est-elle maintenue au juste ?

— Par des mâchoires d'atelier.", répondit Maria avant que Denis ait pu ouvrir la bouche.

"Quelle puissance font-elles ?

— Plusieurs tonnes de pression, ce sont celles utilisées pour l'entretien des robots de manutention, je les reconnais, nous avons les mêmes au centre d'entraînement."

Harry se tourna vers Nelson "Comment l'avez-vous trouvée ?

— Je surveillais l'une des personnes que nous avons consultées lors de notre enquête sur elle.

— Qui ?

— La sage-femme dont le nom était dans les documents volés par Laura.

— Vous êtes intervenu seul ?

— Oui, je n'avais pas le choix. Elle l'aurait tuée.

— Il fallait nous en parler. Vous vous êtes mis en danger inutilement."

Nelson soupira "Oui, sans doute. Mais Laura est là devant vous. La question est donc de savoir ce que nous allons faire d'elle."

Harry fronça les sourcils et détourna les yeux. Il réajusta son blouson sur ses épaules "La réponse me paraît évidente. Je connais quelqu'un qui s'en chargera si vous le souhaitez.

— Mais enfin de quoi parlez-vous ?" demanda Camille, la mâchoire serrée et les yeux fixés sur Harry. Fatou s'avança.

— Vous êtes dingue. Nous ne sommes pas des meurtriers. »

Mohamed se porta aux côtés d'Harry et le toisa de toute sa hauteur musculeuse. Harry ne fit même pas attention à lui et se tourna vers Denis.

« Monsieur Delbier, vous m'avez chargé de votre sécurité. Je vous le dis ici et maintenant : vous êtes en danger. Et en danger grave. Si cette fille se réveille, rien n'y personne ne pourra s'interposer entre elle et toutes les personnes présentes dans cette pièce. »

Dans le fond de la pièce, Théodore restait les yeux rivés que son téléphone, les sourcils froncés.

« Euh, on a un problème là… » dit-il d'une voix trop basse pour être entendu. Denis avait les yeux rivés sur son chef de la sécurité. Il regarda sa fille.

« Il doit y avoir une autre solution. »

La voix de Théodore se fit plus forte « Écoutez-moi ! Et venez voir ça, on a un problème ! »

Il plaqua son téléphone sur la console de commande et y connecta l'écran mural. Un journaliste apparut brièvement puis disparut pour laisser place à la retransmission des images de la caméra de surveillance d'un restaurant. Laura y apparaissait, soulevant d'un geste une serveuse puis un cuisinier. Un zoom était ensuite opéré sur une partie de l'image où se trouvait une vieille dame recroquevillée sur elle-même.

« Des évènements terrifiants et incompréhensibles viennent de se produire dans le douzième arrondissement de Paris. Nous avons les images d'une jeune femme s'en prenant à plusieurs innocents. Si ces images sont vraies, cette femme est dotée de pouvoirs lui permettant d'agir à distance, comme celui que l'on nomme ClapMan. Nous sommes en direct de la rue de Reuilly, lieu où les évènements se sont déroulés. La police est déjà sur place. »

Théodore lâcha son téléphone et se tourna vers Nelson « C'est là que vous êtes intervenu ?

— Oui, je suis intervenu juste après ce que vous venez de voir. »

Harry pesta « Et vous n'avez pas pensé à la caméra de surveillance du restaurant ?

— Je suis un scientifique, pas un espion professionnel. J'ai fait ce que j'ai pu. »

Sur l'écran, les images continuaient de défiler. On y voyait Nelson, heureusement de dos, récupérer le corps de Laura et le traîner jusqu'à sortir du champ de la caméra. Le présentateur, plus excité que jamais, avait repris la parole.

« Ces images sont présentes partout sur le réseau. D'après nos premières recherches, elles ont été diffusées sur un compte

au nom de NYX, nous ne savons rien d'autre pour le moment, mais nous vous tiendrons informés dès que nous en saurons davantage. Sur le réseau, les connexions à ce compte se chiffrent déjà en milliers... »

Théodore coupa et se connecta au compte mentionné par le journaliste. Un masque blanc et menaçant, semblable à celui d'un robot de science-fiction, s'afficha à côté de la vidéo du restaurant. Elle passait en boucle. Le chiffre des connexions grimpait à une allure effrénée. Harry se rapprocha et scruta le masque.

« C'est le masque qu'elle a utilisé à Bordeaux. Cette fille va vite, très vite. Elle n'agit pas seule. Un déguisement, un nom, cette Laura marche sur tes pas Martin. Quelqu'un sait ce que veut dire *NYX* ? »

Toujours penché sur son téléphone, Théodore avait anticipé cette question « C'est la déesse de la nuit, je vous passe les détails. »

Fatou continuait de regarder les images avec une grande attention.

— Dans le journal intime que nous avons trouvé dans sa chambre, Laura évoque un certain Mathieu. C'est peut-être lui son complice. »

Nelson se porta à ses côtés.

« Il y avait un drôle de type avec elle dans le restaurant. On aurait dit qu'il venait de se rouler dans la peinture. Il était extrêmement agressif et a réussi à s'enfuir. »

Tous les regards se fixèrent sur le masque blanc. Camille s'était avancée vers la baie vitrée et fixait à présent le corps de Laura. Elle crut d'abord que les déformations liées au verre lui jouaient des tours. Mais lorsqu'elle discerna un mouvement dans la main de Laura, elle se tourna vers les autres, livide.

« Elle se réveille. »

Harry apostropha immédiatement Nelson « Où est le lanceur de seringue hypodermique ? Dites-moi qu'il vous en reste au moins une ! »

Nelson ouvrit de grands yeux « Mon dieu non, je ne l'ai pas, pas sur moi, il est dans la camionnette, il doit rester deux seringues, oui deux... enfin, je pense.

— Bordel !! » cria Harry en sortant de la salle précipitamment. Martin se tourna dos à Laura et ouvrit les bras en grand pour attirer l'attention sur lui.

« Écoutez-moi ! Tous ! Écoutez-moi ! Elle se nourrit de votre peur ! Ne paniquez pas, restez calmes, si votre peur prend le dessus, vous allez réveiller *son flux* ! »

Camille fixait son ami, stupéfaite « Mais Martin, comment veux-tu que nous fassions cela ? Tu réalises ce que tu nous demandes ? »

Mohamed se porta à ses côtés et la saisit par les épaules « Camille concentre-toi, pense à autre chose, ferme les yeux, nous sommes à l'abri ici, je t'en prie ! »

Camille ferma les yeux se blottit contre son ami. Nelson se tourna vers Martin « Il faut que l'on te charge, vite, très vite ! » puis vers les autres « Vous entendez ? Concentrez-vous sur Martin ! »

Ce dernier jeta un coup d'œil à Laura. Ses mouvements étaient nets à présent. Elle n'avait pas encore ouvert les yeux, mais ses gestes pour se libérer de ses entraves métalliques étaient de plus en plus marqués. Les mâchoires d'acier, pour le moment, ne bougeaient pas d'un millimètre. Un soupçon de *flux* lui fit fourmiller les mains. C'était peu, trop peu.

« Il faut qu'on s'éloigne ! Loin d'elle ! » cria Fatou. Denis saisit sa fille par la main.

« Elle a raison, suivez-moi ! »

Les yeux de Laura s'ouvrirent en grand au moment où Martin s'apprêtait à quitter la pièce à la suite des tous les autres. Il abaissa sa capuche et le masque de ClapMan se positionna automatiquement sur son visage. Laura tourna la tête vers lui. Martin la fixa quelques secondes, assez pour voir la rage naître dans ses yeux puis figer son visage dans un masque d'agressivité brute.

Denis emprunta la rampe qui desservait le deuxième sous-sol. Derrière lui, Camille se répétait en boucle des morceaux de phrase sans parvenir à reprendre le contrôle d'elle-même.

« Je n'ai pas peur, pas peur, peur de quoi ? Pas peur, pensez à autre chose, autre chose, oui autre chose, la mer, le soleil, pas peur, pas peur… »

Sa main étreignait cette de Fatou de plus en plus fortement.

« Camille, tu me fais mal. »

Elles échangèrent un regard sans cesser de courir. Camille vit dans les yeux de son amie la même panique que la sienne. Elle réfréna un premier sanglot, fit quelques pas supplémentaires puis succomba au deuxième et tomba à genoux sur le sol en béton. Les deux bras de Mohamed la soulevèrent en même temps que sa voix l'encourageait.

« Debout Camille, il faut avancer, courage, il faut s'éloigner, tu le sais, debout ma grande ! »

Ils parvinrent enfin dans une salle de réunion dans laquelle traînaient encore les affiches annotées de la prochaine campagne de publicité de *DesignTech*. Denis poussa énergiquement les tables qui l'encombraient puis incita les autres à l'aider.

« Faites un cercle avec des chaises, Martin, mets-toi au centre, il faut que l'on te donne les moyens d'agir ! »

Ils formèrent un cercle autour de Martin puis se regardèrent tous les uns les autres.

« Faites un effort pour sortir Laura de vos têtes ! » lança Maria.

Nelson était en sueur « Concentrez-vous sur ClapMan ! Faites-lui confiance ! »

Théodore se souvint de la scène de l'incendie et de la méthode qu'ils avaient utilisée pour faire affluer le flux. Il lâcha la main de Mohamed, sortit son téléphone et poussa le volume de son haut-parleur au maximum avant de lancer l'appareil au milieu du groupe qu'ils formaient. Le morceau de musique préféré de Martin retentit, ses notes claquèrent dans le silence incrédule de ses amis. Puis la mélodie fit ses premiers effets. Martin regarda Théodore et lui fit un grand sourire. Camille ferma les yeux et se concentra sur le rythme de la musique. Des images apparurent dans son esprit, des images de son ami fort et puissant, irradiant une force pure et magnifique contre laquelle lutter était impossible. Elle se concentra sur cette vision et la fit tourner sans sa tête encore et encore.

Martin sentit *le flux* se manifester puis s'amplifier. Ses amis frappaient des mains en rythme à présent, ils communiaient dans une transe improvisée qui leur permettait de transcender leurs peurs et de reporter sur leur ami et héros leurs fantasmes de puissance et de victoire. Et cela fonctionnait. Martin s'était immobilisé au centre de leur cercle et avait fermé les yeux. Les mains ouvertes, il accueillait l'énergie du groupe, la confiance, la force et le plaisir qu'elle suscitait chez lui. Il se sentait de plus en plus fort. Il se sentait capable, définitivement capable. Il était confiant et sûr de ce qu'il tenterait, car il n'agissait plus en son nom seul, mais au nom de tous les autres. Ensemble, ils étaient invincibles.

***

Harry hurla de rage et parcourut une deuxième fois la rampe d'accès privée. Mais où cet imbécile de vieux chercheur avait-il garé sa camionnette ? Et comment avait-il pu oublier la caméra de surveillance du restaurant et ensuite laissé le fusil et sa fléchette dans le coffre de sa foutue bagnole ? Il jura à nouveau puis dégaina son téléphone.

« Remy, j'ai besoin de toi, ramène-toi le plus vite possible ! »

***

Laura en avait assez. Assez d'énergie. Ils l'avaient chargé. Avant de s'enfuir, ils avaient fait le nécessaire. Elle ferma les yeux pour finir de s'en persuader. Avait-elle le choix ? Pas vraiment, cette charge rapide, mais intense devrait suffire. Elle tourna la tête vers ces mâchoires qui la retenait. Oui, elles étaient impressionnantes, mais pas autant que l'énergie de dingue qu'elle était capable de déployer. Elle concentra cette dernière sur ses avant-bras et déchira l'épaisseur de métal. Elle répéta l'opération pour se libérer entièrement. Les énormes morceaux d'acier tombèrent au sol. Elle se redressa et posa doucement les pieds au sol. Des éclairs de lumière lui provenaient de la pièce voisine. Elle se massa un instant les poignets et se passa une main dans les cheveux avant de s'y rendre, sans se presser. L'écran mural était allumé. Il affichait les données d'un compte au nom de NYX. Les images des évènements du restaurant y passaient en boucle. Dans le coin inférieur, le nombre de vues ne cessait d'augmenter. Les commentaires se succédaient tellement rapidement qu'il devenait impossible de les lire. Laura stoppa sur l'un d'eux puis remonta la liste.

— C'est flippant ! Mais qui est cette dingue ? -
— Mais que fait la police bordel ! -
— Ça fout la trouille ! -
— Encore une avec des pouvoirs ? Moins cool que ClapMan
a priori –
— Foutez-moi ça en tôle ! -

Laura ferma les yeux puis les rouvrit sur le chiffre des vues qui galopait de dizaine en dizaine. Elle tressaillit et s'accrocha au dossier de la chaise devant elle. L'énergie affluait à nouveau. Quelqu'un la chargeait. Elle se retourna, plissa les yeux et scruta les recoins de la pièce. Il n'y avait personne, mais l'énergie affluait, elle en était certaine. Un sourire apparut sur son visage. Elle ouvrit à la volée tous les placards et les portes qu'elle trouva, mais ne tomba que sur des panneaux de commandes compliquées ou des enchevêtrements de câbles et de branchements. Elle se sentait de mieux en mieux. L'énergie, comme à chaque fois, se muait en plaisir et en certitude. Où s'était cachée cette bande de guignols ?

20

Bonnes décisions

Mathieu ne s'arrêta que lorsque les batteries de son van furent à plat. Il le laissa rouler sur son élan jusque sur le bas-côté puis s'affala sur le volant quelques secondes. Il inspira profondément plusieurs fois puis leva la tête pour se faire une idée de l'endroit où il avait terminé sa course folle. Il était à l'orée d'une forêt trop propre pour être belle. Des chemins de promenade et une piste cyclable étaient aménagés et s'enfonçaient entre les troncs. Heureusement, il n'y avait personne. Une pluie fine faisait reluire le tout. Le sous-bois dégageait une odeur de décomposition lente qui fit un bien fou à Mathieu. Ici, tout était à sa place, les feuilles tombaient puis moisissaient, aidées par le vent et la pluie. Un peu d'ordre faisait du bien finalement. Il huma l'air, se rapprocha d'un tronc recouvert d'une mousse si dense qu'il eut envie de mordre dedans. Il ouvrit la porte latérale de son van puis s'assit dans l'embrasure. Le masque de paintball de Laura était là, vide de son regard, inerte. Il sortit son téléphone et se connecta au compte de NYX. Comme il l'avait prévu, le nombre de vues devenait hallucinant. Et les commentaires lui donnaient raison : les gens avaient peur et le disaient. L'implacable mécanisme de l'hystérie collective était amorcé. De là où il était, il n'avait plus rien à faire sinon attendre et espérer. Attendre que la machine s'emballe. Espérer que là où elle se trouvait, Laura serait en mesure de tirer tous les bénéfices des milliers – bientôt millions ? – de personnes qui la craignaient dorénavant.

« Putain Laura, t'es où bordel ? C'était qui, ce type ? » murmura Mathieu en tentant une nouvelle fois de la géolocaliser. Mais comme la fois précédente, l'application demeura peu précise : le signal se perdait quelque part dans les sous-sols de la Défense. Il soupira et eut une envie soudaine de balancer son téléphone, de le fracasser contre un rocher, de le piétiner, vulgaire objet incompétent devenu inutile. La coque craqua sous sa pression et Mathieu relâcha son étreinte. Il en avait encore besoin, le détruire aurait été une erreur. Et des erreurs, manifestement, lui et Laura en avaient commises. La première d'entre elles était d'avoir sous-estimé l'importance de toute cette affaire. Une importance que d'autres avaient bien mesurée : par exemple ce vieux gars qui était intervenu dans le restaurant. Mathieu sentit une nouvelle vague de colère l'envahir. Il n'aimait pas ne pas comprendre ni être pris en défaut. Et plus que tout, il détestait quand les choses ne se passaient pas exactement comme lui l'avait prévu. Il jeta un coup d'œil sur le fil d'actualité de *GoToNews* et se rassura. Au moins avait-il eu raison de déguerpir, il gardait sa liberté de mouvement et d'initiative. Deux choses qu'il aurait perdues si la police présente sur place lui avait collé l'étiquette de témoin – complice ? – dans le dos.

Oui, voilà, il avait fait ce qu'il fallait. Tout comme il avait bien fait de récupérer les images des caméras pour les mettre en ligne. Tout comme son idée d'un compte au nom de NYX s'était avérée brillante.

Il sauta sur ses pieds et fit quelques étirements pour se dégourdir. Il avala les restes d'un sandwich, se passa les mains sur le visage puis reprit place au volant de son van. Il faisait trop sombre pour que le dispositif de charge solaire des batteries soit opérationnel. Il commanda une batterie de substitution. L'application indiqua une livraison par drone dans un délai maximum de vingt-deux minutes. C'était parfait. Il pianota un rapide message à Laura puis il inclina son dossier et ferma les yeux, satisfait : il n'avait pris que de bonnes décisions.

— *RDV à la génèse* –

21
Tu vas le regretter

Un fracas épouvantable fit sursauter tout le groupe. Martin ouvrit les yeux.

« Filez ! Elle se rapproche.

— Par ici ! » cria Denis en ouvrant une porte au fond de la salle. Ils s'y engouffrèrent. Au moment d'en franchir le seuil, Camille se retourna vers Martin. Elle était en larmes.

« Martin, je t'en supplie, ne reste pas là.

— Il faut que je l'arrête, je n'ai pas le choix. Regarde... »

Il leva la main vers Camille et y fit apparaître une boule d'énergie.

« Je suis à bloc Camille, elle n'a aucune chance. Fais-moi confiance. File, vite. »

Camille restait les yeux rivés sur son ami. Quand la cloison de la salle de réunion vola en éclats, elle hurla. Laura apparut dans un nuage de poussière et de débris. Ses yeux étaient d'un noir absolu. Elle éclata de rire quand elle les aperçut tous les deux.

« Ah ! J'en tiens deux ! Pas très forts à cache-cache les comiques ! »

Elle brandit ses deux bras vers eux. Camille fut éjectée contre le mur. Elle hurla puis le percuta d'un bruit sourd. Son corps tomba au sol comme un pantin désarticulé. Martin résista à la force engendrée par Laura assez facilement. Il se concentra sur la gorge de cette dernière et s'imagina la serrant de toutes ses forces. Le rire de Laura s'étouffa dans un long râle. Elle porta ses mains à son cou puis fixa son regard sur lui. Une chaise, puis une deuxième le percutèrent en pleine tête. Il vacilla, mais parvint à rester concentré. Laura tituba et posa une main au mur pour rester debout. Elle parvint à hurler puis à reprendre une longue inspiration. Elle ferma le poing et se concentra sur Martin, mais ce dernier disparut. Le corps de Laura fut secoué de deux violentes secousses. Martin, invisible, lui assenait de violents coups au visage, mais Laura tenait debout, encaissait.

« Tu te caches espèce de connard ! » hurla-t-elle rageusement. Martin faisait un effort considérable pour canaliser *le flux,* mais il sentait qu'il lui fallait abréger et mettre un terme rapide à cette lutte. Car les autres étaient loin à présent et l'intensité de ses pouvoirs déclinerait d'une minute à l'autre. Il se demanda d'où elle tirait l'énergie nécessaire aux pouvoirs qu'elle déployait. Il souleva le corps de Laura et eut une seconde d'hésitation. Que faire ? Que faire du corps de cette femme ? Comment l'arrêter ? Devait-il la tuer ? Mais dans ce cas-là, comment ?

Il frappa le corps de Laura plusieurs fois violemment sur le sol, dans l'espoir de l'assommer. Mais les impacts étaient amoindris, Laura luttait, usait de ses pouvoirs pour contrecarrer les siens. Il relâcha son étreinte et réapparut au milieu de la pièce. Laura avait posé un genou au sol. Elle s'appuya à une table pour se remettre péniblement debout.

« C'est tout ce dont tu es capable ? » lui cracha-t-elle au visage.

« Arrêtez. Arrêtons ça. S'il vous plaît. »

Elle éclata de rire « Non, mais tu rigoles ! Toi et ta bande de guignols, vous avez essayé de me tuer !

— Laura, nous avons…

— Ta gueule ! Tu m'entends ? Tu la fermes ! Vous êtes venus me chercher en Thaïlande pourquoi hein ? Pour m'inviter à bouffer ? Mes parents sont morts et vous le saviez ! La sage-femme est morte lors de ma naissance, et ça aussi, vous le saviez ! Vous me cachez quoi d'autre, hein ? Réponds !! »

Martin retira sa capuche, puis son masque.

« Je ne sais rien, je me fous de tout ça, de qui tu es, d'où tu viens. La seule chose qui m'intéresse, ce sont tes pouvoirs. C'est pour eux que nous sommes venus jusqu'en Thaïlande. Toi et moi, ces pouvoirs, il faut que nous en fassions quelque chose. Quelque chose de bien. »

Laura dévisageait Martin. Elle s'était redressée et était blessée au visage, mais ne paraissait pas en souffrir.

« C'est des conneries tout ça.

— Comment ça, des conneries ? Pourquoi serions-nous venus te chercher ? »

Laura fit un pas hésitant en direction de Martin. Puis un deuxième plus assuré. Il ne cilla pas.

« Je vais te dire pourquoi vous êtes venus : parce que je vous fous la trouille, voilà pourquoi ! Et ce que vous voulez, c'est me contrôler ! Pour être bien certains que je ne vais pas foutre le bordel dans votre joli petit monde bien rangé ! »

Martin ne répondit pas.

« Ah, tu ne dis plus rien hein gros malin ! Tu as le beau rôle dans cette affaire toi ! Aimez-moi et je vous aiderai, c'est ça ton slogan ? Mets-toi à ma place cinq secondes ! Mes pouvoirs à moi se nourrissent de la haine ! De la colère ! De la peur ! Le reste de ma vie va ressembler à quoi à ton avis ? Tu penses vraiment que je vais me priver *de tout* juste pour que les autres dorment tranquilles ? Et tout ça en te regardant te pavaner à l'Élysée ? Non, mais tu rigoles ? Tu rêves mon grand ! Vous rêvez tous ! Vous n'êtes pas seulement complètement naïfs, vous êtes dingues, voilà ce que vous êtes ! »

Elle fit un pas de plus pour venir coller son visage à celui de Martin.

« Vous ne m'avez pas eu, et vous ne m'aurez jamais, tu comprends ça, hein ? Jamais ! Et tu sais pourquoi ?

Martin était sidéré. Il ne sentait plus *le flux*. Il ne sentait plus rien que l'agressivité pure de Laura et les certitudes qu'elle lui assenait et qui lui apparaissaient être des évidences effroyables. Elle s'essuya les lèvres d'un revers de manche avant de poursuivre sur le même ton.

« Vous ne m'aurez jamais parce que tes pouvoirs ne sont rien à côté des miens. Tu ne te feras jamais aimer autant que je vais me faire craindre. »

Cette provocation fouetta Martin.

« Je t'assure que je vais essayer. Et de toutes mes forces. »

Laura éclata de rire, recula de quelques pas et tourna la tête vers le corps de Camille.

***

Harry n'avait jamais couru aussi vite. Le fusil chargé de son unique flèche hypodermique se balançait dans son dos au gré des portes qu'il percutait et des escaliers qu'il gravissait au pas de course. Il fit enfin irruption dans la salle où Laura avait été détenue. Il ne fut pas surpris de trouver les restes des grosses mâchoires métalliques brisées au sol. Une porte détruite, puis une série de plusieurs autres indiquaient par où la belle s'était enfuie. Il épaula le fusil puis enjamba les premiers débris. Il avança prudemment jusqu'à la deuxième embrasure. Des voix lui parvenaient, assez lointaines. Il accéléra le pas, son arme toujours pointée devant lui. Il passa un angle, puis un deuxième, croisa plusieurs salles de réunions, toutes désertes. Il reconnut la voix de Martin, puis celle de Laura. Il prit soin d'avancer le plus silencieusement possible et finit par les apercevoir dans l'encadrement d'une porte. Il épaula son arme et s'apprêta à faire feu, mais Laura recula hors de sa vue. Il jura entre ses dents et chercha un nouvel angle de tir, mais sa cible était hors d'atteinte. Il continua d'avancer, recroquevillé sur lui-même. Il cala son pied d'appui dans l'angle du mur pour pouvoir prendre un élan rapide. Il se dégourdit les doigts, plaça son index lentement sur la gâchette et bondit.

***

Denis poussa enfin la double porte qui menait aux ascenseurs. Lorie regarda autour d'elle.

« Maria, où est Maria ? »

Mohamed jeta un coup d'œil dans le long couloir qu'ils venaient de parcourir en courant.

« Il nous manque aussi Camille, où est Camille ?

— Elles étaient juste derrière moi, j'en suis certain. », marmonna Théodore en sortant son *Kordon*.

« Marie, Camille, où êtes-vous ? »

Aucune réponse. Les portes de l'ascenseur s'ouvrirent. Ils se regardèrent tous, restèrent un instant immobiles puis Nelson pénétra dans la cabine.

« Venez, nous ne pouvons pas y retourner. Soyons honnêtes, nous sommes tous morts de peur, vous savez très bien ce que cela veut dire si nous nous approchons à nouveau de cette dingue. »

Théodore rapprocha le *Kordon* de ses lèvres.

« Maria, Camille ? Répondez bordel ! »

Silence. Les portes de l'ascenseur voulurent se refermer, mais Nelson les bloqua avec son pied.

« Montez ! Il faut que nous filions d'ici ! »

Ils s'engouffrèrent dans la cabine.

***

Maria avait appris à se repérer dans le dédale de la tour *DesignTech*. Elle pénétra en courant dans l'entrepôt de stockage. Les techniciens et les manutentionnaires la regardèrent passer. Elle salua d'un geste ceux qu'elle connaissait. Elle ne voulait créer aucune panique et n'avait pas le temps de donner des explications. Elle plaça sa main bien à plat sur le lecteur d'empreintes digitales. La structure renforcée s'ouvrit en chuintant et libéra le Fighting Bot de son entrave. L'engin atterrit souplement au sol et déverrouilla son poste de pilotage. Maria sauta à l'intérieur et ajusta au mieux les sangles de maintien aux renforts de sa combinaison. Ce n'était pas parfait, mais il fallait qu'elle fasse vite, très vite. Elle abrégea la séquence d'initialisation et commanda le décrochement des armes qui se trouvaient fixées aux avant-bras de son robot. Les cartouches de munitions étaient purgées à la fin de chaque entraînement, elle le savait. Et elle n'avait pas le temps de passer par l'armurerie. En revanche, elle ne priva pas de se saisir de la barre d'entraînement, longue et solide tige de métal lestée à ses deux extrémités de lourds contrepoids. Elle s'en était servie de nombreuses fois pour travailler son équilibre lors de manœuvres rapides. Elle verrouilla le poing gauche de son robot sur la barre et la fit tournoyer sur son flanc. Il y avait mieux comme arme, mais Maria devait s'y résoudre, c'est tout ce dont elle disposait pour faire mal à son ennemie du jour : cette barre, sa motivation, sa hargne et sa détermination à venir en aide à ClapMan. Son héros. Son mec à elle. Son *Kordon* vibra. La voix inquiète de Théodore. Pas le temps, elle n'avait pas le temps. Le Fighting Bot s'arracha du sol d'un saut puissant.

***

La fléchette ne s'éjecta même pas de l'arme d'Harry. La gâchette n'actionna aucun mécanisme. Il n'y eut même pas un bruit. Harry tomba lourdement au sol au pied d'un enchevêtrement de chaises et de tables. Il appuya sur la détente une nouvelle fois, mais son arme resta silencieuse. Laura tourna la tête vers lui et l'air lui manqua. Il voulut inspirer, mais n'y parvint pas. Il porta les mains à sa gorge, voulue crier, mais il était enfermé dans une bulle de rien et de vide. Son arme lui échappa, se souleva à hauteur de ses yeux et se tordit jusqu'à se briser dans un bruit sec et métallique.

« T'es un malin toi. Mais tu vois, pas encore assez. », siffla Laura et faisant un pas vers lui. Le visage d'Harry affichait à une expression de panique absolue.

« Laura arrête ! Putain lâche-le ! » hurla Martin. Elle fit mine de ne pas l'entendre, le regard toujours fixé sur Harry dont le corps était secoué de spasmes violents.

« J'aime quand il a peur comme ça. C'est tellement... jouissif. »

Martin serra les poings. Il fallait qu'il agisse. Il fallait qu'il tente quelque chose avec peu de *flux* qui lui restait. Il se concentra et une phrase lui revint en tête : *vouloir, c'est pouvoir.* Était-ce vraiment le cas ? Il voulait qu'elle disparaisse, il voulait qu'elle n'ait jamais existé, il voulait la sortir de sa vie et de celle de ses amis. Il ne voulait pas la tuer, il voulait plus que cela, il voulait qu'elle ne soit rien d'autre qu'un souvenir sans avenir.

Le corps de Laura tressaillit. Elle hurla de douleur et se cambra en écartant les bras. Elle se tourna vers Martin. Pour la première fois, il lut un doute dans ses yeux, mais cette onde s'effaça pour laisser place à un rictus agressif.

« Qu'est-ce que tu fais connard ? Tu ne peux rien contre moi, regarde-toi, tu es… vide !

— Tu vas bientôt l'être toi aussi ! Relâche-le !

— Moi ? Je suis *branchée* en direct sur la peur et la colère de ton pote à l'agonie ! Et il me suffit d'un geste pour doubler la mise, regarde. »

Le corps de Camille s'éleva jusqu'au plafond et retomba lourdement au sol.

« Arrête ça, tu vas la tuer ! »

Laura éclata de rire.

« Voilà ! Toi aussi *tu m'alimentes* à présent ! N'est-ce pas magnifique ! »

La voix de Maria résonna dans les écouteurs de Martin.

« Martin, je vais expédier cette connasse en enfer, il faut que tu détournes son attention, maintenant ! »

Martin fit un gros effort pour ne pas hurler à Maria de ne rien tenter et de rester le plus éloignée possible de la psychopathe qui lui faisait face. Alors il agit par instinct. Et par folie. Folie de croire que oui, ils pouvaient encore échapper à l'emprise mortelle de Laura. Il leva les mains au ciel et les joignit au-dessus de sa tête à la manière d'une ballerine. Il se mit sur la pointe des pieds et entama un tour lent sur lui-même, cambré comme une danseuse. Laura fronça les sourcils. Son visage se crispa davantage.

« Mais qu'est-ce que tu fous espèce de cinglé ?

— Je mets un peu de poésie dans nos vies, parce que franchement, tu me déprimes ! »

Gagner du temps, il devait gagner du temps et accaparer toute son attention pour que Maria puisse... Puisse quoi ? Il n'en avait aucune idée, mais la façon dont Laura avait *senti* l'arrivée d'Harry était sidérante. Il fallait donc qu'il la distraie, qu'il parvienne à lui faire porter son attention sur lui. Toute son attention.

« Je te déprime ? » dit-elle, amusée « Habitue-toi mon grand, ce n'est que le début ! Je vais secouer ton petit univers pétri de certitudes comme jamais tu n'aurais pu l'imaginer ! »

Martin était à court d'idées, il fit un nouveau tour sur lui-même puis mit un genou au sol et tendit théâtralement son bras vers Laura. Mais où était Maria ? À quoi se préparait-elle ?

« Ensemble, nous pourrions régner sur la galaxie ! »

Laura ricana « Ah tient, tu cites tes classiques maintenant ? Je n'ai pas besoin de toi !

— Tu m'aimes, tu me charges. Je te hais, je te charge. Réfléchie une seconde, c'est du gagnant-gagnant ! Regarde-moi bien, je suis plutôt beau gosse non ?

— Tu vas avoir des raisons de me haïr, cette partie-là je m'en charge. En revanche, ton personnage ridicule ne m'inspire que du dégoût ! Tu n'es qu'une misérable merde transpirant de bonnes intentions débiles ! C'est fini tout ça, place à autre chose, place à la véritable nature humaine, place au vice et à la terreur !

Je vais donner aux humains une raison de s'entendre tu vas voir. Vous allez tous vous unir dans la trouille absolue ! Et plus vous le ferez, plus je vais grandir ! Plus vous ramperez, plus je m'élèverai ! »

Elle fit un pas vers Martin, qui lutta pour ne pas reculer. Elle pointa un doigt rageur vers lui.

« Connaît-on les limites, hein ? Les limites de ce qui nous arrive ? Les limites de *la charge* que nous pouvons encaisser ? Et les pouvoirs, hein ? Jusqu'où penses-tu que nous puissions aller ? Qu'as-tu essayé de faire tout à l'heure ? Me blesser ? Me tuer ? »

Martin déglutit et se força à sourire "Tu ne veux donc pas que l'on se marie ?

***

Maria poussa les servomoteurs jusqu'à la surchauffe puis relâcha les freins magnétiques d'un seul coup. Son robot percuta la cloison et la pulvérisa. Au moment où son pied gauche toucha le sol, elle transféra tout le poids de l'engin sur l'avant et calibra une rotation du buste au maximum de son ampleur. La barre d'entraînement que son robot tenait à bout de bras déchira l'air comme un coup de fouet, frappa Laura au niveau des genoux et lui arracha les deux jambes. Son corps tournoya en l'air sous l'impact puis s'effondra au milieu des chaises et tables renversées. Elle hurla un mélange de douleur, de colère et de rage pure.

Emporté par son élan, le robot de Maria perdit son équilibre et termina sa course en défonçant une partie du mur opposé. Derrière un épais nuage de poussière, Martin discernait la silhouette de Laura. Elle bougeait. Il n'en croyait pas ses yeux, elle bougeait encore. Le terrible coup qu'elle venait d'encaisser ne l'avait pas tuée, anéantie, détruite à jamais. Maria releva sa visière. Son regard croisa celui de Martin et elle y lut de la peur. Il fallait qu'elle finisse le travail, qu'elle encastre ce qui restait de Laura dans le béton, qu'elle éparpille cette gonzesse sur les murs, cette salope qui avait encore le culot de la ramener après le swing parfait qui venait de la balayer. Elle redressa son robot et ramassa la barre d'entraînement dans les gravats. Elle la fit tournoyer en l'air et balaya d'un geste les chaises et tables qui encombraient son chemin. Laura hurla à nouveau, se dressa sur ses avant-bras et regarda Maria droit dans les yeux tandis que celle-ci faisait basculer la visière de son casque.

« Alors ça ma grande, je t'assure, tu vas le regretter !

Maria leva la barre, emporta des dalles du faux plafond et démolit une partie de l'éclairage. Elle frappa le plus fort que lui permettait son Fighting Bot. La barre se brisa à l'impact et propulsa son contrepoids qui s'encastra dans le mur.

Le corps de Laura, lui, avait disparu. Il ne restait rien d'elle qu'une traînée de sang frais et une paire de jambes disloquées.

22

Harry

Le parvis de la Défense était noyé dans une brume humide qui faisait disparaître le haut de la ville et posait sur elle un couvercle gris asphyxiant. Les rares badauds avançaient voûtés et recroquevillés sur le peu de chaleur qu'ils parvenaient à conserver. Vivre ici et maintenant semblait une absurdité et une hérésie, sauf à accepter l'idée que le bonheur pouvait naître du maussade et du terne. Ni Martin ni aucun de ses amis n'étaient convaincus de cela. Et pourtant, ils étaient là, voûtés eux aussi sur le noir de leurs pensées. Ils étaient là pour lui.

Denis s'avança au pupitre et déboutonna son long manteau noir. Il plaça ses mains de part de d'autres du micro et prit une profonde inspiration avant de lever la tête et de balayer la salle des yeux. Il n'y avait pas grand monde et cela lui crevait le cœur.

« Harry Fortin était le chef de la sécurité de la compagnie que je dirige. Et il est décédé dans l'exercice de cette si importante fonction. Mais il n'était pas que cela. Il était tellement plus que cela. Il était un homme d'une complexité extraordinaire et qui portait sur l'existence et sur le monde qui nous entoure un regard d'une richesse inspirante et rassurante. Il détestait la violence et l'usage que font les hommes de la force. Il était un humaniste et un pacifiste qui avait choisi de faire le bien là où c'est le plus compliqué : au contact de la haine et de la violence des autres.

180

Il était un chef de la sécurité admirable. Il était un homme extraordinaire. Il était mon ami. »

Au premier rang, la mère d'Harry gardait la tête baissée, sa main dans celle d'une jeune femme en tailleur. Martin et tous les autres étaient au fond, main dans la main. Il ne manquait que Camille. Quelques anciens copains d'Harry étaient là également, rescapés pour la plupart des missions que ce dernier avait menées dans l'armée. Denis regarda le portrait posé au-dessus du cercueil fermé. Harry y posait sur fond de désert, le teint hâlé, sourcils froncés mais sourire aux lèvres.

« Madame Fortin, je suis désolé, tellement désolé pour vous. Pour lui. Pour tous ceux qui, comme moi, avaient la chance de pouvoir compter sur son amitié, son amour. »

Il regagna sa place. Un homme de l'âge d'Harry s'avança et se saisit du micro. Denis ne le connaissait pas. Il fut impressionné par sa carrure. L'homme se tourna vers le cercueil.

« Mon ami. Ne t'inquiète pas et regarde. De là où tu es, regarde. Regarde celle qui t'a fait ça payer pour ce qu'elle s'est permis. Remy est là, mon grand. Et il veille à tes intérêts, comme il l'a toujours fait. »

Il conclut en exécutant un salut militaire puis sortit de la salle en regardant droit devant lui. La mère d'Harry leva la tête et interrogea Denis de ses yeux humides. Il baissa les yeux et laissa les agents des pompes funèbres se saisir du cercueil. La vieille dame se fraya un passage jusqu'à lui et lui saisit la main.

« Qui est cet homme Denis ? Vous le connaissez ? Je ne comprends pas de quoi il a parlé. Harry est mort d'une crise cardiaque, n'est-ce pas ? »

Denis jeta un coup d'œil à Martin et Maria. Ils se tenaient à distance, mais leur attitude trahissait une inquiétude identique à la sienne : comment répondre à cette mère endeuillée après ce que venait de dire cet homme, ce Remy ? Denis se racla la gorge.

« Madame, votre fils est décédé d'une crise cardiaque alors qu'il intervenait sur une demoiselle dont le comportement mettait en danger les employés de notre compagnie. Mais les médecins sont formels, son cœur était fragile. Cette… femme n'est pas directement responsable de sa mort. »

Elle gardait son regard rivé sur Denis.

« Mais cet homme…

— Je ne connais pas ce Monsieur. Cela devait être un très bon ami de votre fils, et je pense qu'il a réagi sous le coup de l'émotion. N'y faites pas attention. »

La vieille dame se tourna vers la jeune femme qui l'accompagnait. Cette dernière lui passa un bras autour des épaules.

« Viens, tata, ils vont nous attendre. »

Elles s'éloignèrent et la dernière image que Denis eut d'elles fut celle de deux silhouettes noires qui prenaient place à l'avant du corbillard qui les mènerait jusqu'au crématorium. Il regarda le véhicule s'éloigner puis disparaître derrière un rideau de brume. Il chercha des yeux le grand type dénommé Remy, mais ce dernier avait également disparu.

***

Remy enfonça sa casquette sur son crâne et réajusta le col de son manteau. Il fourra sa main dans sa poche et en tira l'appareil que lui avait donné Harry quelques jours plus tôt : *le Kordon*, le fameux *Kordon* grâce auquel il allait se tenir informé et tout savoir.

« Crise cardiaque mon cul. Tu vas prendre cher ma grande, oh oui tu vas prendre cher. »

***

Martin et Maria croisèrent l'infirmière de service lorsqu'ils pénétrèrent dans la chambre de Camille. Cette dernière était allongée sur son lit. Les stores de la fenêtre qui donnait sur le métro aérien étaient à moitié fermés, cela plongeait la petite pièce dans une semi-obscurité apaisante. Sa tête était enserrée dans un bandage épais. Sa main sortait de sous la couverture, et avec elle les fils du dispositif de surveillance qui affichait sur un écran des chiffres d'un vert rassurant. Elle ouvrit les yeux quand elle entendit la porte se refermer. Elle sourit à ses amis.

« Ah, c'est vous. Je croyais que c'était l'infirmière qui revenait. Encore… »

Martin posa cinq tablettes de chocolat sur la table de chevet et tira une chaise à lui. Maria resta en retrait, le visage fermé.

« Alors, ils prennent soin de toi ?

— Oui, enfin ça dépend ce que tu entends par là. Si tu aimes les crèmes au caramel, alors c'est l'endroit parfait. Merci pour le chocolat.

— Comment va ta tête ?

— Des migraines, toujours. Mais ce qui me gêne le plus, ce sont les bleus sur ma hanche, mon coude. Pour dormir, ce n'est pas l'idéal… »

Elle tira la couverture, dévoilant une partie de son corps meurtri. Martin grimaça. Maria s'avança et jura entre ses dents.

« Putain, mais quelle salope. »

Camille leva les yeux vers elle.

« Ça va toi ?

— Non, pas vraiment. », répondit-elle sans rien ajouter.

Camille interrogea Martin du regard. Il fit la moue en haussant les épaules.

« Elle s'en veut d'avoir raté la tête. »

Maria souffla « Ah ça ouais, je m'en veux, tu peux le dire. Si j'avais frappé cinquante centimètres plus haut, toute cette connerie serait terminée ! »

Camille la fixait « Mais tu aurais… un meurtre sur les bras et… la conscience. »

Maria ne répondit pas, détourna les yeux et s'éloigna pour se planter devant la fenêtre. Elle commanda l'ouverture des stores et laissa son regard se perdre au loin. Camille reporta son attention sur Martin.

« Mais… de toute façon, elle est peut-être…

— Morte ? Je ne sais pas. Elle était sérieusement amochée, c'est sûr. On n'a rien entendu sur le réseau. Tes parents sont venus ?

— Oui, ma mère était dans tous ses états, tu la connais. Ils voulaient porter plainte contre *DesignTech*. Mon père était remonté. Il n'arrête pas de répéter qu'il n'est pas normal qu'une dalle de faux plafond ait pu tomber *comme ça* sur moi. »

Martin regarda son amie d'enfance avec tendresse.

« Tu ne peux pas lui donner tort sur ce coup-là.

— Non, tout comme je ne peux pas lui dire la vérité non plus, n'est-ce pas ? »

Martin repensa à Nelson et à son avis sur ce qui venait de se passer.

« Non, nous ne pouvons pas prendre le risque que tout ceci s'ébruite. Une panique générale alimenterait ses… »

Il ne termina pas sa phrase, c'était inutile.

« Oui, je sais. »

Elle regarda Maria, puis Martin « Comment va-t-on faire ? Vous avez eu une idée ? Quelqu'un du groupe a une idée ? »

Maria détacha ses yeux de la vue et tourna la tête vers Camille.

« Moi j'ai une idée, je vais faire équiper mon robot de deux belles lames d'acier au carbone et expédier cette dingue dans l'autre monde. »

23

A.U.R.A

Laura hurla de douleur quand son corps tomba au sol. Sa tête heurta le bois du plancher, soulevant un nuage de poussière. Une mâchoire acide de souffrance pure la prenait en tenaille, la pliait en deux et la livrait au supplice ultime de son corps cisaillé. Elle leva la tête et ne reconnut rien. Où était-elle ? Comment avait-elle atterri ici ? Une image percuta son esprit et s'imposa à elle : elle se revoyait tomber. Elle revivait sa chute du bois de Boulogne, en boucle, comme le film de sa vie devenu fou, qui la replaçait là, percutant les troncs et s'écrasant au sol, encore et encore. Elle cria et se prit la tête entre les mains. Elle se sentait devenir folle, elle perdait pied, rien n'était plus autour d'elle que peine, douleur, incompréhension et lente glissade vers la mort.

Elle rouvrit les yeux et fixa le plafond au-dessus d'elle. Des morceaux de plâtre s'en arrachaient par plaques entières, des traces de moisissures et d'humidité le gangrénaient et l'attaquaient comme les vers dévorent un cadavre. Laura ne voulait pas regarder, ne voulait pas se redresser et oser affronter la réalité de ses deux jambes arrachées, plaies à vif de chairs déchiquetées et d'os disloqués. Le choc avait été effroyable.

Mais quelque chose la maintenait en vie.

Quelque chose ?

Oui, quelque chose. Une énergie. Une boule d'énergie vivante, restée allumée au fond d'elle-même et qui luttait pour ne pas disparaître.

La chute, encore la chute.

Et la guérison qui avait suivi.

Oui, la guérison.

Bien entendu, la guérison.

Laura éclata d'un rire dément. Elle écarta les bras, sentit son corps se tendre, puis s'électriser. L'énergie sortait d'elle pas pulsations nerveuses, l'irriguait d'un fluide de vie qui chassait la mort, l'éloignait, luttait contre elle et la terrassait.

Laura n'était pas morte, pas encore.

La douleur se fit moindre et lorsqu'elle se redressa pour jauger ses blessures, il n'y avait ni sang ni plaies béantes.

Sous ses yeux stupéfaits, deux jambes reprenaient forme au fur et à mesure que refluait la douleur et que disparaissait l'énergie en elle. *La charge.* C'était elle : *la charge.* Elle guérissait son corps mutilé, obéissant à l'élan de vie qui portait tout son être.

Laura voulait vivre.

Son corps se cambra comme sous l'effet d'un puissant choc électrique, puis retomba au sol. Des spasmes violents la secouèrent. Elle s'agrippa au pied d'un canapé décati et serra les dents de toutes ses forces pour reprendre le contrôle d'elle-même. Une sensation de bien-être l'envahissait à présent, glissait sur elle comme un ressac de sensations douces et sucrées. Elle entendait son cœur battre dans ses oreilles, lancé à plein régime pour alimenter cette machine extraordinaire qu'était son corps, capable de se régénérer, de lutter contre une mort promise après la terrible blessure que lui avaient infligée cette gonzesse et son robot.

Laura hurla à nouveau, aussi fort qu'elle le put. Elle chargea son cri de toutes ses angoisses, de toutes ses haines et de toute sa rage. Elle cria jusqu'à manquer d'air puis laissa son corps se détendre enfin et peser de tout son poids contre ce plancher qu'elle ne connaissait pas, dans cette maison qui lui était inconnue, dans cette nouvelle partie de sa vie qui s'ouvrait à elle. Qui s'offrait à elle. Nouvelle réalité où des jambes pouvaient lui être arrachées avant de repousser, où elle pouvait disparaître puis réapparaître ailleurs, se téléporter. Un nouveau monde à expérimenter, mais surtout, surtout : une énergie à dompter, des pouvoirs à cerner et une vengeance à mettre en œuvre.

Laura s'adossa au canapé en velours éventré qui occupait le milieu de la pièce. Elle ramena ses jambes à elle. Ses nouvelles jambes. Elle frissonna. La douleur avait totalement disparu. Elle regarda autour d'elle. La maison dans laquelle elle se trouvait devait être abandonnée depuis des années. Des bouteilles de bière et de vieux cartons de pizzas traînaient au sol. Les murs étaient tagués, les fenêtres cassées et les portes arrachées de leurs gonds. Il pleuvait dehors et l'eau coulait au sol à plusieurs endroits, ruisselait sur certains murs. Elle prit appui sur le canapé qui vomissait sa mousse décomposée et essaya de se mettre debout. Elle fut surprise d'y parvenir assez facilement. Elle se cramponna au dossier puis fit quelques pas sans difficulté.

« Putain, mais c'est génial. », dit-elle tout haut. Sa voix effraya un oiseau qui disparut derrière le rideau de pluie. Un escalier à qui il manquait deux marches sur trois montait à l'étage. Laura resta un moment à le regarder. Quelque chose l'intriguait. Elle était certaine de ne pas connaître cet endroit, mais ressentait malgré tout une impression de familiarité très diffuse. Elle posa son pied sur la première marche pour en éprouver la solidité. Le bois grinça, mais ne céda pas. Elle enjamba les deux marches cassées puis renouvela l'opération avec précaution jusqu'à se hisser au premier et unique étage. Elle marcha mécaniquement jusqu'au fond d'un petit couloir et pénétra dans une chambre. La porte en avait été condamnée par un ruban de police jaune dont les restes se confondaient avec la moquette en décomposition. Un lit de bébé perdait ses derniers barreaux. Sur le mur, des lettres avaient été accrochées.

À U R A

Laura baissa les yeux. À ses pieds, elle trouva le « L » dont l'attache s'était brisée.

24

Décantation

Seul. Martin voulait être seul. Mais ce qu'il voulait par-dessus tout, c'était du silence. Il ne voulait plus entendre personne, il ne voulait plus recevoir de conseils ni élaborer des plans, des projets, il ne voulait plus prévoir quoi que ce soit. Il voulait que le bruit cesse autour de lui pour que démarre la décantation. La lente décantation de ce qui faisait sa vie, amalgame d'insensé, de déraisonnable, de dangereux et de spectaculaire. Il voulait poser une chape de temps sur les évènements, sur tous les évènements depuis la finale à l'Aréna. Nelson et Denis avaient eu beau lui répéter que du temps, il n'en avait pas, cela lui était égal. Il voulait se reposer, il voulait que Camille guérisse, il voulait que Maria remporte sa prochaine compétition de Dancing Bot. Il voulait que tout redevienne normal, au moins quelque temps.

« C'est n'importe quoi » lui avait dit Denis « Laura, elle, ne va pas prendre de vacances, je peux te l'assurer ! »

Il avait haussé les épaules, embrassé Maria avec passion puis sauté dans son train.

« Et si elle était morte, hein ? »

La porte s'était refermée sur ses paroles et le train avait pris de la vitesse, laissant derrière lui la région parisienne et ses averses de pluie. Martin s'était très vite endormi, la tête calée sur la fenêtre derrière laquelle, deux heures plus tard, les premières montagnes enjolivèrent le paysage. Il rêva de ses parents et de sa petite sœur. Tout était doux dans ce rêve qui le plongea dans cet univers de confort et d'insouciance qu'avait été son enfance. Il se réveilla quand le train ralentit son allure pour aborder les courbes du fond de la vallée. Il ne s'était jamais lassé de ce trajet, de sa succession de tunnels, de viaducs et de micro gares abandonnées dont les quais désertés n'étaient plus visibles en hiver. Enfant, il priait toujours avec sa sœur pour que le train s'arrête dans l'une d'elles. Ils s'imaginaient dévalisant le distributeur de confiseries avant de piller le marchand de journaux puis de s'ébattre dans les deux mètres de neige qui recouvrait le tout. Le train ne s'était jamais arrêté, bien entendu.

Les paroles de sa mère lui revinrent en tête quand Martin posa un pied sur le quai de la gare que sa sœur avait baptisé *Gare-du-Bout-du-Monde*. Elle n'avait pas tort, la voie ferrée n'allait pas plus loin.

« Tu as raison, mets-toi au vert avant ton concours, ça te fera du bien ! »

Son concours ? Il lui paraissait si loin. Le temps où ses préoccupations ne concernaient que ses révisions semblait révolu à jamais. Il aurait tellement aimé parler de tout ça avec ses parents. Comment réagiraient-ils ? Et sa petite sœur ? Quels précieux conseils lui prodiguerait-elle ? Il chassa ces interrogations de son esprit et huma l'air avec conviction. Il se gorgea de sa légèreté, de sa fraîcheur et de ses senteurs végétales et animales. Il n'y avait pas grand monde dans le train. Plusieurs taxis attendaient sur le parvis, mais Martin les délaissa. Il enfila la deuxième bretelle de son sac à dos et entama à pied la montée vers le chalet familial.

Il marcha sans s'arrêter jusqu'à la porte puis se planta sur la terrasse, seul, immobile face à la vue panoramique.

« Je suis seul. », murmura-t-il. Il n'était plus question de flux, d'être aimé, d'avoir des pouvoirs, de les utiliser – ou non – correctement. Il ne s'agissait plus que de lui, de lui et lui seul. Il allait prendre soin de lui, manger, dormir, marcher. Et laisser décanter. Alors toutes les réponses s'imposeraient d'elles-mêmes.

Le chien de la ferme voisine gratta au portail et se faufila entre deux planches vermoulues. Il regarda un instant Martin et le reconnut. Il s'approcha et se posa sur son postérieur, le regard rivé vers la montagne d'en face. Martin s'agenouilla à ses côtés et lui passa la main entre les oreilles.

« Salut Miko. C'est beau, hein ? »

Le chien tourna la tête vers lui. Il y avait dans ses yeux les traces d'une évidence espiègle. Martin rigola.

« Ouais, ça fait un moment que tu as compris ça toi. »

Il sortit son téléphone et adressa un message identique à sa mère et à Maria.

— J'y suis. Ouf –

***

Maria fit des prouesses à l'entraînement ce jour-là. Ses mouvements n'étaient pas seulement justes et bien exécutés, ils étaient inspirés. Du haut de sa loge, Abdel se frotta les mains. Sa pilote avait entendu ses recommandations. Sa chorégraphie était harmonieuse, audacieuse et innovante. Tout ceci était de très bon augure. Ce *Show du Colysée* s'annonçait très bien.

Cramponnée aux commandes de Paco, Maria savait très bien d'où lui venait son regain de forme et de motivation. Elle était en colère. Elle avait cette rage en elle qui ne la quittait plus, cette certitude qu'elle pouvait terrasser Laura en la prenant de vitesse, en la surprenant, comme elle l'avait déjà fait la première fois. La victoire totale ne lui avait échappé que de peu. Son robot de combat était une arme redoutable dont elle connaissait à présent tout le potentiel. La rage d'en finir avec cette dingue ne la consumait pas. Au contraire, elle mettait Maria dans cet état de concentration extrême qui lui allait si bien lorsqu'il fallait qu'elle se surpasse.

Paco percuta le pad et exécuta un triple saut périlleux avant de taper le sol et de s'élancer vers un nouvel envol. Abdel fronça les sourcils et s'avança vers son micro

« Maria, c'est un double saut, pas un triple ! N'en fais pas trop, hein !

— T'inquiètes boss, je gère ! »

Il soupira. Elle accéléra encore la cadence jusqu'à voir les jauges de ses articulations virer au rouge. Paco virevoltait sur le praticable, il bondit d'un pad à un autre puis termina son enchaînement dix secondes avant la fin de la musique.

« Maria, tu as dix secondes d'avance, il faut que tu ralentisses certains mouvements. »

Au centre de la piste, Paco brandit un bras et signifia son désaccord par un geste de la main.

« Non Abdel, j'ai accéléré pour gagner dix secondes et avoir le temps de placer un mouvement intermédiaire entre les deux derniers envols. »

Abdel soupira « Franchement, est-ce vraiment nécessaire ?

— Nécessaire ? Je ne sais pas, mais plus fun par contre, ça oui ! »

Il esquissa un sourire et choisit de ne pas répondre.

***

Nelson avait reconstitué l'affrontement entre Laura et Martin grâce aux plans fournis par les services techniques de *DesignTech*. Il avait modélisé les déplacements de chacun d'entre eux sur son ordinateur. Il était clair que l'éloignement des personnes qui les alimentaient en énergie induisait une baisse d'intensité de leurs pouvoirs. Cette baisse avait été beaucoup plus rapide pour lui que pour elle. Mais surtout, rien n'expliquait pourquoi Laura avait pu être si rapidement *puissante* après son réveil. D'ailleurs, Nelson n'avait pas d'idée non plus pour comprendre ce réveil. La dose d'anesthésiant logée dans les fléchettes était considérable. Jamais elle n'aurait dû se réveiller, ou du moins pas avant une douzaine d'heures d'un sommeil très profond. Il manquait donc un élément à Nelson pour expliquer ce décalage entre elle et Martin. Un décalage très net au désavantage de celui-ci et qui ne leur faciliterait pas la tâche. Nelson devait vite comprendre.

Il visualisa une nouvelle fois les images capturées par les caméras de surveillance de la salle d'où Laura s'était enfuie. Rien ne précédait ses premiers mouvements sauf l'attroupement de tout le monde devant l'écran sur lequel Théodore avait projeté les informations trouvées sur le réseau.

Nelson leva la tête brusquement. Une idée venait de lui venir. Il regarda à nouveau le moment où la main de Laura bougea une première fois et se souvint de ce qu'ils regardaient alors sur l'écran : le compte de NYX, *la déesse de la nuit*. Et ce compte cumulait les connexions et les commentaires à une vitesse incroyable.

Nelson se connecta à nouveau et l'évidence de ce qui se passait s'imposa à lui.

« Elle s'alimente par le réseau. », murmura-t-il. Il réajusta ses lunettes et reformula son hypothèse « Elle se charge grâce à la peur des gens connectés au réseau. Et cela lui... suffit. »

Pour lui donner raison, l'image qu'il figea montra Laura les yeux rivés vers l'écran qui affichait le compte de NYX. Elle avait un sourire aux lèvres.

***

Nicolas avait averti sa maman : son copain Jules l'avait invité à passer toute l'après-midi chez lui, officiellement pour s'ébattre au grand air – car Jules possédait un jardin assez grand pour y faire du vélo – officieusement pour découvrir enfin le jeu vidéo *ClapMan*, tout juste sorti. Nicolas y pensait depuis deux jours, tout comme il pensait que ses parents n'avaient une nouvelle fois rien compris aux solides arguments qu'il avait avancés et qui visaient à l'achat de ce jeu, déjà célèbre dans toutes les cours de récréation.

« Tu attendras ton anniversaire !

— Mais maman, c'est un jeu différent, un jeu intelligent ! Y'a pas de violence, faut sauver des gens !

— Mon chéri, le jeu le plus intelligent est celui qui ne te rive pas à un écran pendant des heures, je te l'ai déjà dit. Prends ton vélo, ressors tes Legos, bouquine un peu, ça te changera. »

D'où le plan machiavélique mis en place avec l'aide de Jules dont les parents, eux, savaient vivre avec leur temps.

« Tes parents rentrent quand ? » avait demandé Nicolas, déjà angoissé par l'idée d'un temps de jeu limité.

« Pas avant ce soir, on est tranquilles. Regarde, j'en suis là. »

Sur l'énorme écran plat incurvé qui occupait tout le mur du salon – il débordait même sur la fenêtre – Jules faisait avancer une réplique très fidèle de ClapMan dans une reconstitution intégrale de l'agglomération parisienne. Le réalisme de l'image était saisissant. Nicolas avait l'impression que le vrai ClapMan était filmé en temps réel.

« Y'a d'autres villes que Paris ?

— Non, pas pour l'instant, mais y'a des updates super fréquents. Ils en sont déjà au quatrième. Tout le monde attend celui de dimanche.

— Ah bon, pourquoi ?

— Ils vont intégrer Nyx, la méchante.

— Nyx ? C'est la fille qu'on a vue sur le réseau en train de faire chier une vieille, c'est ça ?

— Ouais mon gars, ça va être trop bien ! »

Jules faisait progresser son personnage dans la ville virtuelle, glanant ici et là de l'énergie qui se transformait en pouvoirs quand il effectuait de bonnes actions.

« Tu peux le faire voler ?

— Oui, mais il faut être chargé à bloc. Le mieux pour ça, c'est d'aider les pompiers ou la police, ça rapporte un maximum d'énergie. Il faut que je trouve une radio. »

Sur l'écran, ClapMan portait les courses d'une vieille dame en même temps qu'il dirigeait une poussette chargée de trois enfants. Autour de lui, les personnages du jeu affichaient des sourires radieux, certains éclataient de rire, d'autres remerciaient le héros en des termes aussi variés qu'amusants.

Tu es mon héros !
Quel chou tu fais !
Merci, mon grand.

J'ai une ampoule à changer, tu peux me donner un coup de main ?

Je peux vous embrasser ?

« Y'a quoi dans ton sac à dos ?

— Plein de trucs. Y'a un *Kordon*, c'est une sorte de téléphone qui me permet de joindre des amis. Le plus rigolo, c'est de joindre *Le Chercheur*, il te donne plein d'infos sur les pouvoirs. C'est lui qui m'a dit comment voler. Regarde, je te montre un truc dingue. Le ClapMan virtuel sortit son *Kordon* et joignit une amie nommée *La Pilote*. Lorsque Jules prit le contrôle de cette dernière, le jeu bascula sur un autre titre de la licence, le jeu *Dancing Bot Arena*, classé dans les meilleures ventes depuis plusieurs mois déjà.

"Ah ouais ! Excellent !

— Il paraît qu'ils vont bientôt permettre de sortir les robots de l'Arena pour se balader avec. Non, mais franchement, faut que tu achètes ce jeu mon gars ! T'imagines, on jouerait ensemble sur le réseau !"

Nicolas fit la moue. Il se promit de retourner à l'abordage, de son père cette fois-ci. Cela faisait trois jours que ce jeu était en vente et Nicolas ne l'avait toujours pas en sa possession. C'était inacceptable.

25

Jean et Victoria

Laura ne voulait pas reconnecter son téléphone. Elle n'était plus certaine de grand-chose, ses émotions la submergeaient, elle ne sentait plus capable de réfléchir. Jamais elle ne s'était sentie aussi seule et aussi triste. Mathieu, elle avait besoin de Mathieu. Elle avait envie de lui, de sa chaleur, de son énergie. Mais dans le bazar qu'étaient devenues ses pensées, une certitude émergeait : elle ne devait pas être localisable. Elle n'était pas en état de mener un combat. Pas encore, pas déjà. Pourtant elle se sentait encore chargée. Ce n'était pas débordant et grisant comme cela avait pu l'être, mais il restait quelque chose, un flux continu qui la portait malgré tout et qui l'aidait à tenir debout. Elle marcha, hagarde, sur l'allée qui coupait le jardin en deux. Elle n'avait rien trouvé d'autre dans la maison que des meubles détruits, des ordures et des odeurs d'urine. Pourtant, cela ne faisait aucun doute pour elle, elle s'était *téléportée* malgré elle – elle ne trouvait pas d'autre mot pour le dire – dans la maison de son enfance. De sa toute petite enfance, celle d'avant les placements et les foyers d'accueil. Elle se retourna et jeta un dernier coup d'œil au pavillon de banlieue en ruine, planté au milieu d'autres pavillons de banlieue dans le même état. Mais où se trouvait-elle ?

La pluie cessa tandis qu'elle s'engageait sur une allée qui serpentait dans un lotissement dévasté. Elle croisa des dizaines d'autres maisons abandonnées. Finalement, lorsqu'un horizon de champs en friche remplaça les ruines, elle remarqua un panneau de signalisation tombé au sol. Il était presque entièrement recouvert de végétations et de sable. Elle le souleva.

Belleville sur Marne

Elle poussa un soupir de soulagement. Au moins se trouvait-elle en région parisienne et non perdue dans un coin éloigné de tout. Au loin, une ligne grise indiquait la présence d'un réseau de transport. Laura laissa retomber le panneau et coupa à travers champs pour la rejoindre. Elle longea les rails plus d'une heure avant de tomber sur une gare nichée en pleine campagne. Un écran poussiéreux indiquait l'arrivée prochaine d'un Tram en direction de *Belleville-Centre-Ville*. Elle balaya de sa manche le banc qui longeait le quai puis s'y allongea. Ses yeux restèrent un moment fixés sur le gris du ciel. Elle respirait lentement pour s'apaiser. Elle repensa à Anek, son ami thaïlandais. Des larmes lui montèrent aux yeux et coulèrent sur ses joues, traçant deux chemins humides sur la poussière de son visage. Elle renifla, s'essuya les yeux et se releva brusquement. Il n'était pas question qu'elle faiblisse. Le panneau lumineux indiquait toujours un Tram en approche. Au loin, deux silhouettes avançaient sur l'une des routes qui joignaient cet îlot de béton au reste du monde. Laura les regarda avancer, surprise de croiser des êtres vivants dans un endroit pareil. Les deux individus s'immobilisèrent lorsqu'ils comprirent qu'ils n'étaient pas seuls. Ils restèrent un instant immobiles puis Laura entendit un éclat de rire lorsqu'ils se remirent en marche. Elle n'était ni inquiète ni apeuré. Il lui restait assez de *charge* pour les faire danser si besoin. Ou si envie.

Deux ados se plantèrent devant elle, casquettes vissées sur la tête, jeans troués et grosses baskets aux pieds.

"Vous attendez le Tram ?"

Laura prit une profonde inspiration pour garder le contrôle d'elle-même et répondre de la façon la plus neutre possible à la question stupide du plus grand des deux.

"Oui.

— Vous attendez depuis longtemps ?

— Non.

— Parce que vous savez, des fois, il ne passe pas.

— Ah. Dommage."

Le grand plissa les yeux et dévisagea Laura.

"Je vous connais ?

— Non, je ne crois pas.

— Vous n'êtes pas d'ici vous, hein ?

— Non.

— Qu'est-ce qui est arrivé à votre pantalon ?"

Maria regarda ses jambes. Son pantalon était déchiré au-dessus de ses deux genoux et elle était pieds nus. Mais elle ne s'était rendu compte de rien.

"Une longue histoire, rien de grave, tout va bien."

Le garçon renifla sans cesser de la regarder en fronçant les sourcils.

"Vous venez pour les ruines, c'est ça ?"

Laura se redressa. Finalement, il y avait peut-être quelque chose à tirer de cette situation.

"Les ruines ? C'est-à-dire ?"

Le garçon haussa les épaules tandis que son copain sautait sur les rails pour s'amuser.

200

"Ouais, les baraques abandonnées de Belleville, plein de gens viennent voir. Je vais vous dire, y'a plus rien à prendre, c'est mort, tout a été dévalisé, depuis longtemps.

— Qu'est-ce qui s'est passé ?"

Le garçon fit une grimace et réajusta sa casquette.

"Vous ne savez pas ? Vous ne connaissez pas l'histoire ?

— Bah non. En revanche, je suis curieuse.

— C'est la flotte. L'eau est devenue trop polluée à cause des champs et de tout ce qu'on balançait dedans. Personne a voulu payer, je crois. Y'a eu plein de malades, des morts aussi je crois.

— Et donc les gens sont partis ?

— Bah ouais. En tout cas, c'est ce qu'on m'a dit à l'école."

Laura fixa le garçon puis son camarade.

"Mais vous venez d'où tous les deux ? Vous habitez où ?

— On vient du centre pour faire les cons dans les ruines.

— Il y a donc un centre où des gens vivent encore ?

— Bah ouais, encore heureux. La flotte, là-bas, on peut encore la boire. C'est ce qu'ils disent."

Laura se redressa, elle venait d'avoir une idée.

"Il y a un poste de police dans ce… centre ?"

Le garçon recula "Pourquoi, vous voulez nous balancer ?

Laura pouffa de rire 'Non, je cherche des renseignements sur des personnes ayant vécu dans une des maisons en ruine. Comment t'appelles-tu ?'

— Fizz."

Laura fronça les sourcils.

"Fizz ?

— Ouais, c'est mon surnom.

— Eh bien Fizz, rassure-toi. Vraiment, je ne suis pas là pour vous embêter. Je vais même te dire quelque chose : franchement, ces ruines, vous avez bien raison de vous y amuser. Comme ça au moins, elles servent à quelque chose, tu ne crois pas ? D'ailleurs à ton âge, j'aurais fait la même chose !"

Elle se força à lui sourire avant de rajouter "Mais faites gaffe, hein, ça peut être dangereux."

Fizz le grand garçon se détendit et sourit à Laura.

"Ouais Madame, vous avez raison, faut faire gaffe. Il y a un poste de police dans le centre. Et ils ont du boulot, vous savez ! Ils font des rondes dans les ruines, même la nuit des fois !"

Un Tram automatique poussiéreux et rouillé apparut finalement à l'horizon et ne ralentit son allure que lorsque Fizz et son camarade lui firent de grands signes. Il n'y avait personne à l'intérieur. Laura se laissa porter jusqu'à une petite bourgade dont le centre avait gardé le charme des anciens villages. Certaines maisons étaient encore en pierres et plusieurs commerces raffinés indiquaient que la commune était devenue lieu de villégiature pour les urbains en mal d'espace. Laura se présenta aux portes du poste de police, mais hésita. Et si quelqu'un la reconnaissait ? Maintenant que ses derniers exploits circulaient sur le réseau, c'était à craindre. Elle poussa le double battant, l'envie d'en savoir davantage était trop forte, devenue trop pressante, obsédante. Elle devait y répondre, sous peine de devenir folle.

Lorsque le fonctionnaire de police posa devant elle un dossier papier, elle le regarda, étonnée.

— Bah oui, Madame Labrot, on n'a pas tout numérisé. Trop de boulot, on n'est déjà pas assez nombreux, alors vous pensez ! »

Laura prit place dans à une table de consultation et fixa un moment le dossier au nom de ses parents. Elle regarda par-dessus son épaule, mais personne ne prêtait attention à elle. Elle ouvrit donc la pochette cartonnée.

Jean et Victoria Labrot étaient décédés tous les deux à l'âge de 21 ans. Parents d'une petite fille de 6 mois – Laura Labrot – ils n'avaient aucune autre famille référencée. Crise cardiaque, tous les deux, en même temps, le même jour et dans la chambre de leur fille. Laquelle était restée deux jours seule avant que ses cris et pleurs n'alertent les voisins. Le rapport des médecins légistes était rédigé en des termes d'une neutralité absolue. Rien n'indiquait un quelconque questionnement sur les raisons de ces deux décès simultanés. Rien de particulier n'était ressorti des deux autopsies. D'ailleurs, l'enquête n'avait rien donné non plus. L'enfant avait été placé, fin de l'histoire. Ces évènements étaient survenus deux ans avant que la zone ne soit déclarée insalubre. L'évacuation générale – et forcée – de l'énorme lotissement était intervenue encore deux ans plus tard. Une coupure de presse glissée dans le dossier indiquait qu'un rapprochement avait été fait entre le décès du couple Labrot et la toxicité de l'eau courante. Le journaliste liait avec certitude et aplomb les deux incidents, thèse que la police avait reprise pour clôturer définitivement le dossier.

Laura ferma le dossier et s'essuya le front. Elle suait à grosses gouttes. Elle regarda à nouveau autour d'elle : personne ne se souciait d'elle. Elle se leva lentement, déposa le dossier sur le pupitre de l'accueil et quitta les lieux en s'efforçant de se donner une allure et une démarche les plus normales possible.

Ses pas la menèrent malgré elle à la terrasse de l'unique café de la place principale. Elle s'y installa, posa les coudes sur la table ronde face à elle et se prit la tête entre les mains en fermant les yeux. Elle réfréna un premier sanglot, mais succomba au deuxième. Elle s'abandonna à son désespoir, à son chagrin et au désespoir infini dans lequel la plongeait sa certitude.

Elle avait tué ses parents.

26
Miko

Un pas devant l'autre. L'effort de Martin se résumait à ça, un effort basique qui ne nécessitait aucune technique particulière. Bien entendu, la pente du sentier qui menait jusqu'au sommet ne lui facilitait pas la tâche, mais le problème de Martin était ailleurs : il n'avait jamais aimé marcher. La marche pour Martin était synonyme d'ennui et d'étirement infini du temps. Pourquoi marcher quand on pouvait courir, rouler, glisser ou même voler ? Il avait beaucoup marché dans son enfance, pour faire plaisir à ses parents, pour mettre fin à ces débats familiaux stériles et aussi interminables que ces randonnées dans les alpages. Martin s'interrompit et fit volte-face pour profiter de la vue sur la vallée. Il était bien décidé à se faire violence et à ne rien lâcher jusqu'à atteindre le sommet. Miko, le chien de la ferme, le précédait de plusieurs longueurs. Ses aboiements arrachèrent Martin à sa contemplation. Comme quand il était ado, Miko allait l'accompagner jusqu'en haut. Il remonta le col de sa veste et leva les yeux vers l'Aiguille de la Nova. D'après ses souvenirs, il lui restait moins d'une heure de marche. Il entreprit de remettre un pied devant l'autre et s'efforça de noyer son ennui dans l'écoute attentive de la musique que diffusaient ses écouteurs.

Parvenu en haut, il laissa tomber son sac à dos, balança ses affaires et ouvrit sa veste en grand avant de s'allonger sur le dos au milieu du carré d'herbe qui tapissait l'arrondi du sommet. Son souffle était court et il sentait encore son cœur pomper de toutes ses forces pour irriguer tous les muscles qu'il venait de solliciter pendant presque quatre heures. Le soleil était haut dans le ciel, mais sa chaleur suffisait à peine à rendre l'air agréable. Miko aboya, fit quelques sauts sur place puis vint se blottir à côté de Martin pour s'abriter des bourrasques froides. Pour la première fois depuis longtemps, Martin sentait ses pensées claires et simples, ses idées bien ordonnées. Pendant quelques secondes, il se sentit serein.

Puis son *Kordon* vibra. Martin se demanda pourquoi il l'avait glissé dans ses affaires, pourquoi il n'avait pas été capable de l'abandonner quelques heures. Il glissa sa main dans sa poche et exhiba l'objet. Il vibra une deuxième fois puis la voix de Nelson se fit entendre, articulant des mots qui, face à l'immensité de la chaîne montagneuse, parurent dérisoires.

« Ici Nelson. Nous avons un problème. »

Martin se redressa. Miko tourna la tête vers lui, étonné sans doute que la pause au sommet ait été si courte. Ce ridicule petit appareil de communication captait donc des signaux dans des endroits aussi perdus et reculés que le toit d'une montagne.

« Oui Nelson, ici Martin.

— *Martin, Laura est capable de se charger grâce au réseau. C'est pour ça qu'elle s'est réveillée, c'est pour ça également qu'elle était si puissante.*

— Comment ça, grâce au réseau ?

— *Le compte qui a été ouvert au nom de Nyx, je ne sais pas trop comment le dire : elle capte son énergie de la peur des gens qui s'y connectent. »*

Martin marqua une pause. Il se souvenait avoir *généré du flux* quand Théodore lui avait passé sa montre connectée au poignet, mais il s'agissait d'une très faible quantité, à peine utilisable.

« Tu es certain ?

— *Pas à 100 %, mais c'est ce que montrent les images.* »

Martin connaissait bien Nelson à présent. Pour un scientifique comme lui, établir une certitude à hauteur de 100 % requérait une série d'hypothèses savamment testées par une longue série d'expérimentations. Il savait également que son instinct de chercheur était intact. Il n'y avait donc guère de doute : Laura pouvait développer des pouvoirs grâce à ce que les gens disaient d'elle sur son compte.

« Donc oui, on a un problème. » furent les seuls mots que trouva Martin.

« *Ici Denis, il faut fermer son compte.*

— *Impossible sans un mandat officiel.* », répondit Nelson d'un ton morne.

« *Les amis...* » C'était Camille, sa voix était éteinte, presque plaintive « *Peut-être est-il temps d'avertir les autorités, non ?*

— Nous ne pouvons pas prendre ce risque. Si nous faisons naître une panique collective, ce sera un jeu d'enfant pour eux de contourner les blocages du réseau.

— *Martin a raison* » rajouta Théodore « *Mais cela ne nous empêche pas d'intervenir sur le réseau par nos propres moyens.*

— *Ici Mohamed, je suis avec Fatou. Théo, que veux-tu dire exactement ?*

— *Nous pouvons tenter de désamorcer la trouille des gens en balançant des commentaires critiques, optimistes, humoristiques.* »

Il eut un silence. Une bourrasque fit frissonner Martin « Théo, c'est une goutte d'eau dans un océan de milliers, peut-être même de millions de commentaires.

— *Oui Martin, mais on peut essayer.* »

Nelson reprit la parole « *Martin, qu'en est-il de toi ? Le réseau… je veux dire, tu ne peux pas mieux l'utiliser pour créer du flux ?*

— Je vous l'ai dit, j'ai déjà essayé. C'est très faible. Mais… je vais réessayer. »

Une nouvelle bourrasque obligea Martin à se tourner pour s'abriter. Miko aboya et fit quelques mètres sur le sentier de retour. Martin sortit son téléphone. Le compte de ClapMan croulait encore sous les commentaires enthousiastes, le nombre de connexions continuait d'augmenter. Martin resta un moment les yeux fixés sur le nombre qui défilait sous ses yeux. Il enfila sa capuche pour se protéger du froid, s'assit en tailleur et posa le téléphone au creux de ses jambes. Il se mit à lire à voix haute les commentaires qui apparaissaient tout en essayant de rester concentré sur le défilement du nombre de connexions. Il paramétra l'application pour que la photo des personnes connectées apparaisse en même temps que leurs commentaires. Il ressentait le besoin de voir ces gens, de sentir qu'ils existaient vraiment et donc de se persuader qu'une vraie communication était possible avec eux. Alors et alors seulement, il pourrait tenter de faire apparaître *un flux* suffisant.

Chloé, jeune femme souriante aux joues rondes.
Pénélope, plus âgée, cheveux gris.
Bob, la quarantaine, casquette sur la tête.
Aziz, casque de vélo et tenue de sport.
Roger, caché derrière une épaisse paire de lunettes.
Jim, caméra mal cadrée, chemise en cravate mauve.
Paméla, brune au visage marqué.
Prince, costume trois-pièces gris clair.

Mireille, chemisier à fleurs et permanente.
Jacques, bonnet de bain et le bleu de la mer en fond.
Benjamin, tee-shirt et bronzage.
Anne-Sophie, sweat à capuche et écouteurs.

Martin tressaillit, quelque chose vibrait en lui. Il se concentra davantage et sentit *le flux* parcourir son corps. Ce n'était pas une déferlante, mais l'étrange énergie était bien là et elle le réchauffait. Mieux que ça, elle lui caressait doucement les sens, le saupoudrait d'une délicate sensation de bien-être. Miko aboya. Martin leva les yeux de son écran et fit un sourire au chien qui s'impatientait. Une idée lui vint. Il paramétra son téléphone pour que ce dernier énonce à voix haute et en temps réel le prénom des personnes connectées au compte de ClapMan. La voix suave de l'assistant numérique se mit à les énumérer. Martin monta le volume jusqu'à couvrir le bruit du vent et fixa ses yeux sur son téléphone : un visage, un nom, un visage, un nom…

Hélène… Johana… Rami… Pédro… Marion… Léa…
Pierre… Madeleine… Alain… Éric… Wahiba… Alexandre…
Ibrahim… Youssef… Marc… Lian… John… Diémé… Niang…

Le flux grandissait. Il était maintenant assez présent pour que Martin commence à jouer avec lui. Il le concentra dans la paume de sa main droite pour faire apparaître une boule d'énergie incandescente. Miko s'éloigna, aboya et jeta à Martin des coups d'œil furtifs soudain inquiets. Martin referma le poing sur la petite sphère pétillante. Il aimait tellement cette sensation, ce mélange de puissance, de certitude et de bien-être. Il ferma les yeux et se concentra sur la litanie infinie des prénoms. Martin frissonna à cette idée. Une liste éternelle, une foule immense, des attentes, des demandes, des souhaits et des vœux, une confiance et une assurance, un état de communion adossé à un espoir : voilà ce que disaient ces prénoms à Martin, voilà ce que cette liste annonçait à ClapMan en même temps qu'elle le rendait capable.

Martin ouvrit les yeux et fixa l'immensité. Capable ? Oui, mais capable de quoi ? Capable de tout, voilà ce que le public, son public, ses fans, lui criaient au visage : ClapMan, lève-toi ! S'il te plaît, lève-toi !

Et Martin se leva. Les yeux humides et les poings qui luisaient d'une énergie qu'il peinait à présent à contenir, il se dressa et leva les yeux au ciel. Sans effort apparent, sa silhouette l'éleva dans les airs et fendit l'atmosphère comme une lame acérée.

Miko aboya et courut se terrer sous un petit sapin secoué par le vent. Il regarda son randonneur disparaître dans le bleu du ciel. Il resta un moment le museau en l'air, attendant de vérifier une nouvelle fois ce qu'il savait très bien : tout ce qu'on jette en l'air finit par retomber un peu plus loin. Mais le garçon avec sa capuche ne retomba pas comme retombent les bâtons ou les balles. Miko aboya une nouvelle fois puis émit un petit gémissement plaintif. Il lui faudrait redescendre de cette montagne tout seul. Il soupira, se remit sur ses pattes, jeta un dernier coup d'œil dans le ciel puis détala dans la pente, déçu et un peu vexé.

27

La Génèse

Cela faisait maintenant plusieurs jours que Mathieu s'asseyait au même endroit et à la même heure : café *La Génèse*, boulevard de l'hôpital, 9 h du matin. Le serveur le reconnaissait à présent et il suffisait d'un geste de tête à Mathieu pour se voir servir un double expresso et deux croissants au beurre. Plus tard, il commanderait le plat du jour. Encore plus tard, il se ferait servir un dessert du jour. Et il ne quitterait les lieux qu'à la fermeture, autour de minuit. Attendre, Mathieu savait le faire, sans doute mieux que personne. Il avait attendu toute sa vie. Il avait attendu de naître – car Mathieu revendiquait des souvenirs pré naissance – puis attendu d'être autonome, attendu le grand amour, attendu de gagner suffisamment d'argent pour ne plus attendre et s'offrir ce qu'il souhaitait, attendu la mort de ses parents. Mais plus que tout, Mathieu attendait de la vie qu'elle le surprenne au-delà de ses attentes. Et précisément, le retour de Laura réincarnée en Nyx lui offrait enfin la dose d'inattendu qu'il espérait depuis que son spermatozoïde avait rencontré son ovule. Pour Mathieu, la retrouver était donc devenu autant une évidence qu'un impératif de vie. Il se raccrochait comme un survivant au dernier message qu'il lui avait adressé : ce rendez-vous au café *La génèse*, le bien nommé, lieu de leur première rencontre. Plus rien n'importait que la retrouver, la revoir, l'enlacer et continuer de tracer avec elle une trajectoire de vie commune, symbiotique et magnifique.

Il consulta son téléphone et adressa un cent vingt-cinquième message à Laura. En dessinant mécaniquement au stylo la silhouette de Nyx sur la nappe en papier, il se demanda soudain si ce n'était pas de revoir Nyx qui l'importait le plus. Il sourit, car cette idée lui plut. Il se connecta au compte de cette dernière et pianota un message simple, mais qui disait tout : *– La Génèse, je t'y attends –*

Il avait tellement de choses à lui montrer. Il avait pris les choses en main. Des idées, il en avait eu et il les avait toutes menées à bien. Son plan était parfait et son projet était admirable. Tout était en place, rien ne pouvait lui échapper. Leur échapper.

Il sourit d'aise et se laissa aller à contempler les allées et venues des passants. Le jour déclinait et faisait apparaître plus clairement le nouveau gadget à la mode accroché au revers du manteau de la plupart de ces badauds, le fameux *Moodpad*. Mathieu scruta attentivement ces petits écrans circulaires qui affichaient, c'était l'idée, l'humeur de leur propriétaire. C'était assez étonnant et plutôt joli à observer. Les cercles lumineux dansaient à la cadence des pas, certains changeaient de couleurs, d'autres étaient animés. La plupart relataient des humeurs plutôt joyeuses. Cela étonna Mathieu : les gens s'affichaient heureux, mais qu'en était-il vraiment ? Il sortit son téléphone et s'en commanda un. Il réfléchit une minute puis lança une deuxième commande de deux cents de ces appareils, se promettant de les distribuer gratuitement en banlieue parisienne, juste pour voir.

Il avala un dernier morceau de tarte, salua le serveur et remonta dans son van pour filer vers la grande banlieue. Comme chaque soir, il emprunta tous les tunnels payants les plus chers pour éviter le trafic des heures de pointe et rejoignit ainsi sans encombre le hangar isolé qui lui servait de dépôt pour ses œuvres les plus encombrantes. Ce dernier jouxtait les locaux d'un ancien aéroport abandonné sur lequel croupissaient encore les carcasses de plusieurs avions. C'est ce qui avait séduit Mathieu dans ce lieu : il aimait l'idée de faire de l'art aux franges d'un ancien monde et en bordure d'un nouveau.

Le faisceau des phares du van balaya les murs de l'entrepôt. Mathieu sauta au sol et déverrouilla la porte principale en appliquant sa main sur un lecteur optique. Il traversa l'espace de stockage principal dans lequel des toiles monumentales côtoyaient des sculptures et des morceaux d'installations pas toujours achevées. Il utilisa le monte-charge pour descendre au sous-sol et emprunta un long couloir éclairé par une ligne de néons. Il sifflota en laissant sa main traîner sur le mur en béton. Une porte plusieurs fois cadenassée condamnait le bout du corridor. Il se saisit d'une barre métallique qui traînait au sol et cogna dessus.

« Ça va là-dedans ? »

Des gémissements et des cris plaintifs résonnèrent derrière la porte. Il rigola et repensa aux *MoodPad*. Il fallait qu'il pense à en mettre une vingtaine de côté pour ses nouveaux locataires.

28

Matrice

Théodore força l'ouverture des portes de l'ascenseur pour pénétrer dans le bureau de Denis Delbier, car il était très pressé. À vrai dire, il n'avait jamais été aussi impatient de partager avec ses amis les fruits de ses travaux. Mohamed le suivait de près. Ils avaient tous les deux les paupières lourdes de ceux qui n'ont pas fermé l'œil de la nuit.

« Ce que j'ai réussi à faire est génial ! » lança Théodore à l'adresse de tous les autres. Il fronça les sourcils, il manquait quelqu'un.

« Où est Maria ?

— À l'aéroport. Elle part pour Rome. Tu te souviens ? Sa compétition de Dancing Bot... » lui répondit Martin. Théodore parut contrarié. Il secoua la tête et frappa de ses deux mains à plat sur la table basse.

« J'ai un truc à vous montrer. Un truc génial. »

Mohamed se porta à ses côtés « Ouais, il n'a pas tort, je pense qu'on tient un truc là. »

Nelson se tourna vers Martin « Ce que tu as réussi à faire avec *le flux*, c'est énorme. Tu es autonome Martin ! Tant que les gens alimentent le compte de ClapMan sur le réseau, tu peux générer *du flux*, c'est... génial. Et ça change tout, vous comprenez, ça change tout. »

Martin se racla la gorge. « Ouais, ce n'est pas si simple, ça me demande une sacrée concentration et puis… je ne sais pas, ce n'est pas pareil qu'avec de vrais gens… c'est moins… plaisant. »

Théodore sortit un ordinateur portable dont il connecta l'image sur l'écran mural. Le jeu vidéo *ClapMan* s'afficha en trois mètres par deux. Fatou gloussa.

« C'est ça que vous avez fait toute la nuit ? Vous avez joué à un jeu vidéo ? »

Théodore ignora la remarque et se tourna vers l'assemblée.

« Vous connaissez tous ce jeu ?

— Oui, c'est le jeu *ClapMan*, on les vend par milliers. », répondit Denis.

« Exact, c'est un énorme succès. Des milliers de joueurs jouent en même temps, peut-être bientôt des millions.

— Où veux-tu en venir, Théo ? » demanda Camille. Lorie s'était avancée et scrutait l'écran avec attention.

« Je ne comprends pas, il y a plusieurs ClapMan sur l'image. » remarqua-t-elle « Mais certains sont… un peu transparents.

— Théo a modifié le programme. », annonça Mohamed. Tous les yeux se tournèrent vers Théodore. Ce dernier n'en pouvait plus de sourire.

« Ouais, j'ai généré un algorithme qui opère une fusion des meilleures actions face à une difficulté du jeu, puis qui présente les dix meilleures sous forme d'hologrammes présents sur l'écran. Et tout ça en temps réel ! »

Lorie n'avait pas quitté l'écran des yeux.

« Mais là, que font-ils ?

— Ils attendent. C'est l'enregistrement d'une partie.

— Mais ils attendent quoi ?

— Ils attendent Nyx, elle vient d'être incluse dans la dernière mise à jour du jeu. Elle est cachée dans l'immeuble en face. Regardez, la stratégie des dix meilleurs joueurs est observable en même temps. Et vous allez voir, c'est assez impressionnant, tous ne choisissent pas la même tactique. »

Théodore lança la lecture de l'enregistrement. Plusieurs images se superposèrent et retracèrent le combat des dix ClapMan virtuels face à Nyx. Des explosions illuminèrent l'écran, des immeubles s'effondrèrent, un avion solaire tomba du ciel et rasa une partie de la ville, la foudre s'abattit sur plusieurs véhicules, des coups, des tirs, des détonations et des déflagrations réduisirent en cendres une grande partie du décor de synthèse présent à l'image. Les silhouettes de Nyx et de ses dix adversaires apparaissaient parfois au grès d'un saut périlleux, d'une parade ou d'une contre-attaque foudroyante.

Camille cligna des yeux « Mais c'est n'importe quoi, on ne comprend rien à ce qui se passe.

— Tu as raison Camille, mais nous pouvons scinder les séquences et ralentir le flux des images. Ce qui est certain c'est que nous avons sous les yeux une multitude de solutions pour combattre cette Nyx. Et elles sont toutes gagnantes ! »

Camille regardait son ami, perplexe. Elle se tourna vers Mohamed.

« Mais les gars, c'est un jeu votre truc, je ne vois pas en quoi cela peut nous aider. »

Tous les regards convergèrent à nouveau vers Théodore.

« C'est là que mon génie est… génial. Je peux calquer le comportement de la Nyx virtuel sur le comportement de la vraie Nyx ! »

Martin voulait être certain de bien comprendre.

« Tu veux dire que ce que les joueurs trouveront dans le jeu sera une copie de la réalité ?

— Oui, voilà !

— Mais… je veux dire, en temps réel ?

— Oui, en temps réel ! Il suffit que j'ai une image filmée de la scène, de la vraie… réalité ! »

Denis se leva et regarda attentivement les images qui continuaient de défiler sur l'écran.

« Tu veux dire que tu as créé un logiciel capable de reproduire en temps réel le comportement d'un être vivant… à l'intérieur d'un jeu vidéo ?

— Et ouais ! Bon, ça m'a pris toute la nuit, mais j'y suis parvenu ! »

Fatou se tourna vers Mohamed.

« Sans déconner, vous avez fait ça ?

— Eh oui ma belle. Tu vois, ça aide de bien avoir travaillé à l'école, hein ! »

Martin regardait lui aussi le film sur le grand écran mural.

« Et donc ? C'est quoi ton idée avec ça ? » demanda-t-il.

Théodore afficha une mine déconfite.

« Comment ça, c'est quoi mon idée ? Non, mais tu rigoles ? Dix cerveaux valent mieux qu'un, la voilà mon idée ! Je peux t'informer en temps réel des choix tactiques et stratégiques choisis par les joueurs ! Ne me dis pas que cela ne va pas t'aider ! »

Martin se tourna vers son ami.

« Ça peut m'aider, mais à une condition.

— Oui, laquelle ?

— Il faut que tu puisses intégrer au programme des éléments que nous n'avons pas prévus au départ. Et il faut que tu puisses le faire immédiatement.

216

— Tu penses à quoi par exemple ? »

Nelson fut le plus prompt à répondre.

« Il pense à de nouveaux pouvoirs.

— Pour lui ou pour elle ?

— Les deux mon grand, les deux. »

Martin adressa un sourire au vieux chercheur.

« Nelson a raison, nous ne savons rien de ce que peuvent permettre ces pouvoirs. J'ai été capable de voir à travers des murs en flammes, de me rendre invisible, de voler, de jongler avec des boules d'énergie. Jusqu'où puis-je aller ? Je n'en sais rien. Jusqu'où Laura peut-elle aller ? Nous n'en savons rien non plus.

— OK, je peux faire ça. Il me faut un accès total à la matrice du jeu. »

Théodore se tourna vers Denis, qui acquiesça d'un geste de tête. Il marcha d'un pas décidé jusqu'à son ami et lui posa les deux mains sur les épaules.

« Martin, ça va être génial ! Tu vas bénéficier de l'aide des meilleurs joueurs du monde, je vais te parler directement par les écouteurs de la capuche de ClapMan, je vais tout te dire, les trucs à faire, ceux à éviter, ça va être dingue ! »

Tous les regards étaient tournés vers lui, mais son enthousiasme peinait à être communicatif. Cela n'entama pas la ferveur de Théodore. Il se tourna vers Denis.

« Denis, il faut que je voie les techniciens, je pense que l'on peut aussi diffuser l'image du jeu sur la visière de ClapMan, en mode ghost !

— Euh… en mode quoi ?

— Ghost ! En filigrane quoi, comme une espèce de surimpression très légère, comme dans les jeux de bagnoles, juste pour que cela serve de repère, sans gêner la vision de Clap !

— Oui, on doit pouvoir faire ça assez facilement. Martin, qu'en penses-tu ? »

Ce dernier enfila la capuche. La visière et la protection du bas de son visage s'ajustèrent instantanément. Il fit rouler ses épaules, mima quelques étirements puis marcha lentement vers la baie vitrée qui dominait le parvis. De là où se trouvait Camille, la silhouette de son ami se détachait sur l'immensité urbaine comme une ombre protectrice. Il avait de l'allure dans cette veste. Elle se souvient de lui enfant, de sa façon si particulière de tout prendre comme un jeu. Martin avait toujours eu confiance en lui et avait toujours su lui faire partager cette certitude *que tout allait bien se passer*. Martin resta un instant immobile puis se retourna vers ses amis.

« Oui, faisons cela : équipons la visière de ce mode *ghost*. »

Le téléphone de Martin vibra. Il y jeta un coup d'œil, sourit et le brandit face à lui. Maria y apparaissait en photo. Elle était en tee-shirt, les manches de sa combinaison de pilote nouées autour de sa taille. Derrière elle, l'ovale du Colysée bouchait un horizon très ensoleillé.

— Bien arrivée. Bien installée. Bien dans mes baskets. Bien décidée. Rejoignez-moi vite –

29

Surprise

Mathieu leva les yeux et il la vit. Elle était là devant lui. Les yeux rivés sur l'écran de son journal, il ne l'avait pas vu entrer et marcher jusqu'à lui. Peut-être même était-elle là depuis longtemps. Elle ne bougeait pas, elle était juste là, la tête baissée vers lui, le toisant d'un regard orné d'une paire de lunettes de soleil à la forme élancée. Son visage ne disait rien d'autre qu'une colère contenue, figée dans une expression de résignation féroce. Ses traits étaient tirés, marqués d'un épuisement que Mathieu sentit profond et ancien.

Il ne dit rien et poussa simplement du pied la chaise qui se trouvait face à lui afin de l'inviter à s'asseoir. Il avait peur qu'elle parte. Qu'elle reparte. Qu'elle disparaisse à nouveau. Il ne l'aurait pas supporté.

Elle tira la chaise et y prit place. Il s'affala sur le dossier de la banquette sans la quitter des yeux. Elle soupira, renifla, puis ôta ses lunettes avant de planter son regard sombre dans celui de Mathieu.

« J'ai faim. Commande-moi quelque chose. »

Il se souvenait du plaisir qu'elle prenait à mordre dans la viande rouge saignante qu'ils achetaient au boucher du coin de leur rue avant qu'il ne ferme lui aussi. Il pianota donc *pièce de bœuf* sur le pad de commande puis tendit le bras pour saisir l'une de ses mains. Elle se laissa faire.

« Où étais-tu ?

— En banlieue. Je faisais des recherches.

— Ah. Et tu as trouvé ce que tu cherchais ? »

Elle tourna la tête et laissa son regard errer dans la rue. Mathieu se demanda d'où lui venait cette soudaine retenue. Hésitait-elle à lui parler ?

« Laura ? Que s'est-il passé ? »

Ses yeux devinrent vitreux. Elle luttait pour ne pas pleurer. Elle se passa les mains sur le visage.

« Je me suis… téléportée Mathieu. Je me suis enfuie et je me suis téléportée dans une baraque de banlieue, voilà ce qui s'est passé.

— Enfuie ? Mais enfuie d'où ?

— Je ne sais pas, d'une espèce de labo dans lequel ces guignols m'avaient attaché. Je… j'ai capté l'énergie… je me suis chargée grâce au compte de Nyx et ensuite… »

Elle ne termina pas sa phrase et détourna à nouveau les yeux.

« Ensuite quoi Laura ? Raconte-moi.

— Ensuite, j'ai tout bousillé, j'étais à deux doigts de les fracasser une bonne fois pour toutes ! »

Elle serra les dents et ravala un sanglot.

« Et ?

— Et cette salope m'est tombée dessus avec son robot et elle m'a… elle m'a… »

Elle gémit pour ne pas se laisser submerger par les pleurs.

« Elle t'a quoi Laura, qu'est-ce qu'elle t'a fait ? Et de qui tu parles ? De la pilote, c'est ça ? De la pilote de leur robot danseur à la con ? »

Laura planta son regard dans celui de Mathieu.

« Oui, cette connasse de pilote a déboulé avec un robot... un robot différent, armé. Et elle m'a... elle m'a fracassé les jambes, les deux jambes Mathieu ! Les deux !! »

Elle avait crié. Mathieu lui saisit les deux mains et jeta un coup d'œil aux alentours, mais le café était bondé, personne ne prêtait attention à eux. Il regarda brièvement sous la table pour constater ce qu'il savait déjà : la femme qu'il aimait marchait bien sur ses deux jambes.

« Mais Laura, tes jambes...

— J'ai guéri Mathieu, j'ai guéri grâce à l'énergie, grâce à mes... pouvoirs... j'ai guéri, comme ça, en quelques minutes. Et, je me suis... téléportée ! »

Le serveur qui venait de déposer une assiette devant Laura fronça les sourcils. Mathieu s'empressa de le remercier en lui adressant un large sourire. Laura se jeta sur son morceau de viande saignant et ne releva la tête qu'après l'avoir terminé. Mathieu la regarda sans rien dire. Elle s'essuya les lèvres puis se laissa tomber sur le dossier de sa chaise.

« Je me suis retrouvée dans la maison de mes parents Mathieu. Mes vrais parents. Ceux qui sont morts. Je ne savais même pas qu'elle existait, cette baraque !

— Mais enfin, comment... tu es sûr ? La maison de tes parents ? Mais comment as-tu compris ? Comment as-tu su ? »

Elle ne répondit pas à ses questions et posa ses couverts bien à plat le long de son assiette. Ses mains se crispèrent sur celle de Mathieu.

« Ils sont morts à cause de moi, Mathieu. Mes parents sont morts à cause de moi. Je les ai... tués. »

Mathieu voulut retirer ses mains, mais Laura les serrait trop fort.

« Mais enfin qu'est-ce que tu racontes ? Tu délires !

— Non, je ne délire pas. Ils sont morts d'une crise cardiaque simultanée, leurs corps ont été retrouvés dans ma chambre. C'est moi Mathieu, c'est moi qui les ai tués, c'est la seule explication ! Comme la sage-femme ! Tu te souviens l'histoire de la sage-femme morte le jour de ma naissance ?

— Oui Laura, je me souviens. Mais…

— Il n'y a pas de *mais*, Mathieu. Nyx existe. La déesse de la nuit, c'est ça ? Eh bien, elle existe ! Elle est tapie au fond de moi depuis le début, depuis le tout premier jour ! Elle attendait de sortir. Elle attendait son tour. »

Mathieu frissonna. Laura se pencha et lui murmura à l'oreille.

« Mais elle est là maintenant Mathieu, elle est vraiment là. »

Mathieu avala sa salive et s'écarta de Laura pour mieux la regarder.

« Oui, Nyx est là, tu as raison. Et nous allons prendre bien soin d'elle. », répondit-il à voix basse. Cette histoire prenait une tournure et une envergure dont il n'aurait même pas osé rêver. Il vivait une vraie et authentique tragédie. Le chaos était aux portes de son monde. Du monde en général. Enfin.

« Je t'ai fait une surprise Laura. Il faut que je te montre quelque chose. Viens avec moi. »

Laura se laissa guider. Elle se laissa faire. Déposer comme cela le récit des derniers évènements aux pieds de Mathieu les avait détachés d'une sensation floue de rêve éveillé. Ils devenaient soudain réels, tangibles et intelligibles, car ils étaient partagés. Mathieu ne l'avait pas traitée de folle. Il n'était pas parti en courant. Il n'avait rien contesté, mais avait tout accepté.

Il avait ouvert en grand les portes de sa réalité pour y faire entrer sans sourciller ce qu'elle lui avait raconté, ses histoires de jambes qui repoussent, de téléportation et de parricide. Mathieu était plus que son ami et son amant, c'était sa muraille, son garde-fou contre la folie.

Mathieu gara son van devant le hangar désaffecté d'un ancien aéroport. Laura resta un moment à contempler la carcasse d'un vieil avion à turbine thermique. Cela faisait maintenant plusieurs années que ces engins au bruit assourdissant ne sillonnaient plus les airs, remplacés par des flottes coordonnées de plus petits appareils à moteur électrique. Laura se souvint de son dernier retour de Thaïlande. Il datait d'une période où elle pensait encore que cette histoire de pouvoirs lui simplifierait la vie. Elle ne ressentait pourtant ni regret ni la moindre nostalgie. Quelque chose d'autre la portait à présent que le simple déroulé d'une vie morne et normée.

Elle se sentait avancer et grandir.

Mathieu la précéda dans un long couloir souterrain condamné par une porte. Il était très excité. Laura le connaissait assez bien pour le comprendre même s'il n'avait plus rien dit depuis leur départ de *La Génèse*.
« Tu es prête ? »
Elle ne répondit pas et se contenta de hausser les épaules.
« Mets ceci. » Il ouvrit un sac pendu à un crochet rouillé et en sortit le masque de paintball blanc de Nyx. Elle l'interrogea du regard.
« Fais-moi confiance. Tiens, il y a ceci également. »

Il lui tendit un long manteau d'un gris très sombre. Il était assez cintré, mais s'évasait sous les genoux. Dans le dos de ce dernier était floqué un symbole :

Laura sourit. Son premier sourire depuis longtemps.

« Tu t'es bien amusé on dirait.

— Oh, ce n'est pas un jeu, tu as besoin de tout ça. Mais tu as surtout besoin de ce qui se trouve derrière cette porte. Allez ! Enfile ça ! »

Laura s'exécuta, non sans une pointe d'excitation. Enfiler le masque lui fit du bien. Et lorsque le manteau tomba sur ses épaules, il l'habilla aussi justement qu'une seconde peau. Mathieu déverrouilla tous les cadenas un par un, actionna un interrupteur, puis poussa la porte métallique.

Laura n'eut pas le temps d'avoir peur ou d'être horrifiée. Lorsqu'elle fit un pas dans la pièce, la décharge d'énergie brute qu'elle reçut fut si intense qu'elle en eut le souffle coupé. Elle s'agrippa à Mathieu qui lui passa un bras autour des épaules pour la soutenir.

Devant eux, un groupe de personnes était menotté à un long tuyau qui courrait le long d'une pièce aveugle. Le béton brut des murs était rongé par l'humidité et tombait par morceaux sur un sol de terre et de boue. Combien étaient-ils, dix, vingt, trente ? Laura ne savait le dire. Elle ne voyait que leurs paires d'yeux terrorisés, fixés sur sa silhouette, rivés sur elle, aimantés par son masque et son allure, soumis autant que résignés à subir ce qu'ils avaient imaginé de pire et de plus douloureux. Ils n'étaient plus rien que les incarnations hallucinantes de la peur absolue, connectées aux pouvoirs de Laura comme autant de sources d'énergie inépuisables. La charge qu'ils lui envoyaient était phénoménale. Elle ferma les yeux et se laissa envahir par le plaisir, les promesses et l'ivresse. Cela expliquait, justifiait, pardonnait tout ce qui avait précédé. Elle ouvrit les yeux et une pensée s'imposa à elle.

Cela pardonnait également tout ce qui suivrait.

Elle se tourna vers Mathieu. Il avait reculé de quelques pas et la fixait intensément.

« Ça va mon amour ? »

Mon amour. C'était la première fois qu'il l'appelait comme ça. Elle se tourna vers lui, s'imagina contre lui.

Et ce fut le cas.

Elle lui passa les bras autour du cou et imagina leur peau l'une contre l'autre.

Et ce fut le cas.

Elle saisit son visage entre ses mains et l'embrassa avec passion. Elle s'imagina lui faire ressentir ce qui la traversait, ce torrent fou d'énergie absolue.

Et ce fut le cas.

Le corps de Mathieu se cabra comme si un lasso de feu venait de le saisir par les reins. Il écarta les bras en croix puis se recroquevilla comme un fœtus. Une des personnes menottées hurla de terreur. Une autre se mit à pleurer.

Laura tourna la face fantomatique de son masque blanc vers sa troupe d'esclaves. Ils étaient asservis, voués à sa charge, ils n'existaient plus en dehors de cette unique tâche : la rendre forte et lui procurer ce plaisir infini du pouvoir et de la puissance. D'un geste, elle les fit taire. Elle les enferma dans une bulle de silence impénétrable. Leurs lèvres bougeaient, les mains lacéraient la boue et leurs yeux disparaissaient derrière des rideaux de larmes épaisses, mais le silence régnait. Privé du bruit, ils n'existaient plus que dans le regard de Laura. Elle ferma les yeux pour les faire disparaître, souleva Mathieu d'un geste et quitta la pièce.

La porte se referma derrière eux. Les verrous reprirent leur place. Laura ne marchait pas, elle lévitait à quelques centimètres du sol, emportant dans son sillage le corps de son ami assommé par l'expérience qu'elle venait de lui faire vivre.

Elle en était certaine à présent, plus aucun obstacle ne se dressait entre elle et sa vengeance. Mathieu venait d'apporter la dernière pierre à son édifice, à son projet.

À sa vengeance ?

Elle réfléchit un tout petit instant.

Oui, à sa vengeance.

Elle se connecta au réseau puis posta un message sur le compte de ClapMan. Mathieu émergea de sa stupeur pétrifiante et avança la tête pour jeter un œil à l'écran. Il sourit.

— Toi, ta copine et son robot, je viens vous chercher.
Nyx –

30
Jet

Un jet privé fendait l'atmosphère sans y laisser la moindre trace, éphémère projectile de carbone sombre se détachant à peine dans les lueurs orangées du crépuscule. Quasi invisible, y compris des radars. Il ne figurait sur aucun plan de vol, n'était répertorié sur aucun planning et fonçait de son aéroport d'origine à sa piste de destination dans l'indifférence générale et dans le plus grand secret.

Remy avala un troisième café et plaqua son visage au hublot incurvé pour apercevoir les sommets des Alpes. Certains étaient encore hâlés de blanc. La lumière rasante leur donnait une teinte orangée irrésistible. Remy consulta les paramètres de vol : il serait sur zone en tout début de matinée, c'était parfait. Il se leva et vérifia encore une fois le contenu des caisses en alu qui étaient stockées dans la soute supérieure du jet. Il ne manquait rien. Tout ce qu'il avait demandé était bien là. Il hésita à jeter un œil à la cabine avant, mais se ravisa. Il avait confiance. De toute façon, avait-il le choix ? Son nouveau téléphone émit un bip discret. Il connecta son oreillette et accepta l'appel.

« Où en êtes-vous ?

— Nous y sommes presque, Monsieur.

— *Il ne vous manque rien ?*

— Non, Monsieur, vos services ont bien bossé.

— *Ils sont avec vous ?*

— Oui, ils sont bien là, tous les six.

— *Parfait. N'oubliez pas, je veux être informé en temps réel.*

— Je n'oublie pas Monsieur.

— *Vous vous souvenez les termes de notre contrat ?*

— Oui Monsieur. »

Une pause dans la conversation.

« *Pas d'entourloupe, hein !*

— Non, Monsieur, vous pouvez me faire confiance.

— *Je risque gros dans cette affaire.*

— Nous risquons tous très gros, Monsieur. »

Soupir.

« *Je vous laisse. Contactez-moi lorsque vous serez en place.*

— Entendu, Monsieur le Président.

Au loin, Remy pouvait à présent discerner la côte méditerranéenne.

31
Constellation

Nicolas avait dû beaucoup insister, mais il avait eu gain de cause : ses parents le laissaient regarder la retransmission des entraînements du Championnat d'Europe de Dancing Bot. Il s'était préparé un énorme plateau sur lequel il avait déposé tout ce que les placards de la cuisine comptaient de nourriture sucrée. Son téléphone indiquait 14 h, il lui restait donc deux pleines heures avant que son père ne rentre du travail. Le mercredi, il rentrait toujours plus tôt et c'était bien dommage, surtout en ce jour faste.

Nicolas alluma l'énorme écran mural et commanda la fermeture partielle des stores du salon. Il positionna son grand verre de sodas à portée immédiate de son bras gauche et se saisit d'une pleine poignée de cacahouètes au chocolat qu'il s'amusa à picorer une par une pour faire durer le plaisir. Sur l'écran, le drone-caméra opérait un long travelling des tribunes du *GoToHuge* Colisée. Nicolas adorait ce stade, de loin son préféré. Il lui faisait penser à un gigantesque vaisseau spatial posé sur les restes d'une civilisation antique. Nicolas applaudit d'excitation. Le spectacle, cette année, était encore plus impressionnant que d'habitude. Il ne restait pas une seule place de libre dans les gradins vertigineux, pris d'assaut par tous ceux qui n'avaient pas pu se payer une place pour les jours de compétition. Mais surtout, la mode des *MoodPads* avait envahi la capitale italienne : l'énorme majorité des spectateurs présents arboraient le fameux disque-écran, formant une constellation de points lumineux dans l'énorme amphithéâtre circulaire du stade. Nicolas réajusta le sien et le paramétra pour y faire apparaître une icône de joie absolue d'un très lumineux vert fluo.

Un premier robot fit son entrée. L'écran de Nicolas se divisa en une trentaine de vignettes, lui donnant le choix entre autant de prise de vue. Il sélectionna la caméra qui se trouvait sur le plastron du robot, de loin sa préférée. Il avait l'impression d'être lui-même aux commandes et il adorait ça. La foule hurla de joie, les milliers de *MoodPads* scintillèrent. Nicolas vida la moitié de son verre et croqua dans une brioche fourrée à la noisette. Il en était convaincu, il vivait la première minute de deux des plus belles heures de sa courte existence.

Un bandeau publicitaire barra l'écran puis l'envahit totalement. Nicolas se redressa et ouvrit grand les yeux.

— *DesignTech'Game* présente : **CLAPMAN**, le jeu. *Nouvelle version* : Venez affronter **NYX** ! Osez ! Opposez-vous à elle ! Par pitié, venez-nous en aide ! -

Ses amis lui avaient parlé de cette mise à jour démentielle – gratuite ! – et Nicolas avait bien l'intention de l'installer, avec ou sans l'accord de ses parents. Il se saisit de sa manette de jeu et de son casque de réalité virtuelle puis hésita quelques secondes. Finalement, il scinda l'écran du salon en deux et lança la mise à jour sans rien rater de l'entraînement du deuxième robot qui venait de fouler le praticable du Colisée.

32

Semi-remorque

Mathieu lança l'initialisation des six moteurs électriques du semi-remorque et laissa l'ordinateur de bord paramétrer les aides à la conduite. Il ajusta le siège du conducteur à sa morphologie puis enserra le volant délicatement de ses doigts. Il avait toujours aimé conduire de gros engins, sentir les mécanismes et les articulations devenir les prolongements de lui-même. Mathieu savait bien que cela n'avait rien de vraiment original, mais il aimait se sentir puissant. Il se souvenait trop de l'enfant qu'il était, incapable de gagner ne serait-ce qu'une fois les courses de vitesse que sa maîtresse organisait dans la cour tous les jeudis après-midi. Ce sentiment d'impuissance ne l'avait jamais quitté, tout comme la sensation diffuse, mais douloureuse d'être à l'étroit dans son propre corps.

Il appuya légèrement sur l'accélérateur et l'énorme véhicule s'ébroua, écrasant dans un bruit de rocaille les graviers qui jonchaient la cour de l'entrepôt. Il jeta un dernier coup d'œil à la porte d'entrée, mais elle ne s'y trouvait pas. Laura avait décidé de faire le voyage seule. Mathieu avait râlé comme il savait le faire, en pestant et maugréant comme un enfant de huit ans, mais elle n'avait pas cédé. Évidemment. Il la retrouverait là-bas et ferait la route seul. Il s'apprêtait donc à parcourir les mille cinq cents kilomètres seul avec lui-même, et à attendre une

232

vingtaine d'heures avant de pouvoir la serrer dans ses bras à nouveau. C'était une douloureuse perspective.

Les cadavres d'avion existèrent un court instant dans le faisceau des phares du semi-remorque puis ce dernier s'éloigna dans le sifflement caractéristique de ses moteurs. Mathieu garda les commandes en main jusqu'à la voie rapide puis laissa faire le module de conduite autonome. Il fixa des yeux le décompte kilométrique, comme il le faisait enfant, pour voir disparaître le premier kilomètre.

— Rome : 1486 km — ... — Rome : 1485 — ...

Il tira alors à lui le moniteur de surveillance de la soute arrière et en alluma les projecteurs internes. L'image des vingt corps endormis, bien alignée, le rassura.

Les *Chargeurs*.

Ses Chargeurs.

À elle, et rien qu'à elle.

C'était une belle idée, cette appellation. Elle disait tout. Car oui, ils *la chargeraient*, et la chargeraient encore. Car ni elle ni Mathieu n'étaient à court d'idées pour les maintenir dans cet état de peur panique de ce que Nyx pouvait leur faire subir. C'était facile, si facile.

Mathieu inclina son dossier au maximum et allongea ses jambes. Il ferma les yeux et ne chercha pas longtemps le sommeil avant de le trouver.

33

Leur dire

Camille avait regardé son ami droit dans les yeux avant de lui répondre. Ses yeux étaient devenus humides.

« Oui Martin, je suis ravi de t'y accompagner chez tes parents. »

Martin fronça les sourcils et prit sa main entre les siennes.

« Quelque chose ne va pas Camille ? »

Elle s'essuya les yeux, mais continua de le fixer. Elle faillit dire quelque chose, mais se ravisa. Il se rapprocha d'elle et l'enserra dans ses bras. Elle se blottit contre lui.

« Camille, parle-moi. »

Elle réfréna un sanglot puis leva à nouveau les yeux vers lui en reniflant.

« J'ai peur, Martin. Ce message qu'elle t'a envoyé... je suis morte de peur. Depuis... depuis son attaque. Je ne dors plus la nuit, je la vois partout, surgir, et nous faire mal Martin, nous faire très mal. »

Elle enfonça son visage dans le creux de la poitrine de Martin et resserra ses poings sur les revers de sa veste. Martin était pris au dépourvu. Camille était différente depuis l'affrontement avec Laura, elle était plus éteinte, moins joyeuse et moins enthousiaste. Moins *là*, peut-être tout simplement se dit-il maintenant qu'il considérait la situation avec un regard neuf. Il sentit soudain un poids nouveau sur ses épaules. Toute cette histoire, depuis le début, n'était pas que la sienne. C'était la leur également, celle de tous ceux qui s'étaient retrouvés impliqués. Et Camille n'était pas la moindre d'entre elles. C'était son amie, sa sœur d'enfance. Celle à qui Laura avait fait du mal. Celle qui, physiquement, s'était retrouvée en première ligne. Martin voyait tout cela à présent que son amie pleurait à chaudes larmes dans le réconfort de ses bras. S'y sentait-elle protégée ? Était-il capable de la protéger mieux qu'il ne l'avait fait la première fois ? Avait-il le choix ? Non, pas vraiment.

« Tu me fais confiance ? » lui demanda-t-il. La réponse de Camille fut immédiate.

« Oui, depuis toujours. Tu étais quelqu'un d'extraordinaire avant toute cette histoire. Je t'ai toujours… aimé. Tu le sais bien. »

Martin sourit et la serra encore davantage dans ses bras.

« Oui, je le sais. Tu as raison, je suis irrésistible. »

Elle pouffa de rire.

« Oui, voilà, irrésistible et indestructible. »

Martin écarta son amie de lui pour mieux la regarder. Son visage lui était tellement familier. Il aurait pu le dessiner de mémoire, coucher sur du papier toutes ses expressions, toutes ses humeurs, en saisir toutes subtilités, comme ça, dans l'élan d'un trait de fusain, comme lui avait appris sa grand-mère.

« Je suis sûr que tu as envie d'une part de tarte aux œufs. »

Elle rigola.

« Quoi, ta mère fait toujours de la tarte aux œufs ?

— Ah oui, elle n'a jamais arrêté. Mais tu vas voir, la recette a évolué. Maintenant, il y a des brocolis dedans.

« — Vraiment, des brocolis ?

— Oui, et sûrement d'autres choses, la recette évolue à chaque fois.

— Ah, une tarte aux œufs surprise alors !

— Oui, voilà, une tarte surprise. »

Martin passa le bras autour des épaules de Camille pour gravir les trois étages et sonna à la porte de l'appartement familial. Lorsque celle-ci s'ouvrit sur le sourire excité de sa petite sœur Jeanne, Martin ne s'était pas encore fixé sur la meilleure manière de s'y prendre. Il décida de laisser venir et *de se faire confiance*. Laquelle confiance devint suffisante assez rapidement après la deuxième coupe de champagne que lui servit son père. Après tout, il avait bien dit à sa mère, *j'ai quelque chose d'important à vous dire*, lorsqu'il l'avait eu au téléphone. Or il n'était pas dupe de ce à quoi s'attendaient ses parents et sa sœur : à son âge, les annonces de ce type tournaient forcément autour d'un mariage ou de l'arrivée d'un bébé. Cela étant, même si ce qu'il s'apprêtait à leur dire ne concernait aucune de ces deux attentes familiales, il était certain de ne pas décevoir.

Martin avala sa deuxième coupe de champagne et laissa *le flux* venir à lui. Lorsqu'il le jugea suffisant, il souleva une olive à distance et la mena lentement jusqu'à sa bouche. Personne ne remarqua rien. Il fit faire au noyau le trajet inverse, mais n'obtenu pas davantage de résultats. Déçu, Martin renouvela l'opération en doublant la mise : il dirigea également une olive vers la bouche de Camille, qui sourit en la gobant au vol.

Rien.

Ils étaient tous trop occupés à se couper la parole et à plonger aveuglément leurs mains dans le bol de chips. Lorsque la main de sa sœur tenta un nouveau plongeon, Martin déplaça le récipient de quelques centimètres. Les doigts de sa sœur brassèrent du vide. Elle fronça les sourcils et jeta un coup d'œil à la table basse avant de renouveler sa tentative. Le bol glissa à nouveau. Jeanne ouvrit de grands yeux, mais ne dit rien. Elle tenta une nouvelle fois d'atteindre le bol, mais ce dernier lui échappa. Elle regarda sa mère, puis son père, avec des yeux gros comme des boules de billard. Camille, qui n'avait rien manqué de la scène, rigola doucement et se recula dans son fauteuil.

« Euh, les parents… vous avez vu ça ?

— Quoi ma fille ? » demanda Anatole en plongeant la main dans le bol de chips. Jeanne sursauta.

« Le bol de chips, il bouge tout seul !

Sa mère éclata de rire "Tu as bu du champagne, ma fille ?"

Elle plongea à son tour la main dans le récipient. Jeanne la regarda faire, se mit à genoux à côté de la table basse et regarda le bol avec suspicion. Martin attendit que sa mère et son père détournent leur attention et fit glisser le bol jusqu'au nez de Jeanne, qui hurla. Sa mère sursauta et renversa du champagne sur son pantalon.

"Jeanne ! Mais qu'est-ce qui te prend ?

— Madeleine, ta fille est saoule.

— Tu es sérieux Anatole, tu lui as servi du champagne ? À son âge ?

Le bol pivota et s'éloigna du visage de Jeanne, qui cria à nouveau.

'Putain de bordel de merde !'

Sa mère sursauta à nouveau.

— Ah non, là c'est trop ! Langage ma fille ! Anatole, ce n'est pas sérieux !"

Le père de Martin faillit avaler sa gorgée de travers.

"Hein ? Non, mais attends, tu plaisantes ? Tu penses vraiment que j'aurais donné de l'alcool à notre dingue de fille ?

— Papa ! Je ne suis pas dingue. Le bol a bougé ! Et il vient encore de le faire !"

Martin souleva une nouvelle olive et la mena jusqu'à sa bouche. Puis il en prit une deuxième, puis une troisième, puis toutes les olives se mirent à faire la ronde au-dessus de la table basse.

"Putain de bordel de merde !" cria Anatole. Madeleine lâcha son verre, mais celui-ci demeura en lévitation entre ses doigts écartés. Jeanne éclata de rire en regardant son père.

"Oh merde de merde, d'enculé de sa mère le bordel !" éructat-elle avant de basculer en arrière en pointant du doigt la farandole d'olives.

"Écartez-vous de la table !" cria Anatole en contournant lui-même son fauteuil.

"Les enfants, reculez !" hurla la mère en faisant de grands gestes à Martin et Camille. Elle entraîna Jeanne à l'écart. Mais Martin et Camille ne bougèrent pas. Camille adressa un sourire navré à Madeleine et à Jeanne avant de se tourner vers Martin.

"Tu t'es bien amusé ? Je pense que ça suffit, tu leur fais peur, regarde ta pauvre mère."

Martin lui sourit. Les olives regagnèrent leur coupelle. Le bol de chips se balada entre les coupes de champagne puis s'immobilisa. Jeanne partit dans un nouvel éclat de rire.

"Ah, vous voyez ! J'avais raison !"

Anatole s'avança doucement et regarda alternativement le bol de chips, la coupelle d'olives et son fils.

"Mais enfin, comment…"

Martin les regarda tous les trois.

"Revenez vous asseoir, vous ne risquez rien. Je l'ai dit à maman, j'ai des choses importantes à vous dire."

Anatole regarda son fils le visage dépité.

"Ah, vous ne vous mariez pas alors ?"

Camille arbora un sourire radieux qui émut Martin. Celui-ci leva les bras au ciel.

"Non, papa, et nous n'allons pas avoir de bébé non plus."

— Ah. Dommage. Vous êtes si beaux tous les deux, ça ferait de jolis enfants. On s'en est souvent parlé avec tes parents Camille et... »

Jeanne était sidérée.

« Non, mais attends papa, je rêve ! Les olives décollent, les chips se baladent et toi tu nous parles de bébé ! Maman, dis quelque chose ! »

Madeleine tourna la tête vers son mari et leva les yeux au ciel avant de fixer son regard vers son fils.

« C'est un tour de... magie, c'est ça ?

— Franchement, asseyez-vous, je vais tout vous expliquer. C'est important. Pour moi. C'est très important. Venez. »

Martin se retrouva au centre de sa petite famille. *Le flux* abondait, mais cela ne l'intéressait plus. Ce qu'il voulait, c'était leur écoute, leur compréhension, leur acceptation. Et leur silence en fin de compte. Car si Martin ne pouvait plus ne rien dire, si le besoin de tout raconter à ceux qu'il aimait était devenu si important que cela ne lui donnait plus le choix, il savait également qu'il devait obtenir d'eux le silence le plus complet, le plus absolu, le plus définitif. Martin avait aussi besoin de les entendre lui dire qu'il avait eu raison pour tout et que tout allait bien se dérouler. Toujours. *Nos choix demandent toujours à être validés par nos parents, toute notre vie, hein !* lui avait glissé Camille à l'oreille lorsqu'il en avait parlé. Elle avait tellement raison.

Martin attrapa son sac, sortit la veste de ClapMan et la revêtit rapidement. Lorsqu'il enfila la capuche, la visière et la protection de visage s'abaissèrent automatiquement dans un chuintement électrique. Un cœur stylisé apparut sur la protection inférieure. Martin écarta les bras et les souleva tous les cinq.

Jeanne regardait son frère le visage figé dans une expression de joie stupéfaite. Sa mère se plaqua les deux mains sur la bouche pour se retenir de crier. Son père se frappa le front du plat de la main en affichant un sourire que Martin ne lui connaissait pas : plein, entier. Fier.

« Chers parents, très chère petite sœur : je suis ClapMan. »

34

Un plan

Christine connaissait trop bien son mari pour espérer le faire changer d'avis. En avait-elle envie d'ailleurs ? Elle en avait besoin certes, mais comment demander au grand chercheur qu'il était de se tenir à l'écart de ce qui se passait ? Comment dire au grand Nelson Malada de rester sagement à la maison alors qu'était apparue à la surface de la Terre une source d'énergie défiant toutes les théories scientifiques modernes ? Elle le regarda droit dans les yeux avec un petit sourire aux lèvres. Elle ne lui en voulait pas de l'avoir tenue à l'écart des derniers évènements. Mais elle était ravie qu'il l'informe à présent, même si vu la teneur des évènements à venir, elle ne voyait pas trop comment il aurait pu agir autrement. Il lui rendit son sourire. Un sourire gêné, un peu maladroit, enfantin. Le pauvre homme attendait une réponse positive de sa femme. Une autorisation à se laisser aller à ses instincts de chercheur infatigable, parfois déraisonnable, mais toujours pertinent.

« Vous partez quand ? »

Le sourire de Nelson passa de gêné à ravi.

« Ce soir. Il faut que nous partions ce soir. Nous avons déjà beaucoup attendu. Cette gamine est en danger, j'en suis persuadé. Plus nous tardons, plus nous risquons de ne pas être prêts à temps.

— À temps pour elle ? Pour cette... Laura ?

— Oui, elle va réapparaître, c'est sûr. Son message est très clair.

— Là-bas, à Rome ?

— Oui, c'est notre seule piste. »

Christine détourna les yeux et fixa l'horizon des immeubles de la Défense. Son mari la connaissait par cœur, il devinait son inquiétude, pourquoi chercher à la dissimuler.

« Vous y allez tous ?

— Oui.

— Et vous y allez seuls ? Vous ne prévenez pas la police... l'armée ?

— Non, Maria a réussi à la blesser en la prenant par surprise. Nous ne pouvons pas prendre le risque d'un déploiement de force trop important. Plus des gens auront peur, plus elle sera puissante. »

Christine inspira puis se frotta les mains l'une contre l'autre fébrilement. Nelson se demanda si sa femme n'allait pas se mettre à pleurer. Il s'approcha d'elle et la prit dans ses bras. Son corps tendu se décontracta un peu.

« Je comprends ton inquiétude, ma chérie. Mais ces gens ont besoin de moi. Je peux leur fournir une aide précieuse. Cette fille tu sais, elle est... »

Christine releva la tête.

« Dangereuse ? »

Nelson soupira.

« Oui, elle est dangereuse. Et certainement pas seulement pour notre groupe. Si ses pouvoirs continuent de se développer, il va devenir difficile de l'arrêter.

— Et vous pensez y parvenir ?

— Oui. Mais je ne serai pas en première ligne, tu sais. Ce n'est pas moi qui vais lui mettre une raclée ! »

Christine pouffa de rire.

« Ah bon ? Pourtant, tu es encore bien bâti pour ton âge. »

Nelson embrassa sa femme sur le front et resserra son étreinte autour d'elle.

« OK, je les aiderai s'il le faut. Mais nous avons un plan. Un très joli plan. »

35

Camille

Ils arrivèrent de nuit. L'électrocopter siglé *DesignTech* opéra un virage ample autour du *GoToHuge* Colisée. Ils collèrent tous le nez au hublot. Lorie plaqua ses mains autour de ses yeux pour mieux discerner l'énorme structure.

« C'est dingue… ça paraît encore plus grand en vrai.

— Cent mille places assises, rien que ça ! » lança Fatou qui renonçait à dissimuler son excitation. Théodore retourna à son écran d'ordinateur sur lequel une modélisation 3D du stade était en cours de finition.

« Vous avez des nouvelles de Maria ? »

Martin vint se rasseoir.

« Oui, tout va bien. Elle est en pleine forme. Elle nous attend avec impatience. Le message de Nyx ne l'a même pas effrayée. Elle est incroyable cette fille. »

Camille reprit sa place à côté de Martin et posa sa tête sur son épaule.

« Elle a terminé son entraînement ?

— Oui, ce matin. Cet après-midi, c'était quartier libre et repos avant le début de la compétition demain. »

L'appareil se posa sur une plateforme située au sommet de l'un des hauts bâtiments de verre et d'alu qui entourait la zone

244

du stade. Pour Martin, étreindre Maria fut un plaisir et un énorme soulagement. Il était bien dans les bras de cette fille, tellement bien que cela continuait de le surprendre. Et ce n'était pas qu'une question de *flux*, même si celui-ci était d'une intensité particulière dans ces moments-là. Il tendit les bras pour mieux la regarder, pour se plonger dans son regard rieur et enthousiaste. C'était cela qui était si extraordinaire chez elle : son énergie joyeuse. Et Martin ne s'en lassait pas.

Camille resta un peu en retrait, dans l'ombre de l'électrocopter dont les pales finissaient de découper l'air en rondelles. Elle sourit un peu tristement en les regardant. Ce petit pincement au cœur n'était pas plaisant, mais elle l'acceptait à présent. Il disait son attachement à Martin. Il disait aussi sa crainte de le voir souffrir, ce qui pouvait arriver dans une relation amoureuse, Camille le savait bien. Aurait-elle aimé le serrer dans ses bras et l'embrasser, comme Maria le faisait là, sous ses yeux ? Oui, sans doute, même si Camille n'était pas très sûre de ce qu'elle aurait mis dans ce baiser. Elle aimait Martin, c'était certain, mais l'aimait-elle *comme ça* ? Elle sourit à nouveau, plus franchement cette fois.

L'installation fut rapide. Denis, comme à son habitude, avait fait les choses en grand. Tout l'étage de l'un des hôtels voisins du Colisée leur avait été réservé. Du point de vue matériel, il n'y avait rien à dire, ils étaient au point : le Fighting Robot de Maria était prêt, la couverture du Colysée par les caméras avait été vérifiée, la modélisation 3D du stade était à présent incluse dans le jeu vidéo *ClapMan*, la bande-son avait été finalisée, les capteurs de Nelson étaient déployés et il suffisait à l'un d'eux d'appuyer sur un seul bouton pour déconnecter le compte Nyx du réseau.

Laura pouvait réapparaître. Nyx pouvait se déchaîner, ou tenter le faire, ils étaient là, parés, décidés, et soudés autour de ClapMan.

Il fallait à présent que le plan se déroule comme prévu.

Théodore était encore penché sur l'écran de son ordinateur quand Mohamed y jeta un œil.

« Toujours rien ?

— Non. Regarde les points verts sur l'écran, ce sont les capteurs de Nelson, il y en a un peu partout dans le Colysée. Tu peux t'amuser à les surveiller si tu veux. Si l'un d'eux vire à l'orange puis au rouge, c'est que du *flux* est détecté.

— On dirait le jeu de bataille navale auquel je jouais quand j'étais petit. »

Mohamed s'amusa à zoomer sur certaines parties du Colisée virtuel qu'il avait sous les yeux. Théodore et les développeurs avaient fait un boulot remarquable, le rendu et les détails étaient parfaits.

« Tu n'as pas peur ? » demanda Lorie à Maria. Cette dernière aspira bruyamment avec sa paille le reste de sa boisson.

« Si, un peu. »

Lorie s'en voulut d'avoir posé la question.

« Ouais, je comprends, mais tu sais… »

Maria lui administra une grande claque dans le dos.

« Non, mais je rigole ! Je n'ai pas peur du tout ! Pourquoi veux-tu que j'aie peur ? Si Laura se pointe dans son fauteuil roulant, je te jure que je ne vais pas viser les jambes cette fois ! Ah, mais non attends ! Je ne peux pas viser les jambes, elle n'en a plus !! »

Elle éclata de rire puis fit mine de redevenir sérieuse.

« Donc pas les jambes. OK. La tête alors. Je vise la tête, qu'en penses-tu ? Il ne doit en rester qu'une, et je propose que cela soit moi ! Je lui coupe la tête ! Tchac ! D'un coup ! Mais un joli coup tu vois, très élégant, un peu chorégraphié, le genre de coup où tu te dis, ce n'est pas possible, c'est un trucage. Comme ce gars qui jouait au tennis dans les années deux mille, comment il s'appelait déjà ?

— Federer. Il faut connaître vos classiques les jeunes. », lança Nelson.

— Oui voilà lui ! Je fais un super beau geste, et je la renvoie d'où elle est venue ! T'es niquée Nyx ! Nyx la niquée !! »

Tout le monde éclata de rire. Maria sauta sur ses pieds et se mit à mimer le geste qu'elle prévoyait. Martin s'avança et l'enlaça.

« Et sinon, tu es prête pour demain ? »

Elle l'embrassa en lui prenant le visage entre ses mains.

« Dégueu ! Eh, mais prenez une chambre ! » lança Mohamed en se cachant les yeux.

« Oui, je suis prête. Ma chorégraphie est nickel. »

— Tu as parlé de tout ça à Abdel ?

— T'es dingue ! Il deviendrait fou et préviendrait la police, l'armée, les pompiers et les scouts dans la demi-seconde ! Et toi, tu as finalement parlé à tes parents ?

— Oui. Ils croyaient que Camille et moi allions nous marier ou avoir un bébé. Ou les deux, mon père est très capable d'avoir imaginé les deux. »

Maria rigola. Camille détourna les yeux.

« Et alors, ils l'ont pris comment ?

— Ah bah ils étaient déçus, ils se voyaient bien grands-parents. »

— Arrête ! Ils n'ont pas trop flippé ?

— Si. Enfin, je ne sais pas trop en fait. Ma sœur était hystérique, la calmer nous a occupé une partie de la soirée. »

Martin se tourna vers Camille « Tu en penses quoi Camille ? Tu penses qu'ils ont peur maintenant ? »

Cette dernière prit une profonde inspiration avant de fixer Martin.

« Tes parents te font énormément confiance. Et ça a toujours été le cas. Tu as cette chance. Ils te respectent aussi, et ils respectent ce que tu dis. Ce que tu leur dis. Ils doivent avoir peur, c'est sûr, comment veux-tu que cela en soit autrement ? Mais au fond d'eux-mêmes, cela ne veut pas dire qu'ils soient inquiets. En tous les cas, ils ne diront rien.

— Ils ne diront rien ? À moi, tu veux dire ?

— À personne. Tu leur as dit que cela serait dangereux d'avertir la police par exemple. Donc ils ne le feront pas. »

Maria siffla d'admiration « Dis donc, ils ont l'air pas mal tes parents ! »

Martin ne répondit pas. Il s'écarta et regarda ses amis un par un. Ce fut Théodore qui brisa le silence.

« On est avec toi. On est prêts. »

Martin déglutit. Il fixa son ami puis son regard s'attarda sur Camille.

« On ne sait pas trop dans quoi on s'embarque, vous vous en rendez compte, n'est-ce pas ? »

Camille consulta l'agenda de son téléphone.

« Tu sais où nous devrions être à l'heure qu'il est ? »

Martin ne répondit pas.

« Nous devrions être en cours. À la fac. Tu te rends compte du virage qu'ont pris nos vies ? »

248

Théodore frappa dans ses mains.

« Ah bah moi, je ne regrette rien ! »

Camille se tourna vers lui puis regarda toutes les personnes présentes une par une.

« Eh bien, tu vois Théo, c'est la question que nous devons tous nous poser maintenant. Parce que demain, il sera peut-être trop tard. »

Denis jeta à son tour un œil à son agenda.

« Je devrais être à une synthèse mensuelle avec mes commerciaux du secteur Europe-Moyen Orient. Bon, je suis en Europe, non ? Je suis très bien ici, avec vous. Ça faisait un moment que je ne m'étais pas amusé comme ça. »

Fatou se leva et enlaça son père.

« Moi ça faisait un long moment que je ne t'avais pas vu autant t'amuser, et ça me va très bien. On a toute la vie pour retourner à la fac, non ?

— Ouais, j'hésite entre sauver le monde ou devenir maîtresse d'école, déclara Lorie avant de poursuivre, hilare "Ah, mais cela dit, être maîtresse, c'est aussi sauver le monde d'une certaine manière, non ? Donc voilà mon plan de carrière : demain, je sauve le monde et après-demain j'apprends à d'autres comment faire.

— Tout pareil, déclara sobrement Mohamed qui avait du mal à dissimuler son émotion. Maria, elle, ne cachait pas son excitation.

« Waouh, les amis, vous êtes super sérieux tout à coup. Bon, pour moi ce sera plus simple : je me suis toujours amusée dans la vie, j'ai toujours cherché à m'amuser, ça rendait mes parents fous. Mes professeurs aussi. Alors demain, bah je vais continuer de faire ce que je sais faire le mieux : m'amuser. Et si ça peut aider à sauver le monde, eh bien tant mieux. »

Nelson hésitait à prendre la parole. Lorsque les regards convergèrent vers lui, il parut presque gêné.

« Que vous dire ? Je ne pensais pas un jour rencontrer des gens pareils... un groupe comme le vôtre. Vous êtes... » Il chercha ses mots en levant les yeux au ciel. « Vous êtes extraordinaires, c'est le seul mot qui me vient. Vous foncez, sans vous poser de question. J'ai passé toute ma vie à m'en poser, des questions. Et donc toute ma vie à chercher des réponses. Cette énergie que vous avez, elle me fait voir les choses un peu autrement. Sans doute faut-il parfois simplement avancer, vivre les choses et résoudre les problèmes qui se posent au fur et à mesure, sans forcément les anticiper... Vous voyez ce que je veux dire ? »

Maria plissa les yeux exagérément et se pencha vers Nelson pour lui répondre « Ah oui, on voit très bien. Et, ça va mieux Monsieur ? Vous avez pris vos pilules ce matin ? »

Nelson rigola « Oui Madame, ça va mieux. Avec vous, je n'ai pas besoin de pilule. Vous pouvez compter sur moi. »

Martin se tourna vers Camille.

« Et toi Camille ? »

Son amie se leva et s'avança vers la baie vitrée qui dominait les ruines du forum romain. Elle soupira.

'Camille ?

— Je ne sais pas Martin, dit-elle sans se retourner.

« Tu ne sais pas... quoi ? »

Elle pivota. Ses yeux étaient humides.

« Je ne sais pas si je vais rester Martin. Je dois réfléchir. Je veux prendre le temps de réfléchir. »

Martin était stupéfait, mais il ne voulut pas le montrer.

« Je comprends.

— Merci. Je te dirai ça demain matin. »

Camille quitta la pièce. Martin la regarda faire. Elle lui adressa un dernier sourire et la porte se referma sur un sentiment de gêne partagé. Maria se leva et prit Martin par la main. Sans dire un mot, ils s'éclipsèrent également.

Martin se laissa guider. Ils marchèrent lentement dans le couloir, pénétrèrent dans la chambre de Maria. La porte qui claqua derrière eux les enferma dans un cocon de chaleur ouatée. La lumière tamisée dessina une courbe douce sur les hanches de Maria lorsqu'elle laissa glisser sa combinaison au sol. Martin sourit.

Elle avait tout prévu.

Évidemment.

Et c'était délicieux.

Amour, étreinte et flux. Apesanteur, plaisir et bonheur. Jeux d'amoureux, insouciance et oubli. Dans ses bras. Dans ces bras-là. Reprendre confiance, ressentir et construire. Se laisser-aller, partager. Profiter. Donner.

Lorsque Martin se leva le lendemain matin, il trouva un mot écrit par Camille glissé sous la porte de la chambre. Avant même de parcourir les mots de son amie, Martin eut le cœur serré.

Martin, je ne peux pas. La peur me paralyse. Nous savons tous ce que cela veut dire. Je mets en péril toute l'opération. Je pars. C'est la décision la plus difficile de toute ma vie. J'ai confiance en toi, j'ai confiance en vous tous. J'espère que tu ne m'en voudras pas et si c'est le cas, que tu parviendras à me pardonner. Je t'aime tellement.

Ton amie de toujours,
Camille

36
Jour J

À six heures du matin, les vingt-quatre rampes d'accès au Colisée étaient déjà pleines d'une foule bigarrée, mais calme. Les spectateurs les plus courageux prenaient leur petit-déjeuner assis à même le sol, drapés dans leur tenue aux couleurs des robots et des pilotes les plus populaires. Certains avaient mis de la musique et tentaient de reproduire la dernière chorégraphie de leur robot-danseur préféré. Le papa de trois enfants grimpa sur une balustrade pour mimer un saut, mais il fut immédiatement rappelé à l'ordre par un des officiers en faction. Il s'excusa, n'obtenant qu'un hochement de tête de la silhouette casquée et armée dont le regard balayait déjà d'autres zones à surveiller. Une escadrille de drones-caméra survola le flanc sud de l'édifice puis grimpa en altitude avant de disparaître à l'intérieur de la structure.

À huit heures du matin, les queues formées par les spectateurs débordaient largement des rampes d'accès et commençaient à envahir les rues des alentours. Une heure plus tard, le trafic fut interdit dans toute la zone. La foule était devenue compacte, dense et mouvante. L'excitation était montée d'un cran. Le ballet des drones de surveillance s'était intensifié et se mêlait à présent à celui des appareils de tous les grands sites d'information. Un peu partout, des plateformes permettaient aux journalistes de présenter aux mieux le début de cette journée que tous annonçaient déjà comme exceptionnelle. Sur la place du Colisée, une scène avait été aménagée en face de l'entrée principale. Des Dancing Bots y faisaient des démonstrations. Les enfants criaient de joie à chaque fois que l'un deux faisait un saut périlleux. Un peu partout, des stands de nourriture répandaient sur les lieux leurs vapeurs et fumées odorantes. Des publicités envahissaient les murs et rivalisaient de couleurs criardes et de messages racoleurs. Dans une zone réservée aux enfants, une grappe de ces derniers devenait hystérique en découvrant sur un écran les reproductions de Dancing Bot spécialement développées par une grande marque de jouets. Plus loin, une forêt de silhouettes équipées de casques de réalité virtuelle s'essayait à la dernière version du jeu vidéo dédié à la discipline. De l'extérieur c'était grotesque.

Une clameur s'éleva au-dessus du vacarme ambiant. Sur le grand balcon de la première coursive du Colisée, *Dancer of Light*, l'un des robots japonais victorieux à l'Aréna venait d'apparaître avec son pilote. Il salua la foule et fit mine de vouloir sauter, ce qui provoqua un éclat de rire général.

Martin le regarda un court instant en faisant la grimace puis réajusta son sac à dos dans lequel il avait placé tout son équipement de ClapMan. Il se fraya un passage dans la foule puis présenta son badge VIP au contrôleur.

Nelson se trouvait en haut de la tribune nord. Derrière lui se trouvait un aplomb de cent mètres. Les piliers de soutènement de la structure décrivaient une courbe harmonieuse qui reliait la terre ferme à la vaste corolle translucide qui abritait les places les plus hautes. En contrebas, noyé dans un délire de matériaux modernes, l'ovale du bâtiment antique, autrefois plus grand cirque de l'Empire romain, paraissait écrasé, presque ridicule. Nelson resta un moment à contempler ce paysage hors norme puis il contrôla encore une fois son équipement : tout était en place.

Théodore n'aimait rien de plus que de se retrouver face à un écran, lové dans l'épaisseur moelleuse d'un fauteuil en cuir haut de gamme. Et cela tombait bien, car c'est précisément les plaisirs que lui offrait sa luxueuse loge réservée par Denis. Le père de Fatou avait de sacrés privilèges, Théodore ne cessait de s'en étonner. Mais ce qui le bluffait plus que tout, c'était l'accès au réseau des caméras de surveillance que ce dernier avait obtenu. De là où il se trouvait, Théodore avait un œil sur les images générées par les quatre-vingt-dix caméras, dont trente dévolues à la piste de danse et aux pads d'envol. La session live du jeu vidéo *ClapMan* pouvait débuter.

Maria éteignit les plafonniers de son vestiaire. Dans ces moments-là, elle aimait la pénombre. Elle avait besoin de faire disparaître son environnement et le décor de sa vie. Cela l'aidait à faire taire ses pensées galopantes et à mettre en pause le brouhaha quotidien de son esprit. À quelques minutes de prendre les commandes de Paco, elle voulait être seule avec elle-même et ce n'était pas si simple. Elle se saisit de sa combinaison et l'enfila doucement, appréciant la caresse de la doublure anti transpirante sur sa peau. Elle se regarda dans le miroir et se passa la main dans les cheveux pour les ébouriffer. Elle s'était toujours trouvé beaucoup d'allure dans ces combinaisons de pilotage. Elle sourit puis enfila méthodiquement ses bottes en prenant bien soin de mettre en place parfaitement les protections de carbone, comme elle le faisait depuis l'école de Dancing Bot, il y avait déjà tant d'années. Elle fit claquer ses sous-gants puis ajusta les protections de sa combinaison pour qu'elles n'entravent pas ses mouvements. Elle essuya la visière de son casque avant de l'enfiler. Puis elle mit ses gants, les raccorda aux manches et se posta une nouvelle fois devant le miroir, comme Abdel lui avait appris. Elle pouvait ainsi vérifier de visu l'agencement de son équipement. Tout était parfait. Elle se saisit du petit capteur de *flux* que Nelson lui avait donné. Comme le disait le chercheur, *il n'est pas garanti que cela fonctionnera, mais deux précautions valent mieux qu'une.* Elle était d'accord avec ça, elle aurait donc sous les yeux ce bidule pendant son show. Elle frappa plusieurs fois dans ses mains, fit quelques moulinets avec ses bras puis se détendit le cou.

« Paco, toi et moi, on va danser. »

Jean, son mécano, s'étonna de la forme particulière des inserts de protection. Maria les avait fait modifier par les techniciens de *DesignTech* afin qu'ils soient compatibles avec ceux de son Fighting Bot, au cas où. Et elle avait bien fait, car elle était à présent à l'aise dans les deux appareils.

« Putain, ils ont changé les inserts ? »

Maria arbora son plus beau sourire et lui répondit en essayant d'être la plus persuasive possible.

« Ouais, et c'est parfait, ça me laisse plus de souplesse dans les enchaînements rapides. »

Il ne releva pas et opéra les dernières vérifications. Lorsqu'il s'approcha de la jambe droite de Paco, il se racla la gorge pour attirer l'attention de Maria puis vérifia ostensiblement et plusieurs fois les deux rotules avant de lui adresser un clin d'œil. Elle pouffa de rire.

« Ah, tu as décidé de bien faire ton job cette fois ?

— Bonne chance Maria, fais-le danser ce robot, fais valser Paco, c'est tout ce qu'on te demande ! »

Ils se sourirent et Jean disparut dans le rack de stockage suivant. Maria huma les vapeurs de chaleur électrique et de liquide de refroidissement. Elle ferma les yeux et se laissa bercer par ces bruits qu'elle connaissait si bien : le claquement du métal qui s'échauffe, le suintement des fluides de lubrification, le ronronnement des séquences d'initialisation, le coup de fouet des sangles de maintien. Elle ajusta ses gants et se saisit des commandes. On lui demandait plus que de danser aujourd'hui. Sans doute beaucoup plus. Il faudrait qu'elle se batte. Mais elle se sentait prête, parfaitement prête. Elle sortit son téléphone et se connecta au compte de Nyx. Elle utilisa son pseudo LaPilote pour poster un message.

— Alors ma chérie, tu te caches où ? -

Lorie et Mohamed cheminaient lentement mais sûrement dans la foule. La console de contrôle des jeux de lumière et de la sonorisation du Colisée se trouvait au milieu de la tribune ouest. Ils avaient revêtu tous les deux une tenue de technicien *DesignTech* dont les tailles n'étaient pas vraiment ajustées. Mohamed peinait à ne pas la déchirer tant il y était à l'étroit et Lorie nageait dans la sienne comme dans un pyjama pour bébé. Elle montra son laissez-passer à un vigile et sentit son regard la détailler tandis qu'elle s'éloignait.

« Putain, on n'est pas crédible ! »

Mohamed se retourna et jaugea l'accoutrement de son amie.

« Non, en effet. Mais il faudra faire avec. Tu sais ce que disent les magiciens ? C'est ce que tu racontes qui est le plus important, pas ce que tu montres. »

Lorie fit la grimace.

« OK, je vais te laisser parler alors. »

Mohamed adressa un pouce brandi à Lorie et ils gravirent les dernières marches qui les séparaient de la porte du local technique.

« Bonjour, les gars, équipe *DesignTech*, on vient faire une dernière vérif ! »

Les deux femmes qui se trouvaient face à l'énorme pupitre de contrôle levèrent la tête de leurs écrans. Elles portaient un uniforme à l'effigie du Colisée. L'une d'elles portait une casquette décatie *AC/DC* que Mohamed trouva particulièrement stylée. La jeune femme fronça les sourcils sous sa visière et lui répondit en italien. Mohamed se tourna vers Lorie, qui haussa les épaules pour signifier son impuissance.

« Hello ladies » reprit Mohamed en sortant son sourire le plus charmeur « Sorry, we don't speak italian. But english, it's ok for us ! We are here for a final check, just one or two minutes. »

Il brandit son laissez-passer et avança vers le pupitre sans même attendre de réponse. La jeune femme réajusta sa casquette.

« Well, there is nothing left to check you know, we are here since very early this morning. And then, all is so clear for a very long time ! »

Elle bâilla bruyamment en finissant sa phrase, imitée par sa collègue.

« Yes, good job ladies, but still... », compléta Lorie en rejoignant Mohamed. Ce dernier avait discrètement connecté son téléphone au réseau local et transférait la playlist de ClapMan.

***

Nicolas sautait sur place, la manette de sa console de jeu à la main. Il n'en pouvait plus d'attendre. Il avait exécuté parfaitement tout ce que lui avaient demandé ses parents : sa chambre était mieux rangée que le jour de sa naissance, ses devoirs étaient faits pour les six mois à venir, le lave-vaisselle était vidé, ses chaussures étaient bien rangées dans le petit placard que son père avait construit dans l'entrée exprès pour cela, ses dents étaient lavées, sa douche était prise et ses cheveux étaient démêlés. Nicolas en était persuadé, ses parents ne pouvaient plus rien inventer pour retarder ce moment historique : celui où il jouerait à *ClapMan* en ligne pour la *Special Live Session* du show de Dancing Bot du Colisée de Rome. Nicolas chaussa son casque à micro et se posta bien en face de son écran.

« Les gars, vous êtes là ?

— *Ah, t'es là enfin ! Tu faisais quoi ?* »

Nicolas regarda par-dessus son épaule pour être certain que la voie était bien libre.

« Désolé les gars, mes parents ont viré psychopathes. J'ai raté des trucs ?

— *Ah bah tu pourras les mettre dans le même asile que les miens, je te donnerai l'adresse.*

— *Non, t'as rien manqué. Ils sont en train de charger la map.*

— Cool. Vous êtes à quel level ?

— *Trente-deux. Je l'ai passé hier soir. J'ai lutté comme un fou. Il a fallu que je sauve un bus entier de collégiens qui allait tomber dans la Seine, après il a fallu que j'empêche une collision entre deux bateaux-mouches, et tout ça sans oublier d'aller danser dans une maison de retraite et faire le clown dans une école maternelle !*

— Trente-deux ! Je suis bloqué à vingt-cinq depuis mercredi dernier. Je n'arrive pas à repeindre la tour Eiffel, ça prend des plombes et mes parents sont toujours sur mon dos à me dire d'arrêter de jouer ! »

Il y eut plusieurs éclats de rire dans les écouteurs de Nicolas. Il grimaça.

— *Vingt-cinq ? Mais tu vas te faire laminer mon gars, laisse tomber ! Nyx va t'exploser la tête !*

— *Ah ouais ! Regarde-le bien le Colisée, profites-en maintenant, parce que tu ne vas pas y rester longtemps !*

Nouveaux éclats de rire. Nicolas chercha quoi répondre, mais se résigna. Il se cramponna à sa manette et fixa l'écran en fronçant les sourcils.

— Qu'elle vienne Nyx, on va bien voir qui est le plus balèze, murmura-t-il.

***

Jonathan Barqueau n'avait pas bien dormi. Il s'était levé tôt, ce qui n'avait pas surpris sa femme, habituée à cela depuis que son mari avait été élu plus jeune président de la République il y avait une paire d'années. Il avait très vite disparu dans son bureau et demandé à ne pas être dérangé. Il fut rejoint une heure plus tard par Tom Drapper, son conseiller défense puis par Brice Braval, son chef de cabinet.

Le président contourna son bureau pour rejoindre ses conseillers. Comme à son habitude il s'installa dans le fauteuil qui leur faisait face, avala une gorgée de café puis reposa sa tasse en soupirant.

« Alors, où en sommes-nous ? »

Tom Drapper se racla la gorge « Nous sommes en place au Colisée Monsieur. »

Brice Braval s'avança légèrement « J'ai eu Minouche ce matin, son dispositif est déployé sur zone. Il n'y a plus qu'à attendre et qu'à croiser les doigts. »

Jonathan Barqueau faillit recracher sa gorgée de café.

« Minouche ? C'est comme ça que vous l'appelez ? Minouche ? Non, mais vous avez vu le gars ?

Son chef de cabinet garda son sérieux « C'est le nom de mon chat Monsieur le président.

— De votre... chat ? »

Le visage du conseiller afficha un sourire navré « On ne l'entend jamais arriver, Monsieur. C'est assez incroyable, vous êtes là sur le canapé et...

— OK, j'ai compris, ne vous fatiguez pas. Allons-y pour Minouche. »

Tom Drapper posa ses coudes sur ses genoux et joignit ses mains devant lui.

« Vous jouez beaucoup là, Monsieur le Président. Je continue de penser qu'une opération officielle aurait été préférable.

— Oui, je connais votre position sur le sujet Tom, nous en avons beaucoup discuté. Mais ce genre de situation est une première n'est-ce pas ? Nous n'avons jamais eu à gérer un risque comme celui-là. Donc il faut inventer des solutions, vous ne croyez pas ?

— Si Monsieur, mais...

— Donc nous inventons. Et, surtout, nous nous préservons. Si l'opération est une réussite, nous saurons dire qu'elle venait de nous. En revanche, si elle plante... vous voyez ce que je veux dire ? »

Le président se tourna vers son chef de cabinet. Celui-ci approuva d'un geste de tête.

« Rien ne permet de remonter jusqu'à vous Monsieur.

— Brice, il y a tout de même les six androïdes. »

Brice Braval se tourna vers le conseiller à la Défense.

« Rappelle-moi, nous les vendons à combien de pays dans le monde, ces machines ? »

Tom Drapper se laissa tomber dans le fond du canapé en soufflant.

« Plusieurs dizaines.

— Voilà. Ceux que Remy... euh Minouche utilise sont sortis de la chaîne de production avant le processus d'homologation. C'est simple : ils n'existent pas ! »

Jonathan Barqueau se leva et gagna la porte-fenêtre qui donnait sur les jardins arrière de l'Élysée.

"Quand commence la compétition ?

— En début d'après-midi Monsieur, répondit Brice Braval en adressant une tape amicale à Tom Drapper.

**

Anatole, Madeleine et Jeanne Deville, père, mère et sœur de Martin Deville alias *ClapMan*, étaient posés sur le grand canapé qui faisait face au grand écran mural de leur grand salon. Ce n'était, pour autant, pas la grande joie. Anatole serrait la main de sa femme entre les siennes, certainement plus fort qu'il ne l'aurait voulu. Madeleine connaissait assez son mari pour reconnaître cet état dans lequel il se mettait quand la peur prenait le dessus. Elle lui caressa le dos de la main. Elle aurait aimé trouver les mots pour le réconforter, mais ces mots lui manquaient aussi à elle-même. La gravité de la situation n'atteignait pas Jeanne. Du haut de ses six ans et dans l'univers qui était le sien, découvrir que son frère était un superhéros était tout simplement la plus belle chose qui pouvait lui arriver. Les évènements du jour étaient pour elle d'une simplicité infantile : son frère le héros collerait une raclée à Nyx la méchante puis son amoureuse gagnerait la coupe du Colisée. Cette journée était franchement la plus belle de sa courte vie. Et puis ce que Jeanne ne disait pas, mais que sa mère avait bien compris, c'est qu'elle entretenait secrètement l'espoir d'être elle aussi dotée de super pouvoirs. Après tout, ceux de son frère ne s'étaient révélés qu'assez tard, donc pourquoi pas ? Aussi était-il devenu assez habituel de retrouver dans l'appartement des traces d'expériences diverses dont les résultats, a priori, demeuraient négatifs : pot de confiture éclaté au sol, déguisements improvisés roulés en boule sous le lit, lattes de sommier brisées, sans compter les coups et bosses qui s'étaient mis à fleurir sur le petit corps de Jeanne depuis quelque temps.

Madeleine soupira. Entre la peur de son mari et l'excitation désordonnée de sa fille, elle s'était forcée à réfléchir. Et elle avait eu du mal, cette fois-ci, à se raisonner et à ne pas sauter sur son téléphone pour avertir la police. *Je suis ClapMan* avait balancé Martin comme ça, leur demandant de l'accepter et de le digérer en cinq minutes, avant de leur annoncer qu'il partait en guerre contre son alter ego diabolique.

Martin. Son Martin, son grand Martin, son grand fils, son fils aîné, ce monument de classe et d'intelligence, l'être sur terre à qui elle faisait le plus confiance. Parfait, il était parfait, et Madeleine le savait depuis sa naissance. Aucune fée ne s'était penchée au-dessus de son couffin – du moins pas en sa présence – mais Madeleine Deville savait très bien que son fils accomplirait de grandes choses. Ses amis avaient pu rire d'elle, lui dire que ses pensées étaient celles de tous les parents, aujourd'hui, les évènements lui donnaient raison : Martin restait Martin, ClapMan ou pas, masque et capuche ou pas, et il s'apprêtait à accomplir de grandes choses.

Avoir un enfant, c'était découvrir la vraie peur, l'avait-on averti. Eh bien voilà, elle y était.

***

Remy posa son ordinateur sur lequel *GoToNews* diffusait un flux d'information en continu. Il n'avait rien appris de plus que ce qu'il savait déjà : le stade du Colisée était plein comme un œuf, les rues de la capitale italienne grouillaient d'une foule joyeuse et le spectacle sur le praticable promettait d'être extraordinaire. Les jeunes et beaux journalises qui se succédaient à l'antenne n'avaient fait état d'aucun incident, d'aucun fait de violence. La situation, de ce point de vue, était calme et maîtrisée.

Il se connecta au compte de ClapMan mais il n'y avait rien de neuf depuis le fameux – *Toi, ta copine et son robot, je viens vous chercher. Nyx* – Il se redressa et se cogna une nouvelle fois à la poutrelle métallique qui soutenait le plafond de la cave dans laquelle il s'était installé. Il pesta, mais se rappela que c'était la seule solution qu'il avait trouvée. Il n'était pas question de débarquer au Colisée avec ses six androïdes noirs mats, armés et équipés pour un assaut lourd. Il n'était pas non plus question de stationner sur le parvis comme si de rien n'était. Le sous-sol de Rome était un vrai gruyère et Remy avait trouvé sans trop de difficulté ce réduit humide qui donnait sur une galerie murée débouchant dans les locaux techniques du Colisée. Le mur en question n'avait pas résisté bien longtemps à ses androïdes.

Remy se massa le crâne et avala son quatrième café de la journée. Les diodes de mise en veille des drones-soldats clignotaient faiblement dans la pénombre. Il vérifia que leurs batteries étaient bien chargées au maximum puis paramétra une nouvelle fois la portée de leurs armes. Il afficha sur son écran la ligne de commande qui définissait les priorités de son escadron *anti-Nyx*. Les capacités de tir lointain de ces engins étaient stupéfiantes, ils étaient capables de toucher une orange à plus d'un kilomètre et d'encaisser un recul huit fois supérieur à celui d'un soldat humain. Remy se souvenait de l'accueil que lui et son unité avaient fait à ces androïdes la première fois qu'ils avaient été déployés au combat. Lui et ses hommes avaient ri, s'étaient moqués, avaient gueulé sur le gaspillage d'argent public puis avaient ensuite proposé un duel homme-machine pour clore le débat. Au dixième affrontement remporté par les drones, les rires avaient cessé. Remy, lui, avait souri. Programmer pour tuer n'était pas si difficile finalement. Il se souvint qu'une chose l'avait taraudée à l'époque : pourquoi avoir construit des drones à forme humaine quand il paraissait plus simple et efficace de créer des engins évoluant à quatre pattes par exemple ? Le technicien l'avait regardé droit dans les yeux avant de répondre le plus sérieusement du monde : *pour faire peur, Monsieur l'Officier, tout simplement pour faire peur.*

Dans sa cave romaine, Remy devait se rendre à l'évidence, les six silhouettes humanoïdes qui ronronnaient dans la pénombre étaient effectivement impressionnantes. Une épaisse armure de protection articulée protégeait une structure faite de pivots, de charnières et de crémaillères taillés dans la masse des métaux les plus nobles. Le réseau d'alimentation était noyé dans le corps des éléments, tout comme les gaines de refroidissement et des fluides de lubrification. À côté de l'une de ces machines, un Dancing Bot semblait dater du moyen-âge. Tout était pensé, dessiné et réalisé dans un souci d'efficacité et de rendement maximum. Les corps métalliques musculeux étaient surmontés d'une tête au profil acéré dont le pourtour était percé des douze minuscules objectifs permettant une vision en trois dimensions et à trois cent soixante degrés. Ces androïdes dégageaient une impression de puissance racée et définitive. L'idée des concepteurs tenait en une phrase : une fois programmés, ils ne pouvaient pas perdre.

Ce jour-là, cette belle idée était également celle de Remy. Il enfila sa tenue de combat puis pensa à Harry. Son ami. Son compagnon de galères et de victoires. Mort à cause d'Elle. Elle qui depuis ce jour funeste, hantait ses nuits, ses cauchemars de culpabilité et ses rêves de revanche. Mais Rémy était près. Et il irait, si c'était nécessaire, jusqu'au bout.

***

« Laura, tu es prête ?

— ...

— Laura, tu es là ?

— ...

— Nyx, tu m'entends ?

— *Je t'entends.*

— Tu es prête ?

— *Oui.*

— On y va ?

— *Oui, allons-y.* »

37
Colisée

Fujimi Shitomi venait de livrer un show d'ouverture ahurissant. Elle et son robot, rebaptisé *R-R* depuis le départ à la retraite de sa sœur Iro, honoraient de la plus belle manière leur titre de championnes du monde. Maria avait été impressionnée par l'audace de la jeune pilote de seize ans, et notamment par un saut effectué sans l'appui d'un pad, mais qui était tout de même monté à quelques mètres seulement de la limite réglementaire. Elle stationna Paco devant le sas d'accès au praticable, verrouilla ses articulations et enclencha le mode *repos*. Le robot se tassa sur lui-même tandis que le ronronnement de ses moteurs diminuait.

« Abdel, Jean, vous avez vu ça ? Comment a-t-elle fait ?

— *Pas de panique Maria, je te rappelle que cette compétition est réservée aux pilotes européens, Fujimi assure le show, c'est tout.*

— Non, mais Abdel je te parle du saut central ! Jean, c'est quoi ce bordel ? Vingt-cinq mètres sans l'aide d'un pad ?

— ...

— Jean !

— *Je ne sais pas Maria, ils doivent avoir de nouveaux servomoteurs ou de nouvelles batteries, ou les deux. En tout cas, Fujimi a dû morfler pour encaisser une accélération pareille.*

— Ça, c'est mon problème ! Le tient, c'est de nous trouver comment un Dancing Bot peut bondir comme ça et nous mettre dix mètres dans la vue ! Appelle les fournisseurs, regarde les vidéos, espionne leurs mécanos, démerde-toi !

— *Maria calme-toi.*

— Que je me calme Abdel ? OK, je vais me calmer, mais si le robot portugais ou grec me met dix mètres, je te préviens, je fais un scandale !

— *Oui pour ça je te fais confiance. Concentre-toi au lieu de gueuler, c'est ton tour dans moins de trois minutes.* »

Maria serra les dents pour ne pas répondre. De l'autre côté du sas, le décompte macabre des pilotes morts en compétition faisait vibrer les fondations du gigantesque complexe. La foule s'était tue, contrite dans une posture faite de respect, de crainte et d'excitation. Cette séquence demeurait compliquée à vivre pour tous les pilotes. Et d'année en année, cette épreuve était de plus en plus longue. Maria ferma les yeux pour rester concentrée.

Le présentateur hystérique annonça enfin *The Magic One*. La foule reprit son souffle et scanda son nom puis celui de Paco. Le sas s'ouvrit lentement. Un vent léger caressa le visage de Maria. Elle sentit Paco frémir lorsqu'elle posa ses mains sur les commandes. Elle fit un pas, puis deux. Et elle fut happée.

La cavité monumentale du Colisée la goba comme un insecte. L'immensité de la structure, la hauteur des parois grouillantes, les projecteurs rivés sur elle comme des soleils, et le bruit, le bruit assourdissant et caverneux des cent mille spectateurs qui tapaient dans leurs mains et frappaient le sol des tribunes avec leurs pieds : tout était hors norme dans cet endroit, dans ce moment. Dans la tête de Maria, tout était balayé, elle ne pensait plus, elle ressentait. Son corps frissonnait de peur et d'émotion, vibrait aux coups de tonnerre qu'étaient devenus les applaudissements de la foule. *The Magic One*, le duo qu'elle formait avec Paco, continuait de marcher vers le centre du praticable presque malgré elle, comme s'il connaissait le chemin, blasé des cris et des jeux de lumières. Le présentateur déblatérait un discours sans intérêt, Maria voyait ses lèvres bouger, mais elle ne l'entendait pas. Lorsque les projecteurs de suivi la délaissèrent au profit du sautillant personnage, Maria eut un deuxième choc. Dans les tribunes qui s'évasaient jusqu'à toucher le noir de la nuit, les cent mille spectateurs avaient accroché un *MoodPad* sur leur vêtement et étoilaient l'amphithéâtre d'une constellation chaude et scintillante.

« Putain de bordel de merde », lâcha Maria malgré elle. Elle tournait la tête dans tous les sens, oubliant qu'au-dessus d'elle Paco reproduisait à l'identique ses mouvements.

« Maria, ce n'est pas l'entrée en scène que nous avions prévue ! The Magic One ressemble à un môme qui vient de perdre ses parents ! »

La phrase d'Abdel lui fit l'effet d'un électrochoc. Elle se saisit des commandes du robot à pleines mains et lui fit faire une série de mouvements de hip-hop que le public ne tarda pas à rythmer de ses applaudissements. Elle conclut par un moonwalk puis par un flip qui vint la placer au beau milieu du praticable, en plein centre du Colisée. Tandis que les faisceaux lumineux convergeaient à nouveau vers elle et que la musique d'ambiance déclinait au profit d'un silence qui annonçait le lancement de sa playlist, Maria connecta son *Kordon*.

« Les amis, vous êtes là ?

— *Où veux-tu que nous soyons ?* » lui répondit Martin. Maria sourit.

« *Mince, j'ai oublié d'aller aux toilettes. Maria, tu peux attendre une seconde ?* »

Cette fois, Maria éclata de rire. Paco se secoua à l'identique.

« Vas-y Théo tu me dis quand tu as fini. »

Elle entendit ses amis rirent et cela lui fit du bien.

« Pas de trace de ma copine ?

— *Ici Nelson, non, capteurs à zéro. Bonne chance, Maria.* »

Elle consulta le capteur qui se trouvait sous ses yeux. Son aiguille était en effet sagement allongée en position initiale.

Tous les projecteurs s'éteignirent quelques secondes puis la musique débuta par un riff de guitare qui perfora le Colisée de sa plainte agressive. The *Magic One* se ramassa sur lui-même et lorsque les coups de tonnerre des cadences de basses compressèrent l'atmosphère, il bondit. Contre toute attente, la chorégraphie ne débutait pas par les habituels entrechats et les pirouettes fouettées. Rien n'était gracieux dans l'attitude du robot : il courait vers les tribunes à une allure insensée, ses pieds martelaient le praticable et il projetait tout son poids vers l'avant comme s'il allait perforer les trois premières rangées de sièges. À quelques mètres et au moment précis où la musique opérait un sursaut, il prit appui sur la limite de la piste et se projeta vers le premier pad. Les spectateurs qui se trouvaient dans *l'Immersion Zone* levèrent les bras pour tenter de toucher le robot. Ce dernier percuta le pad de ses deux pieds joints et fut propulsé dans le sens inverse le corps bien tendu et les bras en croix. Il plana ainsi jusqu'au deuxième pad, sur lequel il rebondit après avoir opéré un saut périlleux vrillé qui le repositionna face au public. Il monta très haut. L'espace d'un instant, les faisceaux des projecteurs de suivi formèrent une gigantesque étoile au centre de laquelle *The Magic One* n'était plus qu'un minuscule insecte métallique. Lorsqu'il atteint le sommet de sa parabole, la musique marqua une pause puis le cri d'une guitare accompagna sa chute élégante jusqu'au centre de la piste.

Maria tira les commandes à elle, écarta légèrement les jambes de son robot et se prépara à l'impact en se cramponnant à ses deux joysticks de commande. Paco encaissa la charge mieux qu'elle. Lorsque les puissantes articulations sollicitèrent les servomoteurs pour absorber l'énergie de la chute, Maria fut un peu sonnée. Mais elle s'y était préparée. La musique marqua une nouvelle pause pour laisser le public s'exprimer. Le stade s'embrasa de cris et de hurlements. Les dizaines de milliers de *MoodPads* brillaient de satisfaction. La musique reprit, agressive et guerrière. Maria salua la foule puis biaisa son salut pour amorcer un long enchaînement de figures de hip-hop nouées entre elles par des éléments de danse classique. L'alternance de gestes saccadés et déstructurés et la fluidité travaillée et harmonieuse d'autres mouvements étaient d'une magnifique cohérence. Paco semblait avoir été conçu et dessiné pour cette chorégraphie. Rien ne paraissait forcé ou artificiel. Il se dégageait de la longue diagonale qu'opéra *The Magic One* une sensation de beauté évidente et de grâce naturelle saisissante.

Maria stoppa son robot à quelques centimètres de la limite autorisée. Elle effectua une pirouette pour replacer Paco dans le bon sens puis tira énergiquement les commandes à elle tandis qu'elle inclinait le corps pour provoquer un déséquilibre. Lentement, le robot bascula en avant. La foule hurla. Avant qu'il ne heurte le sol, Maria plia les jambes, courba le dos et tendit ses bras. *The Magic One* effectua une première roulade, puis en enchaîna plusieurs autres. Il prit de la vitesse dans ce mouvement de rotation jusqu'à rejoindre le bord opposé de la piste. Lorsqu'il y parvint, Maria poussa les commandes devant elle le plus loin qu'elle le put. Paco se détendit comme un ressort et se projeta jusqu'au plus gros des pads. Maria sentit la structure de son robot se détendre. Elle effectua une vrille pour se repositionner dans le sens de la marche puis s'appliqua à faire ce qu'elle savait faire si bien : percuter le pad *25* en plein centre. C'était son moment favori, celui qu'elle attendait, le sommet de sa chorégraphie, promesse sans cesse renouvelée d'une nouvelle dose de sensations maximales.

Mais lorsque les deux pieds de Paco frappèrent la mire, la partie supérieure de sa visière vira au rouge.

Sur le capteur de *flux*, l'aiguille avait bondi.

***

Nicolas s'enfonça dans le canapé du salon et réajusta son casque.

« Les gars, y'a un bug dans le jeu, j'ai un gars qui s'avance tout seul sur la piste du Colisée ! Eh, mais attendez, il est en… caleçon ! Le gars est caleçon !

— *Ah ouais ! Pareil ! Je le vois aussi, ce n'est pas un bug mec !*

— Mais qu'est-ce qu'il fout là ?

— *Rien à foutre, je vais dézinguer ce taré masqué !*

— Fais gaffe gars, on ne sait pas qui c'est, ce type !

— *Eh, je n'y crois pas, je ne peux pas l'atteindre ! Y'a une espèce de truc qui le protège !*

***

Martin délaissa son écran de contrôle et s'avança jusqu'à la barrière de sécurité. De là où il était, il avait une vue panoramique sur tout le complexe. Maria avait immobilisé son robot après son dernier saut. Un point minuscule avançait vers elle. Ce n'était pas Laura, c'était un homme. Il avançait vêtu d'un simple caleçon, le visage dissimulé derrière un masque vénitien au long nez. Les alarmes de sécurité se déclenchèrent en même temps que furent libérés une flopée d'agents qui se précipitèrent vers la silhouette. La voix de Théodore grésilla dans les écouteurs de sa capuche.

« *Martin, tu vois ce que je vois ?*

— *C'est qui se type ? J'ai la visière rouge les gars, mon capteur s'affole !*

— *Ici Nelson, les capteurs du flanc ouest indiquent une activité du flux. Elle arrive. Préparez-vous.* »

Martin ne bougeait pas. Il continuait de scruter la scène avec attention. Un des agents de sécurité posa sa main sur l'épaule du gars, mais se figea. Son corps entier s'immobilisa en équilibre sur sa dernière jambe d'appui, tendu dans son effort, saisi dans son élan. Seule sa tête resta mobile, elle tournait de tous les côtés, le regard paniqué. Le même sort fut réservé aux autres agents de sécurité et bientôt l'homme en caleçon se retrouva entouré d'une douzaine de gardes statufiés. Il éclata d'un rire qui résonna dans toutes les enceintes du stade et couvrit les cris d'une foule dont l'enthousiasme se muait peu à peu en interrogation.

***

Théodore regardait les lignes de codes qui défilaient sous ses yeux. L'application fonctionnait parfaitement. Les flux d'images générés par les caméras du Colisée étaient traités en temps réel et synthétisés pour offrir aux joueurs une réplique exacte de ce qui était en train de se passer dans la réalité. Et précisément, ce qui se passait sous ses yeux n'était pas vraiment compréhensible. Il opéra une dérivation des données générées par les actions des joueurs connectés et demanda un aperçu rapide des principaux mouvements tentés par ces derniers. Ce qu'il observa ne le rassura pas vraiment. Il porta la main à son *Kordon*.

***

« *Martin ne tente rien, notre baigneur est protégé par quelque chose... une sorte de bouclier.* »

Martin ne quittait pas le drôle de gars des yeux.

« OK, tiens-toi prêt. On va lancer la charge, on ne peut plus attendre. »

Sur la piste, Maria manœuvrait *The Magic One* pour le rapprocher du sas de sortie le plus proche. Elle était sur le point d'y parvenir lorsqu'elle et son robot se figèrent à leur tour. Cela décida Martin. Il abaissa le masque de ClapMan sur son visage et jeta un œil aux tribunes du stade. Les *MoodPads* verts fluo s'éteignaient peu à peu, ou viraient à l'orange. Il devait agir. Laura n'était ni identifiée ni localisée, mais tout ceci portait sa marque.

« Théo, envoie la sauce. »

***

Fatou et Mohamed sursautèrent quand les premières notes de la playlist sur laquelle ils avaient travaillé toute la nuit ébranlèrent l'atmosphère. Les pulsations secouèrent les cent mille spectateurs comme des poupées de chiffon. Ils vibraient comme résonnait toute la structure du Colisée, à l'unisson d'un rythme puissant qui ramenait chacun à l'essence de ce qu'il était : un cœur qui battait. Qui battait encore. Et qui battait, à cet instant, plus fort.

Et le stade prit vie. Il se mit à battre lui aussi, secouant son squelette de carbone et d'acier, irriguant ses travées d'un fluide festif, vrombissant d'envie et de plaisir. Martin s'avança. Un faisceau de lumière l'illumina, puis un deuxième, puis la totalité des projecteurs de suivi convergèrent vers lui et le placèrent au milieu d'une rosace de lumières. Il leva les bras en l'air et la foule se mit à scander son nom.

Le flux.

Brut.

Total.

Martin dut abaisser ses bras et se cramponner à la rambarde pour l'encaisser. Il n'était pas seulement puissant, il était continu. La difficulté n'était plus de le susciter, mais de le dompter. Martin devait être à sa hauteur pour le convertir en actes, en actions, en pouvoirs. Le plaisir qu'il ressentait était immense, mais il ne devait pas s'en contenter. Il lui fallait agir, faire, produire.

Être à la hauteur.

Martin s'éleva et monta jusqu'à disparaître dans la nuit qui entourait le stade. Le Colisée n'était plus qu'un disque sous ses pieds, une soucoupe verte vivante couronnée d'un diadème de lumière dont il était le sommet.

Alors il se laissa tomber et percuta le praticable à quelques mètres de l'homme en caleçon. L'effet de souffle balaya la casquette des agents de sécurité dont les têtes posées sur des corps figés continuaient de lancer des regards terrorisés. D'un geste, Martin les libéra. Les douze hommes s'effondrèrent en gémissant puis détalèrent. Il jeta un rapide coup d'œil aux alentours et constata que les portes d'accès à la piste étaient bloquées. À travers les baies de contrôle, Martin pouvait deviner les silhouettes des gardiens qui s'échinaient en vain à les ouvrir : une force inconnue les maintenait fermées et cela convenait très bien à Martin. Il se concentra sur le gars à moitié nu. Ce dernier n'avait pas bougé. Sous son masque au long nez recourbé, il le fixait en souriant. Martin s'avança vers lui. Il y avait bien une curieuse barrière qui ondulait devant lui mais Martin la balaya d'un claquement de doigts.

« Où est-elle ? Où est Laura ? »

L'homme rigola.

« Je ne vois pas de qui tu parles.

— Celle qui nous fait son petit manège, celle qui est derrière tout ça. T'es qui toi d'ailleurs ? Sa marionnette ? »

L'homme avança vers Martin et se mit à tourner autour de lui. Il marchait d'un pas confiant, ne paraissait pas impressionné le moins du monde et dégageait une assurance qui surprenait Martin.

« C'est toi qui me parles de marionnette, gamin ? Toi et ton déguisement de skateur ? Toi et ta bande de guignols ? Toi et ta morale à deux balles ? Il est sympa ton petit show, elle est pas mal ta musique. Tu as vu, ils ont l'air contents tous là, agglutinés pour voir des robots danser ! »

Il s'interrompit pour embrasser le Colisée d'un geste ample. Martin l'immobilisa et le traîna jusqu'à lui d'un geste. Dans les tribunes, la foule continuait de s'enthousiasmer pour ce qu'elle pensait être le début d'une représentation théâtrale.

« Arrête tes conneries, où est-elle ? Où est Laura ?

— Nyx est partout, mon grand, nichée au fond de nous, dans nos peurs, dans nos angoisses et dans notre colère ! Tu ne peux rien contre elle. Personne ne peut rien contre elle. Tu peux remballer ta musique et tes sentiments liquoreux. Regarde-moi, je suis sous sa protection, je n'ai besoin de rien, je n'ai besoin de plus rien. Je suis à poil devant elle, comme nous le sommes tous. Il va falloir vous y faire. »

Et il pouffa de rire. Martin sentit son emprise sur lui faiblir. L'homme se détourna et marcha droit vers Maria, prisonnière de son robot pétrifié. Martin bondit, s'éleva dans les airs et vint raser le public d'un long vol en ellipse. Ce dernier s'embrasa, adressant à Martin une nouvelle vague de *flux*. Il se concentra sur l'homme en caleçon et voulut se saisir de lui à distance pour l'éjecter hors du Colisée. Mais il n'y parvint pas. L'homme dévia à peine de sa trajectoire, lui adressa un petit geste amusé et continua de marcher vers Maria.

"On a un problème, je suis gorgé de flux, mais je n'arrive pas à m'emparer de ce gars !

— *Ici Nelson, les capteurs de flux sont au taquet sur toute la zone ouest, elle est là-bas, elle le protège !*

— Mais comment est-elle aussi puissante ?

— *Ici Théodore, je n'ai rien sur les caméras, elle se planque !*

— Trouvez-la ! Je ne peux rien faire si vous ne la trouvez pas !

Martin termina son vol par un long dérapage qui le plaça entre Maria et le gars en caleçon. Cette dernière, impuissante, avait les larmes aux yeux, mais ce n'était pas de la peur, c'était de la rage. Cette vision terrifia Martin. Elle avait perdu le contrôle d'elle-même, elle alimentait Laura, chargeait son ennemie et l'armait contre lui. Martin se propulsa jusqu'au robot, remonta sa visière et planta son regard dans celui de sa petite amie.

« Maria regarde-moi ! »

Ses yeux mouillés le fixèrent.

'Maria, il faut que tu reprennes le contrôle de toi-même. Tu sais très bien ce qui est en train de se passer. Je t'en supplie mon amour, ferme les yeux, entend la musique, laisse-toi entraîner, retrouve l'espoir, ne te laisse pas envahir.

— J'essaye, putain j'essaye…, siffla-t-elle les lèvres serrées comme un piège à loups.

« Oh oui, c'est très bien d'essayer ! Il faut toujours essayer ! C'est tellement beau, l'espoir ! » ironisa l'homme masqué à quelques mètres d'eux. Martin fit volte-face et serra les poings. Le masque au long nez oscilla pour marquer sa désapprobation.

'Ah non, là tu n'essayes pas mon grand, tu renonces ! Regarde comme tu te laisses toi aussi envahir par la rage, c'est tellement facile !

— Où est-elle !! hurla Martin.

« Ah non, ce n'est pas la bonne question, navré. Essaye encore. »

Martin n'était plus maître de lui-même, il le sentait. Il était tétanisé. Il avait peur pour elle. Le masque ricana.

"Non, tu ne veux pas essayer autre chose ? Pourquoi ne cherches-tu pas à voir les choses plus intelligemment ?"

La voix chaude de Nelson résonna dans ses écouteurs : *"Pourquoi, Martin, demande-lui pourquoi."*

Martin déglutit et parla de la voix la plus neutre possible "Pourquoi faites-vous ça ? Que voulez-vous ?"

L'homme au masque frappa dans ses mains "Ah bah voilà ! Nous y sommes ! Parlons de ce que nous voulons ! Non, soyons plus précis, je ne suis qu'une marionnette après tout n'est-ce pas ? Parlons de ce que *Nyx* veut."

— Que veut-elle ? Accouche !!'

La foule continuait de battre des mains en cadence, mais commençait à s'impatienter. De nombreux *MoodPads* viraient à l'orange. L'homme en caleçon marcha jusqu'à *The Magic One*. Le robot se plia en deux comme un vulgaire pantin en carton, ses articulations inférieures explosèrent. L'homme posa alors son index sur le haut du casque de Maria.

« Oh, c'est assez simple. C'est elle que nous voulons. C'est *elle* que Nyx veut. »

Martin ne s'était pas préparé à ça. Se battre, il pouvait le faire, se gorger de *flux*, développer ses pouvoirs, faire preuve d'imagination, s'appuyer sur les cent mille spectateurs présents, mettre une raclée à cette Nyx et en finir une bonne fois pour toutes avec cette histoire de fou, il s'en sentait capable. Il en avait envie même, et le plaisir que le *flux* diffusait dans ses veines n'y était pas étranger. Mais son ennemie n'était pas face à lui, elle se terrait quelque part et menaçait directement Maria. Il recula sans quitter des yeux le rictus provocateur qui soulignait le nez crochu du dingue en caleçon. Il cherchait une idée, mais ses mots avaient résonné aux oreilles de Martin comme une promesse en forme d'impasse. Lui, ClapMan, n'était plus le centre des enjeux. Nyx en voulait à Maria et c'est à elle qu'elle comptait s'en prendre. Et ensuite ? Qu'arriverait-il ensuite ? Qu'exigerait-elle ensuite ?

L'homme tapota à nouveau sur le haut du casque de Maria.

« Oh tu n'aurais pas dû t'en prendre à elle ma chérie, quelle erreur tu as commise, si tu savais. »

Maria leva les yeux vers lui, le visage figé dans une expression de peur et de tristesse absolues. Son assurance et sa hargne avaient disparu, elle n'était plus rien qu'une gamine promise à une fin dont elle n'aurait jamais supposé une telle précocité.

« Je vous en supplie... » murmura-t-elle en réfrénant un sanglot qui inonda à nouveau son regard. L'homme affichait toujours le même sourire.

« De quoi me supplies-tu, mon enfant ?

— Arrêtez ça immédiatement ! » hurla Martin.

Le long nez noir se détourna lentement de Maria et pointa à nouveau vers lui.

« Ah bon ? Et sinon quoi ? Je vais te dire mon grand, si tu ne me livres pas ta copine, pas un seul des tarés présents dans ces tribunes ne sortira vivant de cette arène bidon ! Tu m'entends ? Pas un seul ! »

Martin bondit et voulut arracher le masque du visage de l'homme. Son geste se fracassa contre une barrière invisible. Il grimaça de douleur. L'autre rigola en secouant la tête. Martin se redressa.

« Et après, vous allez faire quoi après, hein ? » hurla-t-il « C'est quoi la suite de votre programme ? Vous voulez quoi ? Tuer, encore tuer ? Cent mille, ce n'est peut-être pas suffisant, hein ? Et si on essayait un million, ou même deux millions ? Ta

Nyx dont tu es si fier se nourrit de la haine et de la colère des gens, comment cela va-t-il finir ? Comment vas-tu l'aider à sortir de cette spirale de mort ? »

Une agitation commençait à naître dans les gradins du Colisée. La scène qui se déroulait sur le praticable était trop longue. Il se passait quelque chose, cela devenait évident pour un nombre croissant de spectateurs. Certains manifestèrent leur inquiétude en affichant une couleur sombre sur leur *MoodPad*, une vague de noir et de pourpre déferla sur la constellation qui illuminait le stade. La musique s'interrompit et le brouhaha festif céda sa place à un murmure diffus. Ce changement radical d'ambiance n'avait évidemment pas échappé à Martin dont *le flux* venait de dégringoler de façon spectaculaire. Il se concentra sur la montre connectée à son poignet pour drainer le *flux* du réseau, mais cette source était trop faible. Le sourire de l'homme au masque avait muté en un rictus agressif.

« C'est elle qui va m'aider, et non l'inverse espèce de crétin. Elle va m'aider à remettre un peu d'ordre sur cette planète de fous. Regarde-toi dans toutes tes certitudes d'homme occidental qui ne doit son salut qu'à une croyance aveugle en une morale biaisée et viciée ! Ouvre les yeux et affronte la réalité bien en face, ta petite existence est déjà construite sur des millions de morts passés et à venir, ne le vois-tu pas ? Ou refuses-tu de l'accepter ? »

L'homme s'avança et pointa cette fois son index directement sur le torse de Martin.

« Il est là mon grand, le plan ! La vision ! L'idée maîtresse et le génie de tout ça ! Nous allons faire table rase en inversant le rapport de force, voilà ce que nous allons faire ! Le monde que tu connais va s'auto consumer dans sa propre peur, mourir de ses craintes, de sa rage et de sa colère ! Ensuite, nous reconstruirons quelque chose de plus propre, si tu vois ce que je veux dire. »

Martin était sonné. Il laissa son regard rebondir dans les gradins, à la recherche d'un ancrage, de la moindre chose qui lui permettrait de se remettre les idées à l'endroit. Il se sentait totalement dépassé par les enjeux avancés. Ce gars était aussi dingue que sa copine planquée quelque part dans les bas-fonds de cet endroit hors norme.

Le Colisée était à présent ourlé d'un rouge sombre. Un premier mouvement de foule agita la tribune nord, des cris de panique résonnèrent dans le vide glacial puis le mouvement se propagea jusqu'à secouer toutes les tribunes. Martin comprit que les portes des tribunes étaient bloquées elles aussi. Quelques spectateurs tentèrent d'enjamber le fossé qui délimitait la piste, mais ils se cognèrent à un mur invisible. Martin eut soudain peur qu'une panique générale pousse certains à des actes fous. Il pensa à tous les enfants présents.

« Il y a des enfants et des familles dans ce stade, laissez-les sortir.

— Personne ne sort. Il lui faut un public. Et les enfants, c'est parfait, facile à terroriser, facile à manipuler, les parents suivront, ne touchons à rien. Revenons à notre discussion s'il te plaît. Ta petite guerrière planquée dans son robot en tutu, tu nous la donnes sagement ? Nyx en a besoin, tu le sais.

— Comment ça, besoin ? Je suis là moi, c'est le plus important, non ?

— Ah, mais non, vois-tu, lors de leur premier affrontement, ta ballerine a pris Nyx par surprise, ce n'était pas vraiment correct. Corrigeons cela par une deuxième manche dans les règles. Un bel affrontement au centre de ce merveilleux stade, et ce combat sera un premier message, un bel exemple. Les gens s'en souviendront, je te le promets. Tu sais, je vais être honnête avec toi, j'attends ta réponse, mais ce n'est que politesse. Ce combat aura lieu, que tu le veuilles ou non. La question est donc plutôt la suivante : souhaites-tu y assister ? »

Martin n'était pas dupe de la menace à peine voilée que contenait cette annonce. *Le flux* était devenu si faible, que pouvait-il tenter ? Ses écouteurs restaient silencieux, ses amis ne lui proposaient pas davantage de solutions. Il pensa à Camille. Où était-elle à cet instant ? Elle avait eu raison de tourner le dos à cette folie. Ses écouteurs grésillèrent.

'Martin, ici Nelson. Les capteurs sont devenus fous, ils n'encaissent plus la charge. Je ne sais pas quoi te dire.

— *Je ne la trouve pas Martin, cette fille est un fantôme*, annonça la voix de Théodore, au bord des larmes.

Les sangles de Paco se détachèrent une par une et libérèrent Maria qui tomba à genoux sur le sol. Une trappe s'ouvrit au centre du praticable et libéra son Fighting Bot. Elle leva les yeux vers lui et essuya ses larmes d'un revers de manche. Martin courut vers elle et lui passa le bras autour des épaules pour l'aider à se redresser. Il se saisit de son visage entre ses mains et voulut la regarder dans les yeux, mais son regard n'était pas fuyant, il était fixe et vide. Elle renifla et s'essuya à nouveau les yeux avant d'écarter Martin d'un geste du bras.

« Maria, je suis… »

Mais aucun mot ne lui vint, car aucun n'était à la hauteur. Elle ne le regarda pas et marcha vers son robot de combat. La foule du Colisée s'apaisa. Il se passait quelque chose sur le praticable. Tous les regards convergèrent vers Maria. Un projecteur, puis un deuxième soulignèrent sa silhouette hésitante de deux longues ombres croisées. Maria releva la tête et fixa ses yeux sur le poste de pilotage de l'engin. Sur sa droite, une timide salve d'applaudissements enfla et se propagea à tous les gradins du premier puis du deuxième balcon. Qu'avaient compris les spectateurs ? Quels espoirs fous plaçaient-ils en elle ? Que leur promettait-elle sinon un dernier spectacle perdu d'avance ? D'où leur venait cet espoir ? Ce fol espoir, illogique, irraisonné, absurde et beau ? Beau, oui, beau, si beau. Maria força l'allure, portée par le ronflement des applaudissements qui mua en un tonnerre sombre et métallique quand elle prit place aux commandes de *Harry*, son robot de combat tout juste baptisé, son bijou, sa lame acérée vouée à la mort. Et à la victoire.

"Théo, balance la musique.", murmura-t-elle.

Et le stade se mit à battre à nouveau. Le vert supplanta le rouge sombre sur les *MoodPads*. Maria planta ses chaussures sur les plateformes d'appuis inférieures et prit une profonde inspiration avant de commander un couplage des sangles le plus serré possible. Elles claquèrent sur sa poitrine, sa taille et ses avant-bras, s'ajustèrent avec exactitude aux protections de sa sous-combinaison. Elle empoigna avec fermeté les commandes et lança le processus d'initialisation. *Harry* se cabra puis chacune de ses articulations fluidifia ses mouvements par quelques allers-retours rapides. Enfin, la visière de Maria claqua sur sa mentonnière. Elle était prête. *Harry* et elle étaient en place.

Les applaudissements n'avaient pas faibli, mais Maria réussit à les faire redoubler lorsqu'elle exécuta quelques figures de hip-hop qui vinrent la placer bien en face de l'homme en caleçon. Ce dernier exultait.

"Magnifique, c'est magnifique !"

Maria parvint à le saisir à la gorge et le décolla du sol.

"Arrghhh" gémit-il, mais il n'y avait aucune panique ni aucune peur dans ses yeux.

"Touche-moi, et ce sont cent mille personnes qui meurent !" lui cracha-t-il au visage. Maria se força à sourire. Elle desserra son étreinte et l'homme tomba aux pieds d'*Harry* en chancelant. Il réajusta très vite son masque et s'éloigna de quelques pas en frappant des mains d'excitation.

"Ça va commencer, ça va commencer !!"

Sur les écrans du stade, le symbole de Nyx apparut en rouge sur fond noir, énorme et hypnotique. Des cris s'élevèrent dans la foule. Des enfants se mirent à pleurer, étreints dans les bras de leurs parents dont les regards paniqués balayaient à présent les immensités d'un Colisée qui s'assombrissait à nouveau.

Martin ne quittait pas Maria des yeux. Il n'avait pas bougé, ses pensées n'étaient plus qu'un entrelacs de noir et d'impasses, de renoncements et d'idées absurdes qui le menaient à une conclusion qui ne cessait de s'imposer à lui, toujours plus douloureuse : il était piégé, réduit à l'inaction. Il serra les poings et fit un effort énorme pour ne pas se laisser déborder par la montée des larmes qui menaçait de noyer son regard. Il voulait voir, continuer de voir, spectateur parmi les cent mille autres, voir la fin de celle qui était devenue tellement importante pour lui, si vite et si intensément. Il sursauta quand la voix de Théodore déchira la bulle de néant dans laquelle il venait de s'enfermer.

***

"*Je ne peux rien faire, je ne sais pas d'où vient le signal, je n'ai rien sur les serveurs, ils ont pris le contrôle des écrans, des projecteurs, de tout ! Mais je ne sais pas comment, c'est de la magie !*

— *Coupe le réseau Théo, débranche tout !"* hurla Mohamed.

***

Denis Delbier se dressa et tapa des deux poings si fortement sur le pupitre de sa loge qu'il le descella de son socle. Sur son écran, l'indice de connexion au réseau venait de virer au rouge, comme il l'avait prévu. Il sentit une goutte de sueur perler sur sa tempe. Avaient-ils agi trop tard ? Cette Nyx se gorgeait d'énergie par le réseau, Denis le savait depuis les incidents de la Défense, mais la priver de cette source suffirait-il ? Son nom continuait d'occuper tous les affichages du stade. Les *MoodPads* viraient à un rouge de plus en plus sombre, ce n'était pas bon, pas bon du tout.

"Ma fille, où es-tu ?" lança-t-il dans son *Kordon* sans parvenir à dissimuler son angoisse.

— *Je suis là papa, je suis avec Mohamed.*

— Mettez-vous à l'abri, soyez prudents… Faites attention, je veux dire…'

Denis s'interrompit et se plaqua les mains sur le visage. Il voulait lui dire de fuir, il voulait leur dire à tous de fuir. La panique s'emparait de lui, il le sentait. Ces enjeux-là, il ne savait pas les gérer. Sa fille, sa propre fille, son unique fille était en danger. Et c'était insupportable.

***

Le téléphone de Nelson vibra. Mécaniquement, sans quitter son ordinateur des yeux, il le sortit et répondit.

« *Nelson que se passe-t-il ?* »

La voix de Christine. Il cligna des yeux plusieurs fois et resta un moment à regarder son visage sur l'écran de l'appareil.

« *Nelson, tu m'entends ? Tu es là ? Que se passe-t-il ?*

— Je suis là mon amour.

— *Qu'est-ce qui se passe, je suis devant GoToNews, ils font un direct sur le Colisée. Je ne comprends pas, je…*

— Elle est là Christine. Elle est revenue.

— *Oh, mon dieu…*

— Nous cherchons une solution, nous… nous allons y arriver. Je te le promets, nous allons trouver une idée pour la stopper.

— *Mais ils disent que toutes les issues sont bouclées, ils parlent d'une prise d'otages.*

— C'est plus compliqué que ça mon amour.

— *Ils viennent de montrer l'image d'un électrocopter de la police qui s'est écrasé au sol. Il paraît que l'armée est appelée en renfort !* »

Nelson quitta son ordinateur des yeux et fut pris d'un vertige. Les brouilleurs déployés par Théodore l'empêchaient de se connecter au réseau. Il leva les yeux et aperçut une colonne de fumée monter au-dessus de la tribune ouest. Cette fille était partout. Il avait encore accès au flux des images du système de surveillance. Il les fit défiler rapidement sans trop savoir ce qu'il cherchait. L'image de l'un des accès à l'aile ouest du complexe accrocha son regard. Il se passait quelque chose.

« Je t'aime Christine. Il faut que j'y retourne, il se passe quelque chose, il faut que je te laisse, ils ont besoin de moi, je…

— *Moi aussi j'ai besoin de toi, j'ai tellement besoin de toi.*

— Je vais revenir Christine, je vais revenir, ne t'inquiète pas. Fais-moi confiance mon amour. »

Dans le stade, la musique s'interrompit à nouveau.

« Reviens, je t'en supplie, reviens… »

***

Nicolas fronça les sourcils et se demanda si l'écran de son salon n'était pas en train de le lâcher, là, au beau milieu de la partie la plus importante de sa vie. Mais ce n'était pas l'image qui se tordait, c'était le bâtiment lui-même. Sa partie basse s'ouvrait comme le rideau d'une vieille salle de théâtre et emportait des pans entiers de tribunes. Un mouvement de foule se propageait sur tout le flanc ouest du Colisée. Nicolas applaudit d'excitation, le réalisme était saisissant, il avait l'impression que tout le stade s'éventrait, entaillé par une épée géante invisible, monstrueuse et dévastatrice.

« Putain c'est génial !!!! » hurla l'un de ses copains dans ses écouteurs. Nicolas empoigna sa manette de jeu à pleines mains et précipita son ClapMan virtuel dans la crevasse.

***

Théodore resta un moment fasciné par ce qu'il observait sur son écran. Des centaines, des milliers de ClapMan de synthèse se jetaient dans l'embrasure ouverte dans la tribune ouest. Ils disparaissaient dans le noir de la cavité comme s'ils étaient aspirés par le néant. Théodore leva les yeux. La réalité était tout autre. Des gravats continuaient de tomber de ce qu'il restait des dix premiers rangs de gradins. Des gens hurlaient, tendaient vainement les bras vers les silhouettes désarticulées et sans vie de nombreux corps éparpillés entre les blocs de béton et d'acier. Les cris et les lamentations avaient remplacé les battements frénétiques de la musique censée galvaniser le public. Une silhouette se détacha des ténèbres, puis une deuxième. Un groupe d'une vingtaine de personnes pénétra sur le praticable déchiré. Théodore eut un haut-le-cœur et porta sa main sa bouche.

« Oh non… »

De l'autre côté de la piste, le pantin en caleçon bondissait de joie.

**

Martin tomba à genoux quand il comprit. Les hommes, femmes et enfants qui apparaissaient un par un dans le faisceau des projecteurs et qui cheminaient vers lui étaient entravés. De lourdes chaînes étaient fixées à d'épais colliers d'aciers qui meurtrissaient leur cou et leurs épaules. Leurs vêtements en lambeaux ne les protégeaient plus ni des blessures infligées par le métal ni des regards médusés et horrifiés de la foule. Certains étaient muselés, ceux qui ne l'étaient pas gémissaient et pleuraient. Tous braquaient partout autour d'eux leurs yeux rougis et bouffis dans lesquels ne se lisaient plus que la peur et la résignation. Sur le front de chacun d'eux, le symbole de Nyx était marqué au fer rouge.

Martin tourna instinctivement la tête vers Maria. Elle et son robot n'avaient pas bougé d'un millimètre, campés dans une attitude tendue, prêts à bondir. Une clameur s'éleva dans le public lorsqu'elle apparut.

Elle.

Nyx.

Elle tenait dans ses mains gantées de blanc l'extrémité de sa chaîne d'esclaves. Son visage était protégé par son casque emblématique. Il était blanc lui aussi et affichait un sourire carnassier sous des arcades saillantes et froncées. Ses yeux n'apparaissaient pas derrière la surface rouge irisée de sa visière au profil élancé. Elle portait un long manteau noir dans le dos duquel Martin observa à nouveau le symbole Nyx, grossièrement poché à la peinture rouge. Ses épaules très larges laissaient deviner qu'elle portait un plastron de protection sur le haut du corps. Les caméras firent un gros plan sur le rictus figé de son masque. Il apparut sur tous les écrans du stade, provoquant un nouvel émoi dans les tribunes. Elle lâcha la chaîne qui tomba lourdement au sol. Ses prisonniers se regroupèrent puis se recroquevillèrent sur un bord de la piste, comme s'ils voulaient disparaître, ne plus être là, n'avoir jamais vécu ce qu'était devenue leur vie depuis qu'ils avaient croisé ce jeune homme fantasque et cette belle et séduisante jeune femme aux cheveux noirs et orange.

Nyx ouvrit les bras et embrassa d'un geste toutes les tribunes. Elle s'éleva dans les airs et resta un instant en lévitation au centre de la gigantesque bulle de peurs qu'elle venait de créer et qui l'alimentait.

« Elle se charge, bordel de merde, elle se charge... », murmura Martin. Elle n'était donc ni morte ni blessée, mais fièrement campée sur deux jambes. Martin ne comprenait pas comment elles avaient pu guérir aussi vite. La quasi-totalité des *MoodPads* était à présent d'un beau rouge très sombre. Martin se retourna et parcourut le gigantesque amphithéâtre des yeux, à la recherche d'un élément, d'un signe, de quelque chose, n'importe quoi, sur lequel il aurait pu accrocher un brin d'espoir, broder le scénario d'une reconquête, d'une reprise en main de cette situation qui, de minute et minute, continuait de lui échapper. En haut de la tribune nord, il remarqua un halo vert, une trace à peine perceptible, une lueur inconsciente qui semblait lutter si vainement contre la peur et la noirceur. Il cligna des yeux. Elle avait disparu.

La voix de Nyx tonna, lourde et pénétrante.

« Merci ! »

Elle laissa le silence peser autant que ses paroles.

« Vous êtes parfaits ! Ce que vous m'offrez là est d'une très grande qualité, honnêtement, bravo ! Je ne me suis jamais sentie aussi... bien. »

Elle fit une nouvelle pause pour laisser l'incompréhension et la perplexité se mêler à la peur.

« Et vous, comment allez-vous ? »

Le silence des cent mille personnes présentes remplissait le vide du Colisée comme un fluide durcissant.

« Avouez une chose, cette peur que vous ressentez et qui nous connecte si parfaitement, cette terreur qui irrigue ce qui nous lie à présent, ne sont-elles pas réconfortantes ? »

Martin était hypnotisé. L'audace et l'aura de la créature qu'il avait sous les yeux le ruinaient, il se sentait disparaître. Et il y avait le silence de cette foule immense sur laquelle il pensait pouvoir compter. Ce silence tellement présent et si insupportable.

« Cette peur, de quoi prend-elle la place dans vos esprits ? Réfléchissons, vous et moi, et soyons honnêtes... Où en étiez-vous, réellement, il y a une demi-heure ? Que venez-vous chercher ici ? Que cherchez-vous dans un lieu aussi absurde que ce temple du spectacle, si ce n'est un peu de frisson ? »

Le silence, toujours.

« Un peu de frissons, vous réalisez ? Voilà où vous en êtes ! Cent mille personnes venues se faire peur et vibrer ensemble ! Vibrer pourquoi, hein ? Pour vous amuser ? Combien de temps ? Une heure, deux heures ? Et après !? Qu'allez-vous faire après !? »

Nyx avait hurlé. Le ton de sa voix était devenu hargneux et agressif. Des pleurs étouffés se firent entendre dans les premières rangées de gradins. Nyx prit une profonde inspiration et reprit la parole sur un ton à peine plus apaisé.

« Vous allez retourner aux vides de vos existences et à la culpabilité rongeante, à la honte dissimulée, à la médiocrité de vos univers et à vos absences d'élans et d'empathie. Regardez-vous ! »

Des pleurs à nouveau.

« Regardez-vous ! Vous êtes vides, totalement vides ! La peur coule dans vos organismes et vous envahit parce qu'ils sont creux ! Vous n'êtes que des marionnettes, des pantins ! Remerciez-moi, je vous comble ! Je donne un sens à ce merdier que vous appelez votre existence. Craignez-moi, haïssez-moi, détestez-moi, allez-y ! Ne vous privez pas, ça vous fera un sujet de conversation pour les apéros entre amis et les goûters d'anniversaire de vos enfants que vous vouez, de toute façon, au même sort ! »

Le stade était maintenant plongé dans un noir absolu d'où n'émergeait que le spectre de Nyx.

« Faites cela ! Car pour une fois, vous allez servir à quelque chose ! Vous allez me servir moi, moi et moi seule ! Je suis l'incarnation de vos peurs et de votre colère et je grandis avec elles ! C'est simple, et tellement… facile ! »

Elle pointa son index au hasard dans la foule, arrachant un cri de détresse à un jeune homme qui se retrouva propulsé à la hauteur de Nyx, d'où il tomba. Son corps quitta le faisceau des projecteurs et disparut dans le noir qui l'entourait. Le bruit mat qui conclut sa chute vingt mètres plus bas arracha au Colisée une plainte gémissante qui combla son vide comme une explosion.

« Arrête ça, espèce de tarée ! » hurla Maria en relevant la visière de son casque. La chape de silence écrasa à nouveau le stade. Nyx pivota lentement et se porta à hauteur du Fighting Bot arcbouté sur lui-même.

« Oh non Maria, je t'en supplie, ne fais pas ça… » laissa échapper Martin en faisant un pas vers elle. Nyx laissa échapper un rire moqueur.

« Il est joli ton joujou petite fille, tu veux que l'on joue ensemble hein, c'est ça ?

— Ouais, c'est ça, jouons ensemble, comme la première fois, tu te souviens ? » Maria marqua une pause en dévisageant Nyx de la tête aux pieds « Elles sont chouettes tes nouvelles jambes, j'espère qu'elles courent vite, parce que tu vas en avoir besoin ! »

Nyx empoigna le robot par son garde-corps et le souleva comme un jouet pour venir plaquer son casque contre l'armature.

« Il me suffit d'un geste... » cracha-t-elle à Maria. Celle dernière fit claquer sa visière et empoigna les commandes de son robot.

« Oh oui, tu peux frimer espèce de lâche, viens donc m'affronter à armes égales, juste pour voir ! Après tout, les gens sont venus ici pour voir un spectacle non ? Tu ne vas pas les priver de ça, n'est-ce pas ? Allez, sois courageuse pour changer ! »

Nyx balança le robot à l'autre bout du stade. Maria opéra une double vrille, récupéra son équilibre et se réceptionna souplement en faisant déraper son robot sur ses appuis jusqu'à la limite du praticable. Elle extirpa les deux lames en carbone que dissimulaient les carénages de ses avant-bras et les fit tournoyer avant de les placer en position d'attaque. Nyx se posa au sol et fit mine de se décontracter le cou. Elle ferma les poings, puis resta immobile, le regard rivé sur Maria. Le squelette d'un deuxième Fighting Bot apparu à ses côtés dans un fracas de métal. Venues de nulle part et devenant réelles au fur et à mesure d'un ballet de pièces mécaniques et électroniques, les différentes parties d'un deuxième appareil s'assemblèrent en quelques secondes jusqu'à former une réplique exacte du robot de Maria. Nyx considéra l'engin une seconde puis claqua des doigts, modifiant les couleurs de l'appareil pour un noir mat surligné de rouge. Elle hocha la tête, visiblement satisfaite, et se délesta de son long manteau pour prendre place aux commandes. Martin ne quittait pas Nyx des yeux tandis qu'il continuait de marcher vers Maria. Il escalada le Fighting Bot puis ôta son masque pour planter son regard dans celui de Maria. Celle-ci hésita. Le bas de son visage arborait un rictus agressif figé dans la pierre.

« Maria, je t'en supplie… »

Elle releva enfin sa visière.

« Maria, mais que fais-tu ? Tu vas te faire tuer, tu ne peux pas gagner, Nyx a dû utiliser ses pouvoirs pour apprendre à piloter un de ces robots, regarde-là, cent mille personnes lui balance *du flux* en direct, elle est invincible !

— C'est ce qu'elle veut nous faire croire, je l'ai eu une première fois, je l'aurai une deuxième !

— *Maria, ne fais pas ça.*

— *Maria non !*

Les voix de Lorie de Théodore, puis celles de tous les autres.

— *Tu n'as aucune chance !*

— *Maria !*

— *Ne fais pas cette connerie, Maria !*

— *Jeune fille, il a forcément une autre solution, nous allons la trouver.* »

Maria porta la main à son *Kordon*. Martin crut un instant qu'elle allait le fracasser au sol.

« Une autre solution ? Nous ne savons même pas ce que cette folle a prévu de faire ! Elle peut tous nous tuer juste en frappant dans ses mains et vous voulez qu'on attende là, tranquillement ? Allez-y, cherchez une solution, moi en attendant, je l'occupe ! »

Et elle s'élança.

Son robot s'éleva dans les airs et effectua un saut périlleux tandis que ses deux bras se tendaient en avant pour joindre leurs deux lames. Nyx ne bougea pas. Elle regarda Maria fendre les airs et fondre sur elle. Au dernier moment, alors que la parabole du Fighting Bot s'achevait par un mouvement de balancier des bras visant à la trancher en deux, elle para le coup. Elle croisa les avant-bras au niveau de son visage, dévoilant deux dagues courbes placées en opposition. Les lames se heurtèrent dans une déflagration métallique qui projeta aux alentours des éclats de métal brisé. Maria poussa sa commande droite en butée et ramena la deuxième vers elle. Le bras droit d'Harry opéra une rotation sur son deuxième axe tandis que son autre lame barrait la possibilité d'une riposte. Le métal de la dague gauche du robot de Nyx émit un craquement sinistre puis céda sous la contrainte. Avant que le morceau de métal tranchant ne tombe au sol, Maria fit un pas en arrière, pivota le bassin d'Harry et lui donna assez d'élan pour donner un coup de pied dans le reste de l'arme qui fila se planter entre les jambes nues de l'homme en caleçon. Ce dernier gémit, fit mine de se protéger l'entre-jambes et recula de quelques pas. La foule hurla. Nyx n'avait pas bougé. Maria bascula le poids d'Harry vers l'arrière et lança ses bras pour amorcer une série de back-flips qui la placèrent à quelques mètres de son adversaire. Elle déploya les ancrages du pied droit de son robot. Ils se plantèrent dans le praticable en même temps que les articulations de toute la jambe se verrouillaient en extension maximale. Dans le dos d'Harry, deux fusils d'assaut de gros calibre sortirent de leur logement pour venir entourer la tête du robot de leur masse menaçante. Maria ne temporisa pas. La mire de visée n'était pas encore figée lorsqu'elle appuya furieusement sur les deux gâchettes de ses manches de contrôle. Les deux rafales se joignirent en une seule et déchirèrent le praticable d'une longue virgule de matériaux pulvérisés qui s'acheva sur le robot de Nyx. Celui-ci disparut dans un nuage de poussière et de débris. Maria maintint la convergence de ses tirs, secouée par le recul des puissantes armes qu'elle venait d'actionner. Le praticable céda sous la contrainte et le pied d'appui d'Harry recula de plusieurs mètres, obligeant Maria à interrompre son attaque. Le stade entier se souleva, tout le public se dressa, masse vivante soudée par un cri d'espoir libérateur et vengeur. De l'autre côté de la piste, le nuage de poussière se dissipait. Nyx n'avait toujours pas bougé. Son robot était recroquevillé sur lui-même, ses carénages de protection déployés autour de lui comme un cocon protecteur. Une partie de ces derniers avaient volé en éclats, mais la plupart avaient tenu bon. Le robot noir mat bougea enfin. Il fit quelques pas, salua la foule qui, en retour, le hua agressivement. Puis il accéléra le pas, se mit à courir, dégaina les deux armes de poing fixées à ses hanches et les brandit droit devant lui. Il tira sans cesser de courir vers Maria. Cette dernière fit faire un saut périlleux à son robot, puis une roue qui le décala de la ligne de tir. Nyx réajusta. Les impacts de ses tirs claquèrent et arrachèrent la partie inférieure de l'un des carénages de protection. Maria bascula ses commandes dans la direction opposée pour tordre son robot sur son axe principal. Harry dérapa, perdit un instant son équilibre, emporté par son élan, puis il esquiva la nouvelle salve de projectiles en croisant sa trajectoire. La partie inférieure de ses protections, désolidarisée de la structure, tomba lourdement au sol. Les deux robots bondirent en même temps, se heurtèrent à plus de vingt mètres de haut et chutèrent ensemble.

Avant de heurter le sol, Maria ramena les manches à elle. Harry compensa l'impact de la chute en concentrant son énergie sur ses rotules inférieures. La structure ne céda pas, mais le choc fut rude. La tête de Maria heurta la face avant de son poste de commande et elle resta un instant sonnée. Devant elle, le robot de Nyx s'était réceptionné sur trois appuis en plaçant une main au sol. Maria leva la tête et cligna plusieurs fois des yeux. Elle commanda l'ouverture de sa visière. L'air était tiède et poussiéreux, mais celui lui fit du bien. Elle vérifia d'un rapide coup d'œil les paramètres de son robot et ne nota rien d'inquiétant. Ses magasins arrière étaient vides, elle décrocha les fusils d'assaut qui fumaient encore sur ses deux épaules. Ils s'écrasèrent au sol et embrasèrent les restes de la matière absorbante du praticable éventré. Maria regarda un court instant les flammèches lécher les pieds d'Harry puis les écrasa.

***

Théodore avait les yeux rivés sur la piste, les deux mains posées sur la baie panoramique qui lui offrait une vue imprenable sur les évènements. Les deux robots se faisaient face. La foule hystérique scandait le nom de son amie. Martin n'avait pas bougé. Le cours des évènements, totalement fou, était interrompu. Un répit, et ensuite ? Une pause, mais avant quoi ? Théodore frappa des deux poings sur la vitre. Puis, dans sa loge, les sons qui émanaient de son écran principal supplantèrent bientôt les hurlements de la foule. Dans le monde virtuel qu'il avait mis à disposition des joueurs, il se passait quelque chose. Théodore recula jusqu'à pouvoir poser ses yeux sur les images. La commande qu'il avait initiée continuait son travail de tri : les joueurs, par centaine de milliers, avaient eux aussi tenté de terrasser Nyx lors de corps à corps dont cette dernière était sortie victorieuse, à chaque fois. Théodore plissa les yeux. Le compteur des victoires venait de passer à 1.

***

298

Nicolas hurla de joie et lâcha sa manette, qui tomba au sol.

« Je l'ai eue ! Eh, les gars, je l'ai eue !

— *Arrête de déconner ! Tu mens ! Ça fait vingt fois que j'essaye !*

— Je ne mens pas, je te le promets, j'ai une victoire au compteur !

— *Vas-y balance le replay, j'te crois pas !* »

Nicolas bascula dans les menus du jeu et demanda un partage de sa dernière partie. Un message d'erreur s'afficha sur son écran.

« J'y arrive pas, ça bug !

— *Ah ouais, comme par hasard !*

— Ta gueule, je te dis que j'ai réussi ! »

La mère de Nicolas passa la tête dans le salon.

« Nicolas ! C'est comme ça tu parles à tes copains ? »

Nicolas tourna la tête vers sa mère et sembla mettre du temps à la voir vraiment.

« Tu surveilles ton vocabulaire mon grand et ce n'est pas une demande, c'est un ordre. Sinon tu lâches ton jeu et tu retournes faire des Legos. Je ne t'entends jamais dire de gros mots quand tu joues aux Legos, hein ?

— Non, mais tu rigoles ? Je viens de... »

Les yeux d'Iris Durot, mère de Nicolas Durot, s'agrandirent jusqu'à devenir aussi ronds et noirs que le fond d'un puits.

« Pardon jeune homme ? Qu'est-ce que je viens d'entendre ? »

Nicolas voyait vraiment sa mère à présent. Mais ce qu'il voyait surtout, c'était la situation extrêmement dangereuse dans laquelle il venait de se mettre. Il déglutit, chercha des mots qu'il ne trouva pas. Il n'avait d'ailleurs pas la moindre idée de ce qui lui était passé par la tête. Comment avait-il pu oser dire une chose pareille à sa mère ? Cette dernière fondait sur lui comme la flotte des rebelles sur l'Étoile Noire.

« Ah, je rigole ? Tu penses vraiment que je rigole quand je te demande de parler correctement ? Et bien regarde, je vais continuer de rigoler ! »

Elle ramassa la manette tombée au sol et la déposa de façon très théâtrale au sommet du meuble le plus haut du salon.

« Voilà ! Comme ça effectivement, je rigole ! Monte dans ta chambre et termine ton devoir de maths, parce que ça aussi, ça me ferait bien rire ! »

Le père de Nicolas passa la tête par-dessus le bar qui délimitait la cuisine.

« Je suis d'accord avec ta mère. », conclut-il.

***

« Bordel, ce n'est pas vrai ! »

Théodore pianotait frénétiquement sur le clavier de la console principale, mais ses efforts restaient vains : un joueur avait réussi à coller une raclée à Nyx, mais la vidéo de sa prouesse restait inaccessible. Les serveurs étaient saturés, c'était déjà un miracle que l'application tienne encore debout. Il n'avait qu'une information : le pseudo du joueur.

- DrawingBoss -

Il dégaina son *Kordon.*

« Denis, j'ai besoin de toi, il faut identifier et localiser au plus vite un joueur dont le pseudo est *DrawingBoss.*

— *Je t'écoute Théo, tu as une piste ?*

— Ce joueur vient de réussir à battre Nyx dans la version virtuelle de ce que nous vivons actuellement. Et c'est le seul... »

il fit une pause et prit une profonde inspiration « Je sais, c'est peut-être n'importe quoi, mais ça vaut le coup d'être tenté... au point où nous en sommes !

— *Je m'en occupe.*

— Maria, Martin, vous avez entendu ? Il faut gagner du temps ! »

***

Gagner du temps ? Cette formule avait toujours bien fait rire Martin depuis que ses parents en avaient abusé pour l'inciter à faire ses devoirs en avance. Personne ne gagne de temps, jamais. Du temps, Martin en perdait depuis qu'il était né et il en perdrait jusqu'au jour où son existence prendrait fin. Il avait donc dévoyé la consigne en s'octroyant le plus possible de temps de jeu. Mais ce dont il s'agissait aujourd'hui, c'était de gagner du temps de vie, ni plus ni moins. Et il y avait beaucoup à faire, car au train où filaient les choses, l'espérance de continuer à profiter de tout cela se réduisait à des durées proches de la minute, et bientôt sans doute, de la seconde. Alors pour ce qui était du temps de jeu, il n'y avait, en l'occurrence, vraiment pas de quoi rire !

Encore que ?

Martin releva la tête et sortit de sa torpeur.

« Fatou, Mohamed, l'hymne de la fédération de Dancing Bot est-il sur la playlist de Maria ?

— *Oui, en fin de session, mais pourquoi ?*

— Vous allez comprendre. Théo, envoie la sauce et balance la chorégraphie sur les écrans du stade !

Lorsque les premières notes firent vibrer le Colisée, Martin s'avança vers le milieu du praticable. Les deux robots pivotèrent vers lui, mais il choisit de les ignorer. Parvenu au centre, il se tourna vers chacun d'eux et les salua d'une révérence. Le robot de Nyx se redressa. De là où il se trouvait, il ne pouvait pas discerner le visage de sa double maléfique, mais il comptait sur l'effet de surprise pour la stupéfaire au moins un instant, quelques minutes, quelques secondes. Il gagnait du temps, du temps de jeu. Car si ces minutes devaient être les dernières, il les voulait festives et décomplexées.

Il effectua le premier pas de la chorégraphie, puis le deuxième. Les cent mille spectateurs comprirent et lui emboîtèrent le pas. Le stade entier n'était plus seulement noyé dans les sonorités de l'hymne officiel, il dansait pour elles. La voix de Nelson dans sa capuche lui confirma ce qu'il ressentait : *le flux* se réveillait et il ne ressemblait à rien de ce qu'il avait connu jusqu'alors.

« Ici Nelson, Martin il se passe quelque chose avec *le flux*. »

***

Le vieux chercheur se frappa sur le front sans cesser de scruter ses instruments. Il plongea sa main dans son sac et en ressortit le calepin sur lequel il notait ses idées et ses observations depuis le début de toute cette histoire. Il le feuilleta frénétiquement, il avait une intuition, une idée, la trace d'un pressentiment autant que d'une intuition. Quelque chose lui avait échappé et il savait à présent quoi. Et cette chose pouvait très bien être une porte de sortie. Il finit par mettre le doigt ce qu'il cherchait : une phrase écrite rageusement.

Principe de polarité

Sous cette dernière, il balada son doigt sur un graphique qui comportait deux courbes opposées. Il attrapa son *Kordon* et lutta pour garder son calme.

« Martin, il existe un pendant à *la charge* qu'a suscitée Nyx. *Du flux positif* Martin, pur, une vraie réserve, elle est quelque part, elle n'attend que toi !

— *Putain, le principe de polarité !* » lâcha Mohamed qui venait lui aussi de comprendre « *La charge de Nyx ne peut pas exister sans le flux de ClapMan !*

— Oui, voilà !! » hurla Nelson.

— *Denis, alors ce joueur ? demanda Lorie.*

— *On y est presque ! C'est un gamin, il habite en région parisienne !*

— *Foncez Denis ! Envoyez vos équipes ! Si vous avez son nom, son adresse, allez-y ! Vite ! Il n'est plus en ligne, nous venons de le perdre !*

*****

Martin n'avait pas besoin des explications de Nelson pour comprendre que quelque chose se passait. *Le flux* l'irriguait. Martin luttait pour rester concentré, il continuait d'enchaîner les pas de la chorégraphie, emportant dans son sillage une foule dont les *MoodPads* regagnaient de la couleur. Cela n'avait pas échappé à Nyx, que toute cette mascarade avait fini d'amuser. Elle s'avança et fit tournoyer autour d'elle la dague à lame courbe qui lui restait.

"Dégage de là petit merdeux, cette habitude de danser devant moi devient ennuyeuse ! Il faut que j'en finisse avec ta copine avant de m'occuper de toi !

Martin se campa sur ses deux jambes et la toisa du regard en croisant les bras.

« Tu ne passeras pas ! » lança-t-il en frappant le sol avec l'un de ses pieds. Nyx baissa la tête et la secoua d'un air navré.

"Tu cites encore tes classiques ? Cela ne t'aidera pas, mon grand. Et puis, tu te souviens de ce qui est arrivé au magicien dans cette affaire, hein ?"

Les lèvres de Martin se pincèrent d'un sourire malicieux.

"Oui, il emporte le monstre dans sa chute et renaît plus fort. Tu ne l'as pas lu jusqu'au bout ?

— Écarte-toi, j'ai été sage pour le moment, je n'ai utilisé aucun de mes pouvoirs. Ne me tente pas !"

Martin se demanda combien de temps il pouvait encore gagner, où en était Denis et quelle était exactement cette solution dont avait parlé Théodore. Au-delà de tout cela, le temps jouait pour lui, car le stade s'était réveillé et Martin savait que les vagues de flux le rendaient capable de bien des choses à présent. Mais lesquelles exactement ? Jusqu'où pouvait-il déployer ses pouvoirs ?

Nyx reprit sa marche en avant. Les gestes de son robot étaient de plus en plus rapides et précis. Martin serra les poings, son visage se crispa. Devenir invisible, mais pourquoi faire ? Se projeter vers elle aussi rapidement qu'il avait appris le faire à l'entraînement ? Oui, mais il n'était plus dans le gymnase de Design Tech et il n'était pas armé. Se jeter sur elle, mais pourquoi ? Lui faire un croche-patte ? Lui cracher au visage ? Lui tirer les cheveux ? Non, cela n'avait pas de sens. Pas davantage en tous les cas que la soulever du sol pour la projeter. La projeter où ? Vers quoi ? La blesser, l'assommer, mais comment ? Elle résisterait, userait de ses pouvoirs elle aussi et peut-être étaient-ils plus étendus que les siens, plus évolués ? Martin tourna la tête vers la bande d'esclaves enchaînés qui tremblaient de peur, ratatinés sur eux-mêmes. Ils l'alimentaient en direct et en permanence, Martin n'avait pas besoin de *MoodPads* pour le savoir.

Elle continuait d'avancer et se trouvait à une quinzaine de mètres de lui.

***

Olivier Durot leva le nez du saladier dans lequel les blancs d'œufs avaient fini par monter quand le bruit de l'électrocopter devint si intense qu'il fit trembler la baie vitrée du salon. Sa femme Iris fit irruption dans la pièce et se porta aux côtés de leur fils Nicolas qui boudait dans le canapé depuis une bonne demi-heure. Le nez d'un appareil aux couleurs de la compagnie DesignTech pointa dans la brume qui recouvrait la banlieue parisienne. Sa silhouette entière se détacha du gris ambiant pour venir planer à quelques mètres du rond-point qui concluait leur allée. Nicolas se leva d'un bond et colla son nez au carreau.

"Olivier qu'est-ce qui se passe ? Nicolas, reviens ici, éloigne-toi de la baie, on ne sait jamais !"

Le père de Nicolas se porta aux côtés de sa femme. La trappe latérale de l'électrocopter s'effaça dans la carlingue et un homme en combinaison sauta au sol puis courut vers leur maison en sautant par-dessus la haie qu'ils venaient de planter.

"Nicolas, viens ici !" hurla son père. L'homme ôta son casque, plaqua sa pièce d'identité sur la vitre en leur fit un grand sourire crispé. Il cria pour se faire entendre à travers la baie et au milieu du vacarme des pales de l'engin resté en vol stationnaire.

"N'ayez pas peur ! Je m'appelle John, je suis l'assistant de Denis Delbier, de DesignTech ! Nous avons une urgence, il faut que je parle à votre fils ! Il faut que je parle à Nicolas ! Laissez-moi vous expliquer, c'est absolument impératif et totalement prioritaire !"

Iris regarda son mari.

"Denis Delbier le milliardaire ?"

Olivier Durot haussa les épaules sans quitter l'homme en combinaison des yeux. Il se tourna vers son fils qui avait reculé pour se cacher derrière sa mère.

"Tu as fait une bêtise Nico ?"

Son fils le regarda, affolé.

"Mais non, jamais de la vie ! Je te le promets, j'ai rien fait !"

L'homme tambourina à la baie.

"Je vous en supplie ! Vous ne craignez rien ! Laissez-moi vous expliquer ! C'est urgent !"

Olivier s'avança et fit coulisser la baie vitrée. Le vent s'engouffra dans la pièce.

"Je peux rentrer ?" cria l'homme en maintenant ses cheveux pour ne pas qu'ils lui recouvrent le visage. Olivier l'attrapa par la manche et le tira à l'intérieur avant de refermer rapidement.

"Merci ! Je m'appelle John, je travaille pour DesignTech. Nous sommes présents actuellement au Colisée de Rome pour la compétition de Dancing Bot. Or il s'est passé quelque chose et nous pensons que votre fils peut nous aider."

Iris contourna le canapé.

"Notre fils ? Mais comment ça notre fils ?"

John s'essuya les yeux et se passa à nouveau la main dans les cheveux. Il regarda Iris, puis Olivier, avant de regarder autour de lui. Il se fixa sur le grand écran du salon.

"Votre fils joue aux jeux vidéo n'est-ce pas ?"

Iris lança un regard perplexe à son mari.

"Euh oui, comme tous les enfants de son âge.

— Vous permettez que je m'adresse à lui directement ?

— Oui, faites."

John se porta aux côtés de Nicolas et s'agenouilla pour se mettre à sa hauteur.

"Nicolas, à quel jeu jouais-tu tout à l'heure ?" Il consulta l'heure sur son téléphone "Il y a... une grosse demi-heure ?"

Nicolas interrogea ses parents du regard. Son père l'incita à répondre.

"Je... je jouais à *Colisée* Monsieur.

— Le jeu spécial qui mixte *ClapMan* et *Dancing'Bot,* c'est ça ? Le jeu en ligne sur le réseau ?

— Oui Monsieur.

— Et ton pseudo, c'est bien... *DrawingBoss* ?

— Oui Monsieur, c'est aussi le nom de ma chaîne sur le réseau.

— Je vois. Dis-moi, tu as réussi à gagner contre la méchante Nyx, n'est-ce pas ?"

Nicolas arbora un sourire fier et répondit en se tournant vers ses parents.

"Oui Monsieur et je crois bien que je suis le seul ! Du moins, tout à l'heure, j'étais le seul !"

John saisit Nicolas par les épaules.

"Oui mon grand, tu es le seul. Et tu dois absolument me montrer comment tu as fait !"

Nicolas jeta un coup d'œil vers le haut de l'armoire du salon, puis vers sa mère.

"Je n'ai plus le droit de jouer Monsieur, je me suis fait punir."

John se redressa et se tourna vers Olivier et iris.

"Vous ne suivez pas ce qui se passe au Colisée en ce moment ?"

Les parents de Nicolas échangèrent un regard dubitatif.

"Euh non, pourquoi, nous devrions ?

— Oh non, ce n'est pas ça, c'est juste qu'il se passe quelque chose d'assez grave. Une jeune femme dotée de supers-pouvoirs est devenue dingue et menace... comment dire..." Il jeta un coup d'œil rapide à Nicolas, qui n'en perdait pas une miette "Il pourrait y avoir des blessés... ou pires."

Nicolas bondit "Des morts ? Il va y avoir des morts ?"

Iris Durot ignora son fils et fixa l'homme en combinaison qui venait de faire irruption dans son salon en sautant d'un électrocopter.

"Et vous nous dites que notre fils peut vous aider... en jouant à un jeu vidéo ? C'est quoi, une arnaque ? Un gigantesque coup de pub ? Une blague, la vidéo va passer sur une de vos chaînes, c'est ça ?"

Olivier posa sa main sur l'avant-bras de sa femme. Elle pivota vers lui.

"Iris, cet homme n'a pas vraiment l'air de plaisanter, non ?"

Elle regarda son homme avec des yeux ronds puis se tourna vers John et le questionna du regard. John ravala sa salive et jeta une nouvelle fois un coup d'œil furtif, mais angoissé à l'heure sur son téléphone.

"Cela n'a malheureusement rien d'une plaisanterie. Il faut vraiment que votre fils nous montre, nous explique, nous aide... et vite, très vite."

Sans attendre l'aval de ses parents, Nicolas se rua vers l'armoire, sauta pour récupérer sa manette puis bondit sur canapé.

"En fait, c'est assez simple", commença-t-il en initialisant le jeu "J'ai observé que les défenses de Nyx sont assez... classiques, elle se défend un peu tout le temps de la même façon et utilisant des combinaisons assez simples, elle ne tente rien de vraiment original, un peu comme une I.A de premier niveau. Mais en même temps, elle fait ça très bien et puis surtout très vite, mais alors vraiment très vite, je n'ai jamais vu ça !"

Sur l'écran, le robot de Nicolas venait de prendre place au centre du praticable. L'impression de réalisme était saisissante. John vint s'asseoir à ses côtés sur le canapé, concentré sur ce qu'il observait. Il pointa son téléphone vers l'écran et lança l'enregistrement d'une vidéo.

"Vas-y, montre-moi comment tu t'y es pris."

— Vous connaissez Ronaldo ? Ronaldo Pinto, l'inventeur des Dancing Bot ?

— Oui, le soldat qui a dansé pendant une bataille, c'est ça ?

— Oui, voilà comment j'ai réussi à battre Nyx, j'ai caché mes attaques dans des pas de danse, comme Ronaldo ! Je m'y suis pris comme lui, j'ai dansé !"

Sur l'écran, le robot de Nicolas s'était mis à effectuer des pas de danse entre lesquels il plaçait des attaques foudroyantes. John n'en croyait pas ses yeux. Le garçon tourna vers lui ses yeux pétillants de fierté et de malice.

« Et ça » dit-il « Ça fout un sacré bordel dans son système de défense ! »

— Théodore, vous avez entendu ça ? » hurla John en plaquant sa main sur son oreille « Je vous envoie les images ! »

— *Oui John, j'ai entendu.* »

***

Théodore se saisit du micro de son casque et le rapprocha si près de sa bouche qu'il aurait pu le croquer. Il fit danser ses doigts sur la console de programmation, se connecta au casque de Maria et y transféra le ghost du film qu'il venait de recevoir. Il prit une profonde inspiration pour tenter de se calmer et ralentir le flux de ses paroles.

« Maria, il faut que tu danses ma grande, regarde le ghost, il faut que tu danses, tu sais le faire ça, hein, danser ? Danse ma grande, danse, danse et frappe !!!! »

***

Jonathan Barqueau n'aimait ni ne pas se faire respecter ni ne pas se faire comprendre. Cela Remy l'avait vite et très bien compris. Et en l'occurrence, les arguments de l'homme politique avaient subtilement évolué en quelques jours. Ils étaient passés d'une croisade du bien contre le mal à des considérations beaucoup plus terre à terre, d'image de marque, de communication et d'échéances électorales à venir. Remy n'était pas dupe des véritables intérêts du président dans cette affaire, et il ne l'avait d'ailleurs jamais été. En revanche, il était très content que le premier homme de l'état français ait fendu l'armure pour laisser apparaître ce qu'il était vraiment – et uniquement – un homme dont l'unique but était de se garantir une réélection. Remy en était à son cinquième président, il connaissait cette lente et longue hypnose idéologique de ceux qui cherchaient le pouvoir. Mais le pouvoir, le vrai pouvoir, celui qui lui permettrait de venger Harry, son frère d'armes, le pouvoir de vie et de mort, c'est bien lui qui l'avait au bout du long canon de son Sniper-Gun de dernière génération. Lui et ses six androïdes de combat. Il lui suffisait d'affleurer, de caresser cette gâchette, juste une fois. Sept tirs croisés, aucun angle mort, aucune échappatoire, aucune esquive possible. Paf, elle est morte, point final. Cette décision lui revenait à lui et à lui seul.

Le Barqueau pouvait hurler ce qu'il voulait et taper de son petit poing sur un bureau trop grand pour lui, c'était à lui, Remy, de prendre la décision et d'agir. Et en l'état, les conditions de son action n'étaient pas réunies. Il fallait attendre.

Remy détacha son œil de sa lunette de visée. Quarante mètres plus bas, la dingue venait de s'immobiliser et le taré s'était mis à danser. Au lieu de lui foutre une raclée ferme et définitive, le gamin à la capuche dansait et entraînait avec lui les cent mille autres débiles présents dans ce stade délirant. Ils dansaient ! Son ami Harry était mort, ils auraient pu se déhancher sur sa tombe, le résultat aurait été le même : tout ceci était obscène, indigne et ridicule. Remy posa à nouveau son doigt sur la gâchette de son arme. L'envie de vider le chargeur et de découper le corps de cette sorcière en le lacérant du jet de ses balles traçantes était tellement tentante et apparemment si facile. Mais quelque chose retenait Remy, une intuition, un soupçon. La trace d'une incertitude qui lui demeurait en tête et qui continuait de la hanter et de saper son enthousiasme : Harry s'était trouvé dans une situation similaire. Lui aussi l'avait eu dans sa ligne de mire, au bout de son canon, plein cadre dans son viseur. Et pourtant…

Remy releva à nouveau la tête et se raisonna. Oui, il devait attendre, attendre d'être certain. De sa main libre, il fouilla dans sa poche et coupa la ligne directe et sécurisée qui le reliait au président.

***

Il était là face à elle. ClapMan, ce gamin à capuche qui se pavanait comme si tout ceci n'était qu'un jeu. Peut-être l'était-ce pour lui, ce gosse à qui rien n'était arrivé et qui s'autoproclamait aujourd'hui héros du peuple, du public.

Mathieu avait raison : elle n'avait de leçon à recevoir de personne et certainement pas de ce môme en costume de carnaval. Elle, Laura – elle se corrigea en grimaçant – elle, Nyx, donnerait une leçon de vie et de mort à cet univers sans queue ni tête. Elle y mettrait enfin un peu d'ordre. Le plaisir affluait en même temps que la charge, tellement complète, si pleine. Elle avança le bras droit de son robot et fit tournoyer la dague qui lui restait. Elle se concentra, ferma les yeux et invoqua une nouvelle fois cette énergie qui l'irriguait pour la convertir en ce dont elle avait besoin : une capacité à manœuvrer ce robot de combat avec toujours plus d'efficacité, de classe et de discernement. Cette pilote en face d'elle, cette Maria dont ClapiClapo s'était entiché – quelle aubaine – serait sa première victime, emblématique de son règne à venir. Nyx ferait d'elle un exemple, sa mort serait spectaculaire, car le message devait être net et sans appel : s'opposer à Nyx, c'était se condamner à une mort humiliante.

C'était le plan. Et il était parfait.

La première étape était donc une mise à mort spectaculaire de sa première adversaire, cette pilote dévergondée et amoureuse. Et d'autres suivraient.

Laura poussa les commandes en avant. Son robot se mit à courir en fouettant l'air de la lame acérée de sa dague. Lorsqu'elle porta son premier coup, le robot adversaire se décala comme l'aurait fait un toréador, leva l'une de ses jambes à la verticale et pivota ainsi sur lui-même plusieurs fois. Laura fit déraper son appareil et fit feu de ses deux armes de poing en rétablissant souplement son équilibre. Les rafales déchirèrent l'atmosphère et projetèrent vers le robot adverse une pluie de projectiles qui formèrent une ligne horizontale meurtrière. Ce dernier se cambra comme un gymnaste et soumit son articulation principale à une torsion qui fit craquer sa structure. Puis il accompagna son esquive d'un rétablissement lié un transfert de masse parfaitement maîtrisé. À nouveau debout et face à elle, le robot adverse se mit alors à danser. Il effectua alors une série de grands jetés qui lui permirent un saut de grande ampleur durant lequel il projeta ses bras en avant en faisant pivoter ses poignets. Laura para de justesse les deux lames en s'en saisissant in extremis à pleines mains. Les gaines de lubrifications explosèrent et l'un des câbles d'alimentation, pourtant logés au centre du squelette de métal, fut entaillé à moitié, libérant une gerbe d'étincelles qui aveugla Laura un court instant. Son adversaire en profita pour enchaîner un mouvement de hip-hop qui lui permit de décaler son emprise. Les deux lames, dont l'une était endommagée, se rétractèrent dans les fentes de leur carénage. Les deux puissantes mains du Fighting Bot se saisirent alors la partie supérieure de l'épine dorsale du robot de Laura et forcèrent pour la vriller et la faire céder. Celle dernière voulut balayer les appuis de son adversaire, mais n'y parvint pas. Les jambes du robot adverse opéraient à présent une sorte de moulinet qui lui permettait de se maintenir en équilibre et en appui malgré des changements de posture effectués à une vitesse incroyable.

Laura serra les dents et attrapa les avant-bras du Fighting Bot pour soulager la structure de son robot de leur étreinte vrillée. Elle entendit les matériaux crier au supplice, les fibres gémir et les servomoteurs claquer un par un en dégageant une odeur de feu électrique. Ce n'était pas ce que Laura avait prévu. Ce n'était pas le scénario que Mathieu et elle avaient élaboré avec tellement d'application et de certitudes. Elle devait réagir. La foule s'était levée et hurlait une agressivité et une rage qui ne nourrissait plus Laura. Les *MoodPads* abandonnaient le sombre pour le clair, *la charge* se tarissait et avec elle disparaissaient le plaisir jubilatoire et la jouissance ultime d'être au centre de toutes les attentions. L'épine dorsale de son robot se brisa en deux. Les automatismes de sécurité s'enclenchèrent pour préserver le pilote. Les jambes s'arcboutèrent et les deux bras basculèrent vers l'avant pour se positionner en appuis au sol afin que le robot, privé de sa colonne de maintien, n'emporte sa pilote dans une flexion dont le corps humain n'était pas capable. Le poste de commande s'ouvrit comme une coquille et Laura en fut éjectée. Elle tomba à genoux au sol et s'enfonça un morceau de métal dans l'une de ses paumes. Elle hurla en se redressant.

***

Maria, pendant quelques secondes, vit s'offrir à elle la gorge déployée de son adversaire, cambrée dans une crispation de douleur inattendue. Une avalanche de sentiments contradictoires balaya ses certitudes. Un geste aurait suffi. Mais Maria se figea et bloqua son élan. La lame du bras droit de son robot se déploya, mais ne trancha que l'air poussiéreux et moite du Colisée. Elle n'acheva pas sa course en plongeant dans les chaires de la gorge qui se présentait à elle. Elle stoppa à quelques millimètres, accompagnée du cri déchirant du servomoteur qui, placé en contre, avait eu la lourde tâche d'interrompre le mouvement potentiellement fatal.

***

« Voilà, c'est comme ça que j'ai fait ! » lança Nicolas en haussant les épaules et en se tournant vers John. Mais ce dernier ne regardait plus l'écran du salon, il avait les yeux rivés sur son téléphone.

314

« Tue-la, mais putain tue-la ! Tranche-lui sa putain de gorge ! » hurla-t-il. Iris et Olivier se regardèrent, stupéfaits. Nicolas se figea et éclata de rire en tapant sur l'épaule du grand homme.

« Oh toi mon gars, tu vas avoir des problèmes avec ma mère ! »

***

« Tue-la ! Mais putain, tue-la, espèce de conne ! » rugit Jonathan Barqueau en bondissant de son trône présidentiel. Son directeur de cabinet lui lança un regard surpris. Le président lui arracha le téléphone sécurisé et hurla.

« Feu ! Mais tirez, abruti ! Tirez ! Vous m'entendez Remy, achevez-moi cette dingue ! »

***

Le doigt sur la gâchette. Prendre en compte le vent, l'épaisseur de l'air, sa densité, les flux et les mouvements, anticiper le recul, temporiser une dernière fois, retenir son souffle, entendre son cœur ralentir, sentir son corps s'immobiliser, devenir pierre. Une caresse enfin, sur le métal. Un claquement étouffé. Un impact sur l'épaule, mesuré et maîtrisé. Une certitude surtout, une magnifique certitude, celle qu'un seul coup allait suffire.

La balle de Remy s'éjecta de son logement.

***

Martin crut que le temps s'était arrêté, que la terre avait cessé de tourner, que l'univers tout entier s'était placé en pause, incrédule et stupéfait des évènements qui se déroulaient en son sein.

Maria n'avait pas terminé son geste.

Elle s'était arrêtée, n'avait pas franchi la ligne. La puissance de ses principes et de sa morale avait foudroyé son ardeur, terrassé son instinct de survie. Son esprit et son corps s'étaient refusés à devenir meurtriers. Martin fit un pas, puis un deuxième. La musique continuait de faire battre les tribunes. Les gens dansaient, les *MoodPads* clignotaient, tout était devenu fou. Laura hurla en se redressant. Elle secoua la tête rageusement et pointa un doigt ensanglanté vers Maria. Martin se mit à courir.

« Maria, écarte-toi ! »

Laura tourna la tête vers lui et afficha un sourire carnassier. Lorsqu'elle voulut brandir son deuxième bras vers Maria, son épaule droite vola en éclats de chair et d'os. Une déflagration effroyable la propulsa contre son robot. Elle s'effondra, désarticulée. L'homme en caleçon hurla en se prenant la tête entre les mains. Le stade éructa un cri sauvage de surprise et de joie primale. L'homme se précipita, s'agenouilla dans les débris et souleva la tête de Laura pour la placer sur ses genoux. Son cri dément couvrit celui de la foule.

***

La lame s'était arrêtée à quelques millimètres. Sa tête était encore sur ses épaules. Son cerveau était encore relié à sa moelle épinière. Ses capacités étaient intactes. Et *la charge* était encore pleine et entière. Laura n'en revenait pas. Qu'est-ce qui avait arrêté cette fille ? Qu'espérait-elle ? Une fin heureuse ? Un mea culpa de Nyx, devenue par le miracle de sa survie, soudainement empathique et pétrie de remords ? Autant de naïveté la sidérait.

C'était risible, lamentable et d'une faiblesse à pleurer. D'ailleurs des larmes lui montaient aux yeux, mélange de rage, de soulagement et de pitié pour tout ce que représentait cette pilote dont la seule qualité était une capacité hors norme – que Laura reconnaissait d'ailleurs avoir sous-estimée – à manier ce robot de combat.

Laura était blessée profondément à la main, mais elle ignora la douleur. Cette dernière, sous l'action de *la charge*, se dissipait déjà dans une très agréable sensation de chaleur réconfortante. Elle pointa son index vers son adversaire.

« Tu viens de faire une terrible erreur. »

Elle se concentra pour maîtriser l'énergie qui débordait en elle puis brandit son deuxième bras.

Le choc fut démentiel. Laura sentit son corps se distendre et éclater. Son épaule droite se disloqua et emporta dans l'élan de sa destruction le reste de ce qu'était sa personne, marionnette dérisoire, squelette fragile, si fragile, trop fragile. Elle se sentit perdre consistance tandis qu'un flux d'images circulaires envahissait ce qui restait de son esprit et de sa conscience. Des chocs, plusieurs, multiples et simultanés, imprimèrent dans ses perceptions des strates de douleurs qui précédèrent un grand rien fait de noir et d'immobilité. Et pendant une durée indéterminée d'un temps qui semblait s'être figé, il ne se passa plus rien d'autre que le ressenti de la douleur. Sa conscience ne s'était pas éteinte, elle n'avait pas capitulé, n'avait pas abandonné ce corps déchiré qui la véhiculait.

Laura était là. Elle se sentait présente, maintenue en vie par une volonté qui était autant la sienne que celle de l'énergie de *la charge*.

La charge.

Oui, *la charge* l'avait préservée. L'avait protégée.

Laura entendit, puis perçut. Sa tête était maintenue. Une voix lui parvenait. Des mots doux, des mots durs, un timbre et un ton, des arguments, du réconfort, une foi et un élan : Mathieu était à ses côtés. Mathieu lui parlait. Son Mathieu. Mathieu le guide, le visionnaire, le stratège et le grand penseur, mentor de Nyx et inspirateur de génie. Elle se concentra, trouva des appuis dans le noir et le néant, s'accrocha au flot de ses paroles, unique lucarne de sortie au milieu du grand rien dont elle refusait d'être la prisonnière. Alors elle lutta comme lutte un organisme vivant qui se sait condamné. Les griffes de son espoir déchirèrent les pentes glissantes de la mort rampante, ses yeux s'accrochèrent à la lucarne des mots et elle se hissa. Son âme tendue et distordue chemina dans les ténèbres, tissa une toile de conviction et de certitudes qui la protégea des chimères et des affres du renoncement.

Elle ouvrit les yeux et la lumière projeta la vie dans le fond de cette grotte dont elle comprit immédiatement qu'elle n'était pas pour elle. Pas aujourd'hui. Pas déjà. Pas si tôt.

Mathieu était penché sur elle. Il pleurait. L'être qu'elle aimait avait eu peur, peur de la perdre. Elle lisait cela dans son regard, autant que les traces d'un désespoir qu'elle ne comprenait pas. Elle ne voulait pas le comprendre parce qu'elle ne voulait pas le décevoir. Elle leva une main vers le visage de son amoureux et lui caressa la joue, dessinant une virgule ensanglantée à travers sa barbe naissante.

318

« Coucou, je suis encore là. »

Mathieu ne répondit pas. Son regard se détourna pour se porter sur l'épaule de Laura. Cela ne saignait plus. Les os étaient en place. Et la plaie énorme et béante se refermait lentement dans un bruit de succion humide.

« Viens par là, je vais t'aider à te remettre debout. »

Il voulut lui ôter son masque, mais elle lui retint la main.

« Non, nous n'avons pas terminé. »

Il lui sourit puis lui passa un bras sous les épaules. Son souffle était si apaisant. Laura ressentait ce qui se passait dans son corps et tout autour d'elle avec une acuité inédite. *La charge* portait son champ de perception au-delà de son propre corps.

C'est comme cela qu'elle comprit. Et que pour elle, *la charge* put agir.

* * *

Nelson réajusta ses lunettes et se rapprocha de l'écran. Il n'avait aucune idée de l'origine du tir et cela l'importait peu. En revanche que cette fille soit encore capable de bouger après le coup qu'elle venait de prendre relevait du miracle. Il fronça les sourcils et se reprit. Non, miracle n'était pas le bon mot. Les capteurs de *charge* étaient encore rivés à un niveau proche du maximal. Cette fille était dopée de cette énergie brute et cela la rendait plus forte, c'était la seule explication.

« Maria, Martin, elle est vivante.

— *Oui, je vois ça. Amochée, mais vivante.* », répondit Martin.

Maria garda le silence et cela inquiéta Nelson.

« Maria ? »

Nelson abandonna son écran et gagna la baie vitrée de sa loge. Martin s'était rapproché d'elle et lui parlait. Derrière eux, Nyx se tenait appuyée sur ses deux coudes. L'homme au masque vénitien l'aidait à se remettre debout.

***

Remy n'en revenait pas. Aucun plastron ni aucune protection ne pouvait résister à un tir de *Sniper-Gun* tiré d'une telle distance. La balle en titane avait eu le temps d'accélérer jusqu'à une vitesse supersonique, décuplant la force de son impact. Mais cela n'avait pas suffi. Remy soupira et garda son calme. Il épaula à nouveau son arme et calibra cette fois-ci la mire de visée des six androïdes sur la sienne. Cela ne lui plaisait pas, mais il aurait besoin d'aide sur ce coup-là. Dans sa lunette, la simulation des trajectoires de tir dessina une belle étoile au centre de laquelle se trouvait sa future victime. Cette folle parvenait à se remettre debout. L'espèce de dingue en caleçon et masque qui l'aidait avait scellé son sort. Remy ferait d'une pierre deux jolis coups. De sept balles, deux victimes. Lorsque les deux silhouettes s'alignèrent enfin, il tira. Ils tirèrent. Sept détonations sourdes et simultanées. Et un seul impact.

Le corps de l'homme en caleçon fut cisaillé, la partie haute de son corps s'évapora dans un nuage de sang et d'organes disloqués. Ce qui restait s'affaissa mollement au sol et se vida.

***

Laura avait fermé les yeux. Lorsqu'elle les rouvrit, le sang de Mathieu coulait sur son masque. Elle n'avait même pas ressenti le souffle de l'explosion. La réalité des évènements s'était heurtée à la barrière invisible d'un bouclier d'énergie pure déployé autour d'elle comme un cocon. Elle ne sursauta pas. Ne bougea pas. Ne hurla pas. Elle n'était plus rien qu'un grand vide. Une béance. Elle ne contrôlait plus rien. Elle n'était plus rien. *La charge* l'avait envahie et consumée. Sa logique s'imposait à elle. Elle n'était plus qu'un vecteur, un moyen utilisé pour garantir à cette vie propre sa survie et son expansion.

Sept faisceaux incandescents d'énergie hystérique giclèrent du corps de Laura et zébrèrent le volume du Colisée pour venir perforer le public. Sept silhouettes inertes se soulevèrent au-dessus de la masse hurlante, prirent feu et furent projetées au centre de la piste où elles se consumèrent à une allure stupéfiante, jusqu'à disparaître. La musique céda sa place à une note suraiguë qui tordit l'air et les corps des cent mille spectateurs dont les cris horrifiés fusionnèrent en un chœur effrayant et morbide. Puis l'air sembla se comprimer jusqu'à manquer de consistance. Partout dans le public, les hommes, les femmes et les enfants portèrent leurs mains à la gorge, leurs yeux exorbités reflétant une panique incontrôlable.

Elle les tenait. Elle les tenait tous. Enfin.

***

La voix étouffée de Nelson siffla dans la capuche de Martin.
« Isole-la Martin… isole… la ! »
Il commençait lui aussi à manquer d'air.
« Qu'est-ce que ça veut dire ? Nelson, qu'est-ce que ça veut dire ! »

Il n'obtint aucune réponse.

« Nelson ! » hurla-t-il.

***

Mohamed fixa Fatou et Lorie et lut de la terreur dans leurs yeux. La phrase de Nelson tournait dans son esprit, au milieu de pensées qu'il sentait devenir brumeuses et ténébreuses. Il s'allongea au sol pour mettre son corps au repos complet et économiser le peu d'air qui lui restait.

Qu'avait voulu dire Nelson ?

L'isoler ? Ce terme n'était pas anodin dans la bouche d'un scientifique. Il renvoyait à tellement de domaines et de disciplines.

L'isoler, mais de quoi, de qui ?

Non, ce n'était pas les bonnes questions. Pourquoi ? Oui, pourquoi l'isoler ? C'était toujours la question de la cause qui turlupinait les scientifiques. Que cherchait-on sinon à la faire taire ? L'empêcher de nuire, donc l'empêcher d'agir, elle et ses pouvoirs, elle et son énergie.

Son énergie.

Cette fille maîtrisait une énergie inconnue née de la peur des gens.

L'isoler.

L'isoler de la source.

Tarir. Couper.

322

Oui, isoler. Évidemment.

Mohamed se redressa d'un bond et, avec le peu d'air qui lui restait, souffla une phrase dans son *Kordon*. Une seule, avant de s'évanouir.

« Martin, il faut que… il faut que tu la prives de sa source… d'énergie. »

***

Une chance et une seule. La phrase de Mohamed, si elle offrait des perspectives à Martin, ne lui donnait aucune solution pratique et directement applicable. Or Martin ne disposait pas d'une réserve de *flux* inépuisable. De toute façon, sans oxygène, *flux* ou pas, les choses seraient très vite réglées. Il lui fallait agir dans la petite minute qui lui restait. Il se tourna vers Laura et releva la tête pour affronter son regard vide d'un noir absolu. Il se souvenait de ce regard et de son effet hypnotique. Le même qu'en Thaïlande, la toute première fois. Le même que dans la maison de Nelson lorsque cette folle avait voulu s'en prendre à Camille.

Camille.

Sa sœur. Sa presque sœur.

Sa petite sœur.

Sa mère, son père, ses parents, sa famille.

Il fallait qu'il les protège.

Qu'il éloigne la menace.

Oui, voilà, il fallait qu'il éloigne la menace.

Martin fit un effort et l'image qui s'imposa à lui fut celle d'un désert. Un désert d'homme, de femme et d'enfant. Un désert d'existence humaine. Un lieu où la vie n'est tolérée que le temps d'une brève conquête prétentieuse.

Le sommet d'une montagne.

Martin se jeta sur Laura, traversa son bouclier d'énergie et l'enlaça le plus fort qu'il le put.

***

Lorsque Martin s'était jeté sur Nyx, Maria s'était précipitée. Son robot s'était arraché du sol de toute sa puissance. Jusqu'au dernier moment, elle avait cru pouvoir atteindre Nyx avant lui, mais les débris qui jonchaient le sol avaient eu raison du magnifique équilibre de sa manœuvre : le pied droit de son robot avait chassé latéralement, l'entraînant dans une vrille non maîtrisée qui s'était achevée pas une reprise de contrôle maladroite et désordonnée. Quand elle avait relevé la tête vers eux, ils avaient disparu. Ils n'étaient plus là, affreusement absents de toutes les directions vers lesquelles Maria tournait son regard affolé.

« Non, ce n'est pas vrai, ce n'est pas vrai, non, non, non... »

Elle s'éjecta de son robot et se mit à courir au hasard. L'immensité de cet espace encore plein de la trace des évènements, gorgé à vomir d'une foule saturée d'émotion, n'était plus rien d'autre que le vide d'une absence.

Martin n'était plus là.

« Invisible, il est invisible, oui c'est ça, il est invisible... il sait ça, devenir invisible... » lâcha-t-elle avant de hurler son prénom « Martin !! »

Elle se mit à fouetter l'air de ses bras, ramassa ce qu'elle trouvait au sol pour le lancer devant elle, derrière elle, partout, à la recherche d'un rebond qui marquerait sa présence.

Mais rien. Martin n'était pas invisible, il n'était plus là. Maria fit un effort considérable pour garder son calme, mais elle ne pouvait plus se mentir ni s'accrocher indéfiniment à ce qui n'était que les fantômes d'un espoir absurde. Au fond d'elle, une certitude se cimentait et la clouait au sol de son poids définitif : Martin n'était plus là et il avait emporté Nyx avec lui.

***

Nelson observa stupéfait la convergence des deux courbes. *Flux* et *charge* se tarirent jusqu'à disparaître. Les graphiques devinrent plats et les aiguilles des capteurs, lentement, regagnèrent leur position initiale. Plus rien ne les alimentait. Ils n'étaient plus que les indicateurs de l'absence de Martin et de Nyx, le reflet de leur disparition. C'était la preuve, s'il en fallait une, que ces deux êtres hors du commun avaient quitté les lieux, s'étaient coupés de ce qui les alimentait : les peurs et joies des cent mille spectateurs du Colisée.

Le téléphone de Nelson sonna. Christine, sa femme. Il déposa l'appareil sur la console et commanda l'ouverture de la baie vitrée qui lui faisait face. Lorsque l'épais vitrage coulissa, le tonnerre des cris de la foule envahit sa bulle de silence. Nelson s'avança et embrassa du regard la démesure du Colisée. Il se laissa percuter et entourer par cet amoncellement de chaleur, de bruits et de fureur.

325

Les portes d'accès au praticable s'ouvrirent, libérant des hommes en armes qui quadrillèrent l'espace en quelques secondes. Deux électrocopters lourdement armés vinrent se positionner à la verticale de la piste. Un cri de joie aigu et strident accueillit le déblocage des passerelles de sortie. Les *MoodPads* claquèrent d'un vert si fluorescent qu'ils parèrent le blanc de la structure supérieure d'une belle aura colorée. Nelson porta la main à son téléphone et adressa un message à sa femme.

— Je vais bien –

Puis il se saisit de son *Kordon*.

« Vous… vous êtes tous… là ? »

Ils lui répondirent tous. Tous sauf Martin.

Il n'essaya pas de se contenir. Il pleura.

38
Équilibre

Camille cligna des yeux. Geste infinitésimal, entorse minimale à son inaction, preuve imperceptible qu'elle était encore en vie. Assise bien droite, les mains posées sur ses genoux, elle faisait face à son écran inerte depuis le début de la journée et de la nuit qui l'avait précédée. Dans un coin de la pièce, les restes de son téléphone gisaient sous la trace d'un impact dans le mur, au milieu d'une poussière de plâtre. Son *Kordon* continuait de résister à la noyade, immergée au fond de la cuvette des toilettes. Camille s'était coupée du monde, fenêtre close, rideaux tirés, déconnectée du réseau. Elle n'avait rien mangé depuis la veille et son sac n'avait pas bougé de là où elle l'avait balancé en arrivant de Rome. Seul son réveil à diodes continuait de marquer le temps qui passait en affichant, impassible, l'égrenage quotidien des secondes, des minutes et des heures. Hypnotisée par le clignotement de son décompte, Camille s'était endormie deux fois, se recroquevillant si fort au milieu de son lit qu'elle semblait pouvoir disparaître. À ses réveils, elle avait repris la même pose droite, ordonnée et déterminée.

Elle ne voulait rien voir, rien entendre, rien savoir de ce qui se passait et de ce qui se passerait. Son réveil marqua le passage d'une nouvelle heure. Combien de temps pouvait-elle encore tenir ainsi ? Combien de temps serait-elle préservée ? De combien d'heures et de minutes disposait-elle encore pour continuer de croire que toute cette affaire allait bien se terminer ? Que son ami de toujours s'en tirerait, sortirait indemne et victorieux de cette folie ? Les larmes, à nouveau, brouillèrent son regard. Les chiffres de son réveil se dédoublèrent. Comme elle aurait aimé que le temps, lui aussi, se dédouble, se multiplie à l'infini, pour la préserver, encore et encore, pour toujours. Elle renifla et, pour la première fois depuis de très nombreuses heures, tourna la tête vers le rai de lumière grise que le rideau trop étroit laissait s'immiscer dans la pièce. Il pleuvait, encore et toujours comme si tout, décidément, devait mal aller.

Martin.

Elle l'aimait.

Elle l'aimait, évidemment. Autant que sa crainte de le perdre. Celle-là même qui la réduisait à ce néant. Elle l'aimait autant qu'elle était certaine qu'il existait des peines que l'on ne pouvait surmonter et que celle-ci en faisait bien partie. Nelson avait raison finalement, et les Égyptiens de l'antiquité également : rien ne pouvait exister sans son contraire. Il fallait accepter cette cohabitation, la domestiquer pour vivre avec elle et avec ses risques. Il fallait s'armer contre la douleur de la perte si l'on voulait aimer vraiment. C'était une question d'équilibre.

Camille s'essuya les yeux et fronça les sourcils. Une idée venait de germer dans son esprit.

Et elle était terrifiante.

39
Sphère

Leurs deux corps heurtèrent le bloc de granit et tombèrent sur le flanc, à quelques mètres l'un de l'autre. Le froid compressa Martin comme un étau. Il se recroquevilla d'instinct puis prit une profonde inspiration de cet air si vif et si léger qu'il avait appris à reconnaître.

Leurs deux corps heurtèrent le bloc de granit et tombèrent sur le flanc, à quelques mètres l'un de l'autre. Laura arracha son masque et roula sur le dos, les bras en croix. Un vent glacial balaya les cheveux de son visage en même temps que des flocons de neige éparse dansèrent devant ses yeux.

Martin se redressa et releva son masque et sa capuche. Il aperçut le corps de Laura immobile sur la butte formée par un pierrier à peine recouvert d'une mince pellicule de blanc. Il n'y avait autour d'eux qu'un unique horizon circulaire fait de cimes escarpées, de nuages effilés et de nuances de gris bleutés.

Laura releva la tête et croisa le regard du garçon qui se cachait derrière le masque de ClapMan. Ils étaient au sommet d'une montagne. Impossible de savoir laquelle, où exactement, ni comment ils avaient atterri là, mais ils y étaient. Seuls et tout en haut. Il n'y avait autour d'eux qu'un unique horizon circulaire fait de cimes escarpées, de nuages effilés et de nuances de gris bleutés.

Martin resta un moment, le regard planté dans celui de Laura. Une bourrasque glacée le fit cligner des yeux.

Laura resta un moment, le regard planté dans celui de Martin. Une bourrasque glacée agita sa chevelure noire et rouge.

Martin sentait *le flux* en lui, présent, le définissant harmonieusement comme une entité pleine et entière, parfaite et équilibrée.

Laura sentait *la charge* en elle, enracinée, l'irriguant sereinement comme pour compléter un être jusqu'alors imparfait.

Il se leva sans la quitter des yeux et remonta la fermeture de son blouson jusqu'en haut.

Elle se releva, les yeux rivés sur lui, et se calfeutra comme elle le put dans la minceur de sa combinaison.

Martin sentit une force puissante le tirer vers le vide. Il regarda derrière lui et jaugea la hauteur de la falaise. Son pied droit dérapa. Il crut un instant qu'il allait perdre l'équilibre, mais cela ne fut pas le cas. Une force opposée le maintint bien droit. Il se sentit d'un coup aussi solide que si ses pieds étaient ancrés dans le granit de la montagne elle-même.

Laura crut devoir lutter pour résister à la pression qui la poussait vers le pierrier abrupt qui constituait l'une des faces du sommet. Mais une force opposée la maintint bien droite. Elle se sentit d'un coup aussi solide que si ses pieds étaient ancrés dans le granit de la montagne elle-même.

Des blocs de pierre massifs s'arrachèrent du sol et convergèrent vers Martin, d'abord lentement, puis de plus rapidement, jusqu'à devenir des projectiles que Martin esquiva sans même le vouloir.

Des morceaux de granit furent projetés vers Laura. Celle-ci les évita avec une justesse et une dextérité ahurissante.

De chaque côté de la montagne, les morceaux de pierre dense éclatèrent et dévalèrent jusqu'à venir s'écraser dans la rupture de la pente. Au sommet, Martin et Laura se regardaient à présent sans rien dire. Sans rien tenter.

Martin fixait Laura, mais son esprit était ailleurs. Il venait de vivre les deux attaques de Laura, et en avait lui-même déclenché deux à son encontre, dans un totalement relâchement. Il ne se souvenait d'ailleurs même pas avoir voulu porter une attaque, et encore moins s'en protéger. Tout se passait comme si *le flux* agissait malgré lui.

Laura dévisageait Martin, mais ses pensées galopaient malgré elle. Les attaques qu'elle venait de produire étaient faibles, pas assez agressives. Ce n'était pas les siennes, elles n'avaient pas assez d'ampleur et d'ambition, manquaient de dignité. Tout se passait comme si *la charge* agissait malgré elle.

Alors il voulut tenter quelque chose et s'éleva dans les airs.

Alors elle prit les choses en main et décolla. Elle rassembla ses forces et *la charge* qu'elle sentait en elle et convoqua la manifestation brute de la puissance qu'elle incarnait. Un faisceau d'énergie massif et indompté stria l'espace qui la séparait de son adversaire.

Martin sentit quelque chose s'extraire de lui, autonome et vivante concentration *de flux*, agglomérat erratique d'énergie pure concentré en un unique rayon incandescent.

Faisceau et rayon se percutèrent puis s'unirent en méandres reptiliens et arabesques nouées. Ils formèrent une sphère qui gagna en volume jusqu'à venir creuser le sommet de la montagne. Les cailloux, puis les rochers et le bloc de granit lui-même se disloquèrent peu à peu pour former une cuvette qui s'élargissait.

Martin recula à l'approche de la sphère. Ses pieds dérapèrent sur l'arête de la falaise.

Laura fit un pas en arrière. Son talon ripa dans l'éboulis. La sphère d'énergie continuait de croître.

Il ne pouvait plus reculer. Il se concentra pour tenter d'interrompre *le flux*, mais il n'en était plus le maître. Son choix était d'une simplicité définitive : tomber ou... ou quoi ? Il ne savait pas.

Elle ne pouvait plus reculer. Elle se mobilisa pour enrayer *la charge*, en vain. Son choix était d'une simplicité définitive : tomber ou… ou quoi ? Elle ne savait pas.

***

Leurs regards se croisèrent entre les circonvolutions du phénomène que l'union de leur énergie avait fait naître. Puis, sans se concerter, mais ensemble, ils sautèrent dans la sphère.

40

La Nova

« Camille ? Où es-tu ? » demanda Mohamed en considérant son *Kordon* aussi précieusement que si sa vie en dépendait.

« Je suis chez moi, à Paris, où veux-tu que je sois ? Je suis dans le seul endroit où je peux décider de tout sans risquer de mourir des coups d'une maniaque dotée de supers-pouvoirs ! Entre les quatre murs de mon appartement ! Voilà où je suis ! »

Mohamed ravala sa salive sans cesser de choyer son *Kordon*.

« OK, calme-toi, répète-moi lentement ce que tu viens de me dire. »

Il regarda Fatou, puis Lorie. Cette dernière se plaqua une main sur la bouche en se laissant tomber sur une chaise. La voix de Nelson, faussement posée, résonna dans le petit appareil.

« Camille, ta théorie... Répète-moi ça s'il te plaît. Vite. »

Un silence, et puis la voix de Camille, saccadée.

« Le principe... de polarité... rend impossible l'existence d'un phénomène sans son... contraire... C'est bien ça, non ?

Mohamed se passa les mains sur le visage. Il sentait l'angoisse monter. Il avait un très mauvais pressentiment.

« Oui, c'est bien ça, continue

— Eh bien Martin et Laura sont nés exactement en même temps donc... »

335

Ce fut Maria qui termina la phase.

« Donc ils doivent mourir exactement... en même... temps. »

Mohamed vacilla. Il sentit la sueur perler sur son front. Il se crispa, se contracta, pour garder le contrôle de lui-même.

« Denis, où est-il ? Où est ClapMan ? »

Il fallut attendre, des secondes qui blessèrent, une minute qui meurtrit.

"Je viens de localiser le bipeur de sa veste. Il est... au sommet de l'aiguille de... la... Nova, à presque trois mille mètres, c'est dans les Alpes !

— C'est à combien de temps de vol ?

— *Attendez une seconde... moins d'une heure, nous pouvons y être en... quarante minutes si nous poussons le copter à fond !*

Mohamed renversa sa chaise en bondissant.

« Go go go ! Denis, fais décoller, tout de suite ! Il est avec elle, c'est sûr, il faut y aller, vite !

— *Arrêtez !* » cria Théodore *« Si nous y allons tous et que les choses tournent mal, nos peurs peuvent alimenter Nyx !*

— *Théo a raison !* » rajouta Nelson.

« *OK, j'y vais seule. Faites chauffer le compter* », conclut Maria sur un ton qui n'appelait aucune contestation. Mohamed jette un coup d'œil à l'extérieur. Maria était remontée dans son robot. En trois bonds successifs, elle franchit la plus haute ligne de gradins puis disparut par-delà la structure du Colisée.

« Maria, attends ! N'y va pas seule ! T'es dingue ! Maria ! »

Aucune réponse.

Il se tourna vers Lorie et Fatou. Cette dernière porta son *Kordon* près de ses lèvres. Elle fit un effort considérable pour parler le plus calmement possible.

'Papa, c'est Fatou. Ne fais pas décoller le compter, je t'en supplie, retiens-le. Retiens-la...

— ...

— Papa ?

— ...

— Nelson ? Quelqu'un ? Mais dites quelque chose !

Un électrocopter aux couleurs de DesignTech s'éleva au-dessus du Colisée et resta un court instant en vol stationnaire. Puis ses turbines pivotèrent à l'oblique et l'engin disparut dans un souffle presque silencieux.

41

1,618

Martin sentit à peine une caresse, une sensation diffuse et légère de chaleur, rien de plus. La barrière d'énergie s'était ouverte pour lui et l'avait accueilli en son sein. Il en était l'hôte à présent, entouré par elle et niché dans ses méandres. Protégé ? Peut-être, mais de quoi ? De qui ? De lui-même ? De cette force prodigieuse qui émanait de lui et échappait dorénavant à son contrôle ?

Laura ne se délecta pas de la douce sensation qu'elle ressentit lorsque son corps traversa la sphère d'énergie mouvante. Ce n'était pas ce qu'elle attendait. Elle en voulait davantage. Elle voulait contrôler cette force, la convertir, la dompter et la dominer. Ou l'anéantir. Sa *charge* et celle de ClapMan avait fusionné et cela ne lui plaisait pas, mais alors pas du tout.

Martin observait Laura, son visage de pierre et ses deux yeux d'un noir sans vie. Elle écarta les bras pour toucher la sphère, mais cette dernière se délita comme si elle fuyait son contact. Autour d'eux, le sol continuait de se creuser et les rochers de se dissoudre. Ils se trouvaient maintenant au creux d'une bulle creusée dans la montagne. Martin leva les yeux. L'immensité du ciel avait disparu. Ne subsistait qu'une lucarne bleutée qui ne tarderait pas à disparaître elle aussi.

Laura pesta. Elle se concentra et invoqua des pouvoirs, n'importe lesquels, tous ceux qui lui passaient par la tête. Elle voulut se saisir de ClapMan à la gorge, puis l'étouffer. Elle voulut se projeter sur lui, le perforer d'un rai d'énergie fatal. Elle voulut disparaître, se téléporter. Elle voulut l'écraser sous des rochers, sous cette montagne. Mais rien de se passa. *La charge ne lui obéissait plus*. Ses pouvoirs n'étaient plus. Le monde n'était plus au creux de sa main. Elle n'était plus qu'elle-même, impuissante. Alors de rage, elle se saisit d'un éclat de rocher et courut vers ClapMan.

L'ombre d'un électrocopter se détacha sur le morceau de ciel en même temps que Martin écarquillait les yeux pour se persuader de ce qu'il voyait : Laura fonçait sur lui en brandissant un caillou. Il hurla.

« Laura, stop ! »

Cette dernière s'immobilisa dans une posture de tension agressive et déterminée.

« Quoi stop ? Pourquoi stopper ? Tu veux que je m'arrête ? Que je m'arrête de quoi ? T'as peur de quoi, hein ? T'as peur de moi ?

— Arrête cette folie Laura ! Je…

— Ne m'appelle pas comme ça ! »

Elle fit un pas de plus vers lui.

« Regarde autour de toi Laura ! Regarde ! Ce qui sort de nous, cette… énergie, nous n'en avons plus le contrôle ! Ça nous échappe ! Laura, ça nous échappe !

— Ta gueule ! Rien du tout ! C'est toi, c'est ta saloperie de présence, ton petit corps tout parfait dans ta vie toute parfaite, c'est ça qui me bloque et qui fout le bordel ! Quand je t'aurai enfoncé ce rocher dans le cerveau, ça reviendra, tout reviendra !

— Non Laura, ça ne reviendra pas, nous ne maîtrisons plus rien !

— Tu ne racontes que des conneries, espèce de salaud ! Nos pouvoirs n'ont rien à voir, et ils n'auront jamais rien à voir ! Tu ne seras jamais aussi puissant que moi et c'est juste ça, ton problème ! »

Martin jeta un coup d'œil à l'électrocopter. Sa porte latérale venait de coulisser.

« Non Laura, les analyses de Nelson sont catégoriques, nos forces sont opposées, c'est le principe de... »

Elle éclata de rire et fit un nouveau pas dans la direction de Martin. Ils n'étaient plus séparés que par une dizaine de mètres. La bulle de vide continuait de s'enfoncer dans la masse granitique de la montagne.

« Nelson ? Ton chercheur ? Celui qui devait m'aider, c'est ça ? Le retraité avec ses jolis capteurs dans son petit garage bien rangé ? C'est de ce rigolo que tu me parles ? Tu es sérieux ? Je vais te dire la vérité : personne, tu m'entends, personne, ne sait ce qui nous arrive à tous les deux ! Personne ne peut nous aider ! Et tu sais pourquoi, parce que nous n'avons besoin de personne ! Les pouvoirs que tu as, ils sont infinis, tu n'as pas compris ça ? Infinis ! »

Martin recula d'un pas. Une phrase lui revint en tête, une interrogation qu'il s'était formulée au Rex, à cette époque où il n'envisageait son avenir que comme une suite de réussites et de victoires super-héroïques.

« Vouloir, c'est pouvoir à présent ? » murmura-t-il. Cela n'échappa pas à Laura.

« Oui Clapi, tu commences à comprendre : vouloir, c'est pouvoir. Du moins, c'était le cas avant que tu viennes me pourrir la vie avec tes ambitions de grandeur morale ! »

Dans l'esprit de Martin, tout devenait confus. Argumenter pour défendre le bien-fondé d'une évidence ne lui était pas si simple.

« Laura, tu fais du mal aux gens. Tu es une… meurtrière. Et je ne comprends pas comment tu peux balayer cela si simplement.

— Il s'appelait Mathieu, espèce de connard ! Celui que les tirs de tes soldats ont découpé en deux ! Comment oses-tu me traiter de meurtrière ?

— Ce n'était pas *mes soldats* Laura, je ne suis pas responsable de ce qui est arrivé à ton ami ! Je… nous… il faut que tu arrêtes Laura, tu as tué des gens dans le stade, des familles sont mortes écrasées sous les gravats ! Et puis, ces esclaves, ces gens enchaînés, que tu as réduit à l'état de bêtes juste pour alimenter tes pouvoirs, non, mais tu t'en rends compte ? Non, tu ne te rends plus compte de rien, tout ça t'est monté à la tête, tu es devenue dingue, totalement dingue, complètement incontrôlable ! »

Elle éclata à nouveau de rire.

« Oui, c'est un beau résumé : incontrôlable !

— Ouais, mais la grande différence entre nous, c'est que cela ne me fait pas rire ! Tu m'entraînes dans ta chute Laura, il faut que tu comprennes cela, nous sommes liés, connectés. Nous sommes les deux faces d'un seul et unique pouvoir ! Regarde autour de toi, cette sphère est faite de nos deux énergies ! »

Le visage de Laura se figea à nouveau. Elle pointa Martin du doigt.

« Et tu as toute ta conscience ? Ta morale est sauve ? Parce que tu t'alimentes de l'amour des autres, tu penses être du bon côté, c'est ça ? »

Martin ne répondit pas. Laura ricana.

« Que vas-tu faire de tes pouvoirs, gentil petit Clapi ? Porter les courses des vieilles personnes ? Aider des parents surchargés de leurs propres incompétences ? Réfléchis correctement deux minutes : combien de temps va-t-il falloir pour que les gens t'instrumentalisent ? Pour que tu deviennes *leur jouet* ?

— Tu as raison oui, je vais aider les autres, leur rendre la vie meilleure !

— Ah mais moi aussi, vois-tu, je vais leur rendre la vie meilleure. Mais je ne vais pas faire les choses à moitié ! Je ne vais pas me contenter de maquiller le quotidien de tous ces gens qui te sont si chers. J'ai un plan plus ambitieux, une vision, un vaste projet !

— Tu délires, tu ne peux pas œuvrer pour faire le bien en te nourrissant de la crainte et de la peur de ceux que tu veux aider ! Putain Laura, mais reviens sur terre, tu délires ! C'est fini tout ça, il faut que ça se termine ! »

Elle ricana.

« C'est le principe non ? Les gens n'aiment pas Dieu, ils le craignent. Ils craignent son jugement. Ils craignent de ne pas accéder au paradis, c'est aussi simple que ça. »

Martin était sidéré. Les mots lui manquaient à nouveau.

« Et tu proposes... de remplacer... Dieu ? Oh merde Laura, il faut que...

— Ah, mais non, je vais être mieux que Dieu, parce que moi, je vais vraiment faire quelque chose, tu comprends ! La crainte et la peur, je m'en nourris, mais ensuite je ne reste pas les bras croisés ! Moi, le septième jour, je bosse !

— Et tu fais quoi, au juste ?

— Je construis des écoles pour tous les enfants du monde entier par exemple ! Ah ça, ça t'en bouche un coin, hein ! »

Martin n'en pouvait plus. Ce fut lui qui, cette fois, marcha vers Laura.

« Et tu y enseignes quoi, dans tes écoles Laura ? Qu'il faut avoir peur de toi, c'est ça ? Et peur de quoi exactement hein ? Puisque tu ne peux pas priver les gens du paradis, que vas-tu promettre à ceux qui refusent d'avoir peur de toi, hein ? Que vas-tu leur balancer du haut du palais que tu te seras fait construire ? Quelles seront tes valeurs ? Après les écoles, il y aura quoi ? Des piscines ? Des terrains de tennis ? Des champs cultivables ? Des villes propres ? La paix dans le monde ? Plus tes projets seront grands plus ils deviendront fous, car ils nécessiteront toujours plus de pouvoir et d'énergie, donc de peur et de crainte ! Putain Laura, ça ne marche pas ton truc ! Ne vois-tu pas que cela ne fonctionne pas, que cela ne fonctionnera jamais !!! »

Rage et désespoir. Haine. Acculée, Laura n'était plus que cela.

« Dans ce cas-là... »

Mais elle ne put achever sa phrase. La masse métallique massive du Fighting Bot de Maria transperça la sphère d'énergie sans dommage et percuta le sol entre eux deux, projetant des éclats de pierre qui se désintégrèrent sur la sphère *de flux*. Les bras puissamment armés de l'engin se figèrent en position d'attente, tendus vers Laura et Martin. Ce dernier hurla.

« Maria non !!! »

Au-dessus d'eux, l'ouverture dans la roche s'était réduite à presque rien. Maria avait le regard fixé sur Laura, déterminée. Elle tourna lentement la tête vers Martin.

« Maria, ne fais pas ça, je t'en supplie. »

Il leva la tête.

« Sors de là Maria, sors vite de là, regarde, ça se referme ! Sors !!!

— Je ne sors pas d'ici sans toi. »

Le robot pivota pour faire face à Laura.

« Écoute-moi bien espèce de tarée, c'est ton jour de chance, la seule chose qui m'empêche de t'exploser la caboche, c'est que si je fais ça, il y a de grandes chances pour que le beau gosse derrière moi y laisse aussi des plumes. Et ça, ça me pose un problème, parce que j'ai encore besoin de lui ! Alors vous allez arrêter de jouer aux magiciens tous les deux et nous sortir de cette jolie grotte bien ronde avant qu'elle nous tombe sur la gueule ! »

Laura éclata de rire et s'avança jusqu'à venir buter contre la main du robot de combat.

« Ah tu t'y mets toi aussi, la super théorie des forces mêlées et tout ce bordel de votre chercheur à la retraite ? Magnifique. Alors regarde un truc beauté, si ce que tu dis est vrai, comment vas-tu m'empêcher de faire… ceci. »

Elle brandit le morceau de roche acéré qu'elle avait à la main et se jeta sur Martin. Ce dernier eut à peine le temps de basculer en arrière pour éviter que la roche ne lui transperce le crâne. Le coup fut malgré tout violent et explosa son arcade sourcilière. Au sol, paniqué, Martin voulut battre en retraite et se blessa aux mains sur des éclats de rocher. Le sang coula abondamment sur son visage. Laura hurla, non pas de victoire, mais de douleur. Elle se tenait elle aussi le visage. Maria agit par réflexe, elle balança le bras droit de son robot vers Laura, l'atteignit au bas ventre et la propulsa dans la sphère dont *le flux* s'écarta pour la laisser percuter la paroi rocheuse. Martin gémit à son tour en se tordant de douleur. Maria hébétée, les regarda tous les deux et comprit.

Leur flux avait bien fusionné. Nelson avait vu juste : blesser l'un, c'était blesser l'autre. Tuer l'un, c'était tuer l'autre.

Laura se releva, tituba puis essuya le sang qui lui coulait du front. Elle leva la tête vers le sommet de la sphère. Le ciel n'était plus visible. Leur prison de pierre s'était refermée. Et elle continuait de s'épaissir. L'obscurité humide n'était à présent dissipée que par les éclairs sporadiques du rideau de *flux* qui tapissait la cavité.

« Alors, et maintenant ? Que vas-tu faire ? »

En demandant cela d'un ton moqueur, Laura avait marché vers Martin. Elle ramassa un nouveau morceau de roche et le brandit. Maria, d'un bond, interposa son robot et agrippa le poignet de Laura. Martin, derrière elle, se tordit de douleur en se tenant le bras. Laura éclata de rire.

« Allez, vas-y ! Qu'est-ce que tu attends ? »

Maria tenait Laura à bout de bras. Elle était à sa merci. Il lui suffisait de si peu pour ne plus l'entendre, pour ne plus la voir, pour le plus la subir. Elle la traîna au sol jusqu'à Martin. Ce dernier se relevait difficilement. Il prit appui sur le carénage du robot pour se remettre debout. Lorsqu'il y parvint, il se saisit du visage de Maria entre ses mains. Laura pouffa de rire.

« Oh, mais comme c'est mignon ! Regardez-moi ça, ils s'aiment ! Mais ils ne vont pas se marier et avoir plein d'enfants, non non non, pas cette fois-ci ! Parce que dans la vraie vie, c'est beaucoup plus compliqué que ça ! Notre héros va devoir se sacrifier pour tuer la méchante sorcière ! Oui, pour tuer Nyx la très vilaine ! Comme c'est triste, bouhouhou ! »

Maria perdit son sang-froid et administra une baffe métallique à Laura dont la tête bascula en arrière, la joue entaillée profondément. Martin hurla en faillit perdre l'équilibre en portant les mains à son visage.

« Oh, mon amour, je suis désolé ! Martin, je suis… »

Ce dernier parvint à sourire.

« Ah bah elle l'a bien méritée celle-là, non ? »

Maria lui rendit son sourire.

« Ouais, t'as raison. Je lui en colle une autre ?

— Tu veux te débarrasser de moi, c'est ça ? Si tu veux juste me larguer, il y avait des moyens plus simples, tu sais. »

Maria étouffa un rire triste et baissa les yeux. Elle s'agrippait aux commandes de son robot. Des commandes dont elle devait à présent faire quelque chose. Elle leva la tête et demanda à ses instruments de bord de déterminer l'épaisseur de la couche de roche qui les séparait de la surface. Le chiffre *-1 618 –* apparut en surimpression sur sa visière. Moins de deux mètres, ce qu'elle venait d'imaginer était encore envisageable. Elle commanda l'ouverture du poste de commande et des sangles de maintien.

« Maria, que fais-tu ?

— Je ne te laisse pas là, tu viens avec moi, on sort de ce trou.

— Mais Laura, si elle… »

Maria lui plaqua un doigt sur les lèvres et le regarda droit dans les yeux.

« Tu as une meilleure idée ? »

Des larmes montèrent aux yeux de Martin.

« Oh ! merde... non, je n'ai pas d'idée... »

Un spasme le secoua. Il détourna les yeux. Laura ne disait plus rien, elle ne se débattait pas. Elle attendait, le bras emprisonné dans la poigne de métal. Martin la regarda et soutint son regard noir. Elle haussa les épaules.

« Bah oui mon Clapi, faut bien que ça se finisse à un moment où un autre, hein. »

Martin ferma les yeux et tourna la tête. Maria lui remonta le menton et attendit qu'il rouvre les yeux.

« C'est trop tôt... » gémit-il « Maria c'est trop tôt, je ne veux pas... je ne veux pas que ça s'arrête, je ne veux pas quitter... je ne veux pas mourir... ma petite sœur, Camille, mes parents, mes amis... ma vie Maria, je ne l'ai pas terminée, je n'ai pas fini, je ne veux pas partir, ça venait de commencer, je venais de te rencontrer... Maria, je... »

Et il se mit à pleurer comme il n'avait jamais pleuré.

Maria serra les dents et referma la structure de son robot sur leurs deux corps, les sangles les enserrèrent tous les deux l'un contre l'autre. Elle relâcha Laura qui recula de quelques pas et lui adressa un regard de haine pure.

« Vous allez m'abandonner là, c'est ça ? »

Maria tourna la tête vers elle.

« Oui, c'est ce que nous allons faire. »

— Il te faudra vivre avec ça sur ta conscience, ma grande. Ma mort, et celle de ton ami. »

Maria plaça les deux puissants bras du robot en protection frontale. D'un doigt, elle déverrouilla l'arme de gros calibre qui se nichait dans les carénages, ferma les yeux et déclencha une salve continue qui transperça la sphère d'énergie et entama la couche rocheuse. Lorsque les barillets tournèrent dans le vide, elle bascula toute l'énergie de son robot sur les servomoteurs arrière et s'éjecta du sol.

Le choc fut effroyable, mélange d'un craquement caverneux et des cris du métal déchiré. Maria hurla quand les sangles lui cisaillèrent presque les épaules en meurtrissant ses chairs. Les impacts sur son casque et sa visière éclatèrent les renforts en carbone, qui la griffèrent aux joues et déchirèrent une partie de sa lèvre inférieure. La structure de protection du poste de pilotage se déforma et exerça une contrainte tellement forte sur la colonne axiale du robot qu'elle céda en plusieurs endroits. Maria sentit la partie inférieure se décrocher et une force puissante la tirer en arrière. Elle se vit morte, coupée en deux.

Mais c'est bien la lumière du ciel qui, au milieu du chaos, enveloppa Maria et Martin pour les extraire de leur prison de granit et de roches. Aveuglée et complètement sonnée, Maria tira de toutes ses forces sur ce qu'il restait des commandes de son robot. Ce dernier ne rétablit son assiette que partiellement et tomba lourdement sur le flanc, désarticulé. Le dispositif de sécurité éjecta les corps de Maria et de Martin. Ils roulèrent dans la terre et la poussière jusqu'à venir heurter l'unique petit talus qui les séparait du vide de la falaise.

Maria, bien que sonnée et blessée, perçut immédiatement que quelque chose n'allait pas. Le chaos et le fracas n'avaient pas cédé leur place au silence et à la quiétude. Tout vibrait encore. Le sol tremblait toujours.

Elle cligna des yeux, cracha du sang et fit un effort considérable pour se hisser sur ses avant-bras. La douleur la foudroya. Elle hurla et roula sur le côté. Partout autour d'elle, elle sentait le sol instable. Il fallait qu'elle déguerpisse. Qu'elle se sauve. Qu'elle fuit à toutes jambes de ce promontoire qui, bientôt, promettait de ne plus en être un. Le corps de Martin était resté immobile. Inanimé. Elle hurla à nouveau en se redressant. Elle se mit sur ses pieds et, de toutes les forces qui lui restaient, tira le corps de son ami vers la pente escarpée qui s'offrait à elle. Son pied mal assuré dépara et elle perdit l'équilibre. Sa dernière pensée lucide fut de serrer autant qu'elle le pouvait le corps de Martin. Elle sentit le vide l'aspirer et pensa que tout était perdu. Son corps et celui de Martin se mélangèrent en un amas de membres voués au grand vide. Et puis plus rien.

Pas de choc. Pas de chute.

Lorsqu'elle rouvrit les yeux, Maria se sentit légère. Sous elle, le paysage défilait comme un film. Plus rien n'était un danger. Elle volait.

Au-dessus d'elle, l'électrocopter avait déployé ses filins de capture et traînait son corps et celui de Martin. L'engin se stabilisa en vol stationnaire et les tracta jusqu'à l'habitacle. Lorsque son corps toucha le plancher de l'appareil, la douleur fut insoutenable. Maria roula sur le côté et tira à elle le corps de Martin. Au prix d'un effort immense, elle le bascula face à elle et se saisit de son visage.

« Martin ! Réponds-moi Martin !! »

Un grondement effroyable fit trembler la carcasse de l'appareil. Le sommet de la montagne était en train de s'affaisser et découvrait la cavité de ce qui avait été la bulle de pierre dans laquelle ils s'étaient retrouvés prisonniers. Au milieu du cratère en formation, une lueur intense et bleutée en irradiait les parois.

Le corps de Martin frissonna puis fut secoué de spasmes violents.

« Martin ! C'est Maria ! Je suis là Martin ! Réveille-toi ! Putain Martin ouvre les yeux bordel de merde ! Martin !!! »

Il ouvrit les yeux et la regarda une dernière fois. Sans qu'elle puisse le retenir, le corps de son ami lui échappa. Une force le tira vers l'extérieur de l'appareil. Les mains de Maria s'y agrippèrent jusqu'à le meurtrir de leurs ongles. En vain.

« Non !!!!! Martin !!! Non !!!! »

Le corps tomba. Il disparut dans la fluorescence bleue qui envahissait à présent tout le volume creusé par l'effondrement.

« Martin !!!! Non !!!!!!!! »

Elle faillit sauter. Mais lorsque son pied se posa dans le cadre de la porte, quelque chose la retint. Une voix. Une toute petite voix intérieure. Un murmure.

Alors elle hurla jusqu'à ce que sa voix ne puisse plus crier. Jusqu'à ce que son corps, à bout de force, ait raison de sa conscience. Elle perdit connaissance et s'effondra.

42
Ensemble

Six mois plus tard

« Tu es certaine de vouloir faire ça ? »

Maria quitta le sommet des yeux et regarda Anatole. Il avait les mêmes yeux que son fils. Ce même regard, mélange de gaieté et de sérieux, qui chez Martin l'avait tant séduite.

« Oui grand-père, comme il y a cinq minutes, je suis toujours certaine. »

Jeanne lâcha la main de sa mère pour se saisir de celle de Maria. Madeleine se porta à leur côté et plaça sa paume dans le creux des reins de Maria.

« C'est un peu tôt pour l'appeler grand-père, non ? Ça va le dos ? »

Maria sourit en se tournant vers la mère de Martin.

« Oui, le dos, ça va, je ne suis qu'à six mois, tu sais. En revanche, punaise, je manque de souffle ! »

Madeleine lui sourit.

« Merci pour cette idée Maria. Monter là-haut pour lui rendre hommage et pour lui dire… au revoir… il aimait tellement venir ici, dans les montagnes… »

Maria l'embrassa chaleureusement sans rien répondre. Elle plaça ses mains autour de son ventre rebondi. Jeanne posa les siennes par-dessus.

« J'adore quand il bouge. », dit-elle.

« Ouais, moi aussi petite sœur, j'adore quand il bouge. »

Jeanne leva ses yeux vers elle. Ses yeux d'enfant de sept ans. Ses yeux humides, encore une fois, sur un sourire triste.

« J'aime quand tu m'appelles comme ça, tu sais... ça me rappelle... »

Maria lui passa les mains dans les cheveux pour les ramener en arrière. Elle s'agenouilla auprès de la petite fille.

« On se répète notre formule magique ? »

Jeanne approuva en hochant la tête. Elle se blottit contre Maria et nicha son petit visage dans le creux de son cou.

« Ensemble, vouloir... c'est pouvoir. », dit-elle, la voie tordue par l'émotion. Maria l'écarta d'elle doucement et lui saisit le visage avec tendresse.

« *Ensemble*, Jeanne. Le premier mot est le plus important de la formule. *Ensemble*. »

La petite fille s'essuya les yeux puis sourit, vraiment cette fois. Maria leva à nouveau les yeux vers le sommet. Anatole et Madeleine les avaient distancés, ils n'étaient plus que deux petites silhouettes fragiles se détachant sur le flanc gris de la montagne.

« Ne t'inquiète pas, je connais le chemin. »

Maria s'étonna.

« Ah bon, tu es déjà montée là-haut ? »

Jeanne acquiesça d'un geste de tête.

« Tout en haut ?

— Oui, enfin... j'étais petite tu vois, papa m'a portée dans son sac à dos. Et puis c'était avant que... »

Maria ne voulut pas la laisser finir sa phrase.

« Avant qu'ils creusent une piscine là-haut, c'est ça ? »

Jeanne rigola.

« Oui, voilà, avant ça ! Du coup, c'est moins haut maintenant ! »

Elles rirent toutes les deux puis s'attrapèrent par la main et entreprirent à nouveau de mettre un pied devant l'autre le long de la pente raide du chemin qui lézardait en courbes serrées.

Le site était encore entouré d'un long ruban zébré jaune et noir. Un panneau très explicite interdisait l'accès au cratère, mais il n'y avait plus de gardes. Les informations recueillies grâce à Denis et Nelson étaient fiables : les recherches et analyses menées n'avaient rien donné. Cet endroit était aussi inerte que l'étaient toutes les zones de haute montagne. Aucune énergie particulière ne s'en dégageait. Aucune trace de rayonnement, aucune radioactivité, aucun dépôt d'explosif, rien.

Aucun corps.

Les scientifiques s'étaient cassé les dents à tenter de trouver une explication à la création d'un cratère au sommet d'une montagne. Ils avaient conclu à l'effondrement d'une cavité souterraine certainement due à l'écoulement tardif d'une poche d'eau. « Une hérésie ! » avait tempêté Nelson, mais peu importait finalement, les géologues et autres chercheurs de tout bord avaient enfin plié bagage.

Maria ralentit à l'approche du sommet. Le chemin disparaissait sous les éboulis, au pied du talus sur lequel leurs corps étaient venus buter.

Leurs corps.

Maria prit une profonde inspiration et ferma les yeux. L'air léger. Le vent par bourrasques. L'odeur âcre du minéral. Chaleur et froid mêlés. Caresses sur son visage. Douceur de l'instant saupoudrant la cruauté des souvenirs ravivés. C'était dur, Maria s'y attendait. Elle s'y était préparée. Elle le croyait du moins.

« Non, ce n'est pas trop tôt. », avait-elle répondu à toute la bande pour clore le débat. Cette même bande qui, bien que dévastée, avait tenu bon, avait résisté à la chasse aux responsables, s'était regroupée et soudée autour d'une unique version des faits, mythe fondateur d'une amitié devenue hors-norme. Indispensable. Et tellement prometteuse. Maria posa les mains sur son ventre. Ils étaient devenus une famille.

« Bon alors, tu viens ? »
Jeanne s'était hissée jusqu'au sommet et regardait Maria avec une impatience teintée de malice. Elle jeta un coup d'œil au cratère puis plaça ses mains en porte-voix.
« Allez ! Dépêche-toi ! C'est beau tu vas voir ! »
C'est cela que Maria avait besoin d'entendre. Une évocation naïve et fraîche de la beauté de ce lieu. Il lui fallait racler le granit de sa gangue morbide, lui arracher cette épaisseur saignante d'un vécu définitivement douloureux. Il lui fallait sortir ce lieu de sa prison de souvenirs, le refaire à neuf, décorer ses parois grises d'espoir et d'optimisme, le faire exister différemment. Pour elle. Pour Jeanne. Pour Madeleine et Anatole. Et pour cet être à venir, niché au creux d'elle et dont les demandes légitimes rejoignaient les obligations que Maria s'était à présent fixé pour elle. Fondements indestructibles du

reste de sa vie, massives colonnes qui soutenaient son univers, leur univers, socle autant que première pierre : la sécurité et le bien-être de l'être à naître.

Alors Maria gravit. Sous les encouragements de Jeanne et poussée par une certitude nouvelle en la beauté des évènements à venir, Maria se hissa jusqu'à embrasser la béance du cratère. Elle lui fit face, l'affronta sans ciller, sans reculer et sans se mentir. Jeanne se porta à ses côtés et l'enlaça.

« Tu vois, je te l'avais dit, c'est beau, hein ?

— Oui ma chérie, c'est beau.

— C'est même plus beau qu'avant en fait !

— Oui, voilà, c'est plus beau qu'avant. »

Madeleine et Anatole n'avaient pas attendu. Ils avaient contourné le cratère pour en gagner la partie la plus basse. De là, en faisant attention, il était possible de descendre jusqu'au fond. C'est là qu'ils se trouvaient lorsque Maria souleva Jeanne pour déposer sur sa joue un baiser gorgé d'émotion. Madeleine s'agenouilla et mit ses deux mains dans le petit lac d'eau de pluie qui s'était formé au centre de l'alcôve de roche dure. Anatole la rejoignit et lui posa une main sur l'épaule. Ils restèrent ainsi, dans l'immobilité rassurante de ceux pour qui tout était allé trop vite.

« On descend ? Allez, viens, on descend ! »

Jeanne tira Maria par le bras. Elle se laissa faire.

L'eau était fraîche, mais pas assez pour décourager une petite fille de sept ans venant de grimper jusqu'à trois mille mètres d'altitude. Jeanne laissa tomber pantalon de randonnée, coupe-vent et tee-shirt. Prudente, elle marcha sur les éclats de rocher jusqu'à milieu du petit lac. Elle avait de l'eau jusqu'à la taille. Elle s'immergea complètement. Un court instant, la surface de l'eau refléta à nouveau l'austérité de la paroi rocheuse. Puis Jeanne réapparut, hilare. Son cri et ses rires résonnèrent, se répercutèrent et emplirent la bulle d'air nichée au creux de la montagne.

« Maria ! Tu viens ! Elle est super bonne ! »

Maria déposa son sac à dos, vida la moitié d'une gourde et avala trois barres énergétiques. Elle dénoua ses chaussures, puis ôta son tee-shirt et son short. Jeanne cria de joie.

Elle avait raison, l'eau n'était pas froide. Maria s'allongea et se laissa envelopper par la sensation de fraîcheur. L'ombre et le sifflement caractéristique de l'électrocopter lui firent rouvrir les yeux. L'engin se stabilisa à la verticale du cratère puis se décala légèrement afin que les sept silhouettes qui s'en extrayaient puissent poser un pied sur ses hauteurs.

Lorie, Théodore, Fatou, Mohamed, Camille, Denis et Nelson se regroupèrent et adressèrent un petit geste à Maria. Elle se redressa pour leur répondre. Ils étaient tous là. Unis et présents dans ce lieu qui s'était imposé comme une évidence.

« Eh, regardez ! L'eau est vraiment super belle par ici ! » cria Jeanne.

Maria restait les yeux fixés sur ses amis. Dans son ventre, le bébé se manifesta par deux petits coups légers. Là-haut, l'une des silhouettes se détacha du groupe. Maria plissa les yeux. Elle reconnut la démarche de Nelson.

« C'est génial !! » cria à nouveau Jeanne « L'eau est super bleue ! C'est beau ! On dirait que ça éclaire ! »

Au sommet du cratère, Nelson courrait à présent vers l'embrasure qui permettait de descendre. Maria se retourna lentement en assurant ses appuis sur les rochers coupants qui tapissaient le fond du lac.

Jeanne se trouvait dans la partie la plus profonde, en plein centre. Autour d'elle, un halo bleuté découpait une magnifique corolle sur le fond de roche grise et uniforme.

« Jeanne ! Sors de l'eau ! Tout de suite ! » hurla sa mère tandis que son père marchait déjà vers elle en lui tendant une main.

« Mais pourquoi ? C'est trop…

— Maintenant ! » cria Anatole.

Jeanne marcha lentement vers lui en râlant. Le bleu lui scintillait de plus en plus.

« Maria ! Sors de l'eau ! » lui cria Madeleine.

Mais Maria ne bougea pas. Pour rien au monde, elle ne serait déplacée du moindre millimètre. La montée du bleu s'accompagnait d'un plaisir diffus qui se répandait en elle comme une onde. Elle ne sursauta même pas lorsque la main de Nelson se posa sur son épaule. Elle tourna la tête et vit ce que lui tendait son ami.

Un capteur.

Un capteur dont l'aiguille frémissait.

Celui – ou celle – qui se trouvait en elle manifesta à nouveau sa présence.

Merci à tous ceux qui, de près ou de loin, ont aidé à la rédaction de cet ouvrage. Ils se reconnaîtront.

Imprimé en Allemagne
Achevé d'imprimer en avril 2020
Dépôt légal : avril 2020

Pour

Le Lys Bleu Éditions
83, Avenue d'Italie
75013 Paris